ZHONGGUO XIAOSHUO
100 QIANG

中国小说100强（1978—2022）

镜子与刀

徐则臣 著

北京联合出版公司
Beijing United Publishing Co.,Ltd.

图书在版编目（CIP）数据

镜子与刀 / 徐则臣著. —— 北京 ：北京联合出版公司，2023.9

（中国小说100强）

ISBN 978-7-5596-7092-2

Ⅰ.①镜… Ⅱ.①徐… Ⅲ.①长篇小说－中国－当代 Ⅳ.①I247.5

中国国家版本馆CIP数据核字(2023)第117939号

镜子与刀

作　　者：	徐则臣
出 品 人：	赵红仕
出版监制：	张晓冬　范晓潮
责任编辑：	龚　将
特约编辑：	和庚方　张　颖
封面设计：	武　一

北京联合出版公司出版

（北京市西城区德外大街83号楼9层　100088）

北京兴星伟业印刷有限公司印刷　新华书店经销

字数198千字　650毫米×920毫米　1/16　21印张

2023年9月第1版　2023年9月第1次印刷

ISBN 978-7-5596-7092-2

定价：68.00元

版权所有，侵权必究

未经书面许可，不得以任何方式转载、复制、翻印本书部分或全部内容。
本书若有质量问题，请与本公司图书销售中心联系调换。
电话：010-65868687

中国小说100强（1978—2022）丛书

编委会

丛书总策划

  张 明 著名出版人
  张 英 资深媒体人

编委主任

  吴义勤 中国作协副主席
       中国小说学会会长

编 委

  吴义勤 中国作协副主席、中国小说学会会长
  宗仁发 《作家》杂志主编
  谢有顺 中山大学教授、中国小说学会副会长
  顾建平 《小说选刊》副主编
  张 英 资深媒体人
  文 欢 作家、出版人

总　序

"中国小说100强"（1978—2022）是资深出版人张明先生和腾讯读书知名记者张英先生共同策划发起的一套大型文学丛书。他们邀请我和宗仁发、谢有顺、顾建平、文欢一起组成编委会，并特邀徐晨亮参与，经过认真研讨和多轮投票最终评定了100人的入选小说家目录。由于编委们大多都是长期在中国文学现场与中国文学一路同行的一线编辑、出版家、评论家和文学记者，可以说都是最专业的文学读者，因此，本套书对专业性的追求是理所当然的，编委们的个人趣味、审美爱好虽有不同，但对作家和文学本身的尊重、对小说艺术的尊重、对文学史和阅读史的尊重，决定了丛书编选的原则、方向和基本逻辑。

从文学史的角度来说，1978年以后开启的新时期文学是中国当代文学的黄金时代，不仅涌现了一批至今享誉世界的优秀作家，而且创造了许多脍炙人口的文学经典，并某种程度上改写了20世纪中国文学史的版图。而在中国新时期文学的经典家族中，小说和小说家无疑是艺术成就最高、影响力最大的部分。"中国小说100强"（1978—2022）就是试图将这个时期的具有经典性的小说家和中国小说的经典之作完整、系统地筛选和呈现出来，并以此构成对新时期文学史的某种回顾与重读、观察与评判。呈现在读者面前的这套丛书是对1978—2022年间中国当代小说发展历程的一次全面、系统的整体性回顾与检阅，是中国当代文学经典化的重要成果，从特定的角度集中展示了中国新时期文学在小说创作方面的巨大成就。需要说明的是，与1978—2022年新时期文学繁荣兴盛的局面相比，100位作家和100本书还远远不能涵盖中国当代小说的全貌，很多堪称经典的小说也许因为各种原因并未能进入。莫言、苏童、余华等作家本来都在编委投票评定的名单里，但因为他们已与某些出版社签下了专有出版合同，不允许其他出版社另出小说集，因而只能因不可抗原因而割爱，遗珠之憾实难避免，而且文学的审美本身也是多元的，我们的判断、评价、选择也许与有些读者的认知和判断是冲突的，但我们绝无把自己的标准强加于别人的意思。我们呈现的只是我们观察中国这个时期当代小说的一个角度、一种标准，我们坚持文学性、学术性、专业性、民间性，注重作家个体的生活体验、叙事能力和艺术功力，我们突破代际局限，老、中、青小说家都平等对待，王蒙、冯骥才、梁晓声、铁凝、阿来等名家名作蔚为大观，徐则臣、阿乙、弋舟、鲁敏、林森等新人新作也是目不暇接，我们特别关注文学的新生力量，尤其是近10年作品多次获国家大奖、市场人气爆棚的新生代小说家，我们禀持包容、开放、多元的审美立场，无论是专注用现实题材传达个人迥异驳杂人生经验、用心用情书写和表现时代精神的现实主义作家，还是执着于艺术探索和个体风格的实验性作家，在丛书里都是一视同仁。我们坚信我们是忠实于自己的艺术理想、艺术原则和艺术良心的，但我们并不认为自己的角度和标准是唯一的，我们期待并尊重各种各样的观察角度和文学判断。

当然，编选和出版"中国小说100强"（1978—2022）这套大型丛书，除了上述对文学史、小说史成就的整体呈现这一追求之外，我们还有更深远、更宏大的学术目标，那就是全力推进中国当代文学"经典化"的历程和"全民阅读·书香中国"建设。

从 1949 年发端的中国当代文学已经有了 70 多年的发展历程，但对这 70 多年文学的评价一直存在巨大的分歧，"极端的否定"与"极端的肯定"常常让我们看不到当代文学的真相。有人认为中国当代文学达到了前所未有的高度和水平。王蒙先生在法兰克福书展上就说：中国当代文学现在是有史以来最繁荣的时期。余秋雨、刘再复甚至认为中国当代文学的成就远远超过了现代文学。也有人极端否定中国当代文学，认为中国当代文学都是垃圾。他们认为现代文学要远远超过当代文学，中国当代文学连与现代文学比较的资格都没有。比如说，相对于鲁（迅）、郭（沫若）、茅（盾）、巴（金）、老（舍）、曹（禺）这样大师级的人物，中国当代作家都是渺小的侏儒，根本不能相提并论，两者比较就是对大师的亵渎。应该说，与对中国当代文学的肯定之声相比，对当代文学的否定和轻视显然更成气候、更为普遍也更有市场。尽管否定者各自的角度和出发点不同，但中国当代作家、作品与中外文学大师、文学经典之间不可比拟的巨大距离却是唱衰中国当代文学者的主要论据。这种判断通常沿着两个逻辑展开：一是对中外文学大师精神价值、道德价值和人格价值的夸大与拔高，对文学大师的不证自明的宗教化、神性化的崇拜。二是对文学经典的神秘化、神圣化、绝对化、空洞化的理解与阐释。在此，我们看到了一个非常有趣的悖论：当谈论经典作家和文学大师时我们总是仰视而崇拜，他们的局限我们要么视而不见要么宽容原谅，但当我们谈论身边作家和身边作品时，我们总是专注于其弱点和局限，反而对其优点视而不见。问题还不在于这种姿态本身的厚此薄彼与伦理偏见，而是这种姿态背后所蕴含的"当代虚无主义"。这种"虚无主义"的最大后果就是对当代作家作品"经典化"的阻滞，对当代文学经典化历程的阻隔与拖延。一方面，我们视当下作家作品为"无物",拒绝对其进行"经典化"的工作,另一方面又以早就完全"经典化"了的大师和经典来作为贬低当下泥沙俱下的文学现实的依据。这种不在同一个层面上的比较,不仅毫无意义,而且只能使得文学评价上的不公正以及各种偏激的怪论愈演愈烈。

其实,说中国当代文学如何不堪或如何优秀都没有说服力。关键是要进行"经典化"的工作,只有"经典化"的工作完成了才有可能比较客观地对当代的作家作品形成文学史的判断。对当代的"经典化"不是对过往经典、大师的否定,也不是对当代文学唱赞歌,而是要建立一个既立足文学史又与时俱进并与当代文学发展同步的认识评价体系和筛选体系。当然,我们也要承认,"经典化"问题是一个非常复杂的问题,并不是凭热情和冲动一下子就能完成的,但我们至少应该完成认识论上的"转变"并真正启动这样一个"过程"。

现在媒体上流行一些对于中国当代文学经典化冷嘲热讽的稀奇古怪的言论,其核心一是否定中国当代文学有经典、有大师,其二是否定批评界、学术界有关"经典化"的主张,认为在一个无经典的时代,"经典"是怎么"化"也"化"不出来的,"经典化"是一个实实在在的"伪命题"。其实,对于文学,每个人有不同的判断、不同的理解这很正常,每一种观点也都值得尊重。但是,在"经典"和"经典化"这个问题上,我却不能不说,上述观点存在对"经典"和"经典化"的双重误解,因而具有严重的误导性和危害性。

首先,就"经典"而言,否定中国当代文学早就不是什么新鲜事,对当代文学的虚无主义态度在很多人那里早已根深蒂固。我不想争论这背后的是与非,也不想分析这种观点背后的社会基础与人性基础。我只想指出,这种观点单从学理层面上看就已陷入了三个巨大误区:

第一个误区,是对经典的神圣化和神秘化的误区。很多人把经典想象为一个绝对的、神圣的、遥远的文学存在,觉得文学经典就是一个绝对的、乌托邦化的、十全十美的、所有人都喜欢的东西。这其实是为了阻隔当代文学和"经典"这个词发生关系。因为经典既然是绝对的、神圣的、乌托邦的、十全十美的,那我们今天哪一部作品会有这样的特性呢?如果回顾一下人类文学史,有这样特性的作品好像也没有。事实上,没有一部作品可以十全十美,也没有一部作品能让所有人喜欢。在这个问题上,我们应该明确的是,"经典"不是十全十美、无可挑剔的代名词,在人类文学史上似乎并不存在毫无缺点并能被任何人所认同的"经典"。因此,对每一个时代来说,"经典"并不是指那些高不可攀的神圣的、神秘的存在,只不过是那些比较优秀、能被比较多的人喜爱的作品而已。从这个意义上说,当今中国文坛谈论"经典"时那种神圣化、莫测高深的乌托邦姿态,不过是遮蔽和否定当代文学的一种不自觉的方式,他们假定了一种遥远、神秘、绝对、完美的"经典形象",并以对此一本正经的信仰、崇拜和无限拔高,建立了一整套关于中国当代文学的伦理话语体系与道德话语体系,从而充满正义感地宣判着中国当代文学的死刑。

第二个误区,是经典会自动呈现的误区。很多人会说,是金子总是会发光的。但对文学来说,文学经典的产生有着特殊性,即,它不是一个"标签",它一定是在阅读的意义上才会产生意义和价值的,也只有在阅读的意义上才能够实现价值,没有被阅读的作品没有被发现的作品就没有价值,就不会发光。而且经典的价值本身也不是固定不变的。如果一个作品的价值一开始就是固定不变的,那这个作品的价值就一定是有限的。经典一定会在不同的时代面对不同的读者呈现出完全不同的价值。这也是所谓文学永恒性的来源。也就是说,文学的永恒性不是指它的某一个意义、某一个价值的永恒,而是指它具有意义、价值的永恒再生性,它可以不断地延伸价值,可以不断地被创造、不断地被发现,这才是经典价值的根本。所以说,经典不但不会自动呈现,而且一定要在读者的阅读或者阐释、评价中才会呈现其价值。

第三个误区，是经典命名权的误区。很多人把经典的命名视为一种特殊权力。这有两个层面的问题：一，是现代人还是后代人具有命名权；二，是权威还是普通人具有命名权。说一个时代的作品是经典，是当代人说了算还是后代人说了算？从理论上来说当然是后代人说了算。我们宁愿把一切交给时间。但是，时间本身是不可信的，它不是客观的，是意识形态化的。某种意义上，时间确会消除文学的很多污染包括意识形态的污染，时间会让我们更清楚地看清模糊的、被掩盖的真相，但是时间同时也会使文学的现场感和鲜活性受到磨损与侵蚀，甚至时间本身也难逃意识形态的污染。此外，如果把一切交给时间，还有一个前提，那就是对后代的读者要有足够的信任，要相信他们能够完成对我们这个时代文学的经典化使命。但我们对后代的读者，其实是没有信心的。我们今天已经陷入了严重的阅读危机，我们怎么能寄希望后代人有更大的阅读热情呢？幻想后代的人用考古的方式对我们这个时代的文学进行经典命名，这现实吗？我不相信后人对我们身处时代"考古"式的阐释会比我们亲历的"经验"更可靠，也不相信，后人对我们身处时代文学的理解会比我们亲历者更准确。我觉得，一部被后代命名为"经典"的作品，在它所处的时代也一定会是被认可为"经典"的作品，我不相信，在当代默默无闻的作品在后代会被"考古"挖掘为"经典"。也许有人会举张爱玲、钱钟书、沈从文的例子，但我要说的是，他们的文学价值早在他们生活的时代就已被认可了，只不过很长时间由于意识形态的原因我们的文学史不谈及他们罢了。此外，在经典命名的问题上，我们还要回答的是当代作家究竟为谁写作的问题。当代作家是为同代人写作还是为后代人写作？幻想同代人不阅读、不接受的作品后代人会接受，这本身就是非常乌托邦的。更何况，当代作家所表现的经验以及对世界的认识，是当代人更能理解还是后代人更能理解？当然是当代人更能理解当代作家所表达的生活和经验，更能够产生共鸣。因此，从这个角度来说，当代人对一个时代经典的命名显然比后代人更重要。第二个层面，就是普通人、普通读者和权威的关系。理论上，我们都相信文学权威对一个时代文学经典命名的重要性，权威当然更有价值。但我们又不能够迷信文学权威。如果把一个时代文学经典的命名权仅仅交给几个权威，那也是非常危险的。这个危险表现在什么地方呢？就是几个人的错误会放大为整个时代的错误，几个人的偏见会放大为整个时代的偏见。我们有很多这样的文学史教训。在这个问题上，我们既要相信权威又不能迷信权威，我们要追求文学经典评价的民主化、民主性。对一个时代文学的判断应该是全体阅读者共同参与的民主化的过程，各种文学声音都应该能够有效地发出。这个时代的文学阅读，最理想的状态应该是一种互补性的阅读。为什么叫"互补性的阅读"？因为一个批评家再敬业，再劳动模范，一个人也读不过来所有的作品。举个例子：现在我们一年有5000部以上的长篇小说，一个批评家如果很敬业，每天在家读二十四小时，他能读多少部？一天读一部，一年也只能读三百部。但他一个人读不完，不等于我们整个时代的读者都读不完。这就需要互补性阅读。所有的读者互补性地读完所有作品。在所有作品都被阅读过的情况下，所有的声音都能发出来的情况下，各种声音的碰撞、妥协、对话，就会形成对这个时代文学比较客观、科学的判断。因此，文学的经典不是由某一个"权威"命名的，而是由一个时代所有的阅读者共同命名的，可以说，每一个阅读者都是一个命名者，他都有对经典进行命名的使命、责任和"权力"。而作为一个文学研究者或一个文学出版者，参与当代文学的进程，参与当代文学经典的筛选、淘洗和确立过程，更是一种义不容辞的责任和使命。说到底，"经典"是主观的，"经典"的确立是一个持续不断的"过程"，"经典"的价值是逐步呈现的，对于一部经典作品来说，它的当代认可、当代评价是不可或缺的。尽管这种认可和评价也许有偏颇，但是没有这种认可和评价，它就无法从浩如烟海的文本世界中突围而出，它就会永久地被埋没。从这个意义上说，在当代任何一部能够被阅读、谈论的文本都是幸运的，这是它变成"经典"的必要洗礼和必然路径。

总之，我们所提倡的"经典化"不是要简单地呈现一种结果，不是要简单地对一个时代的文学作品排座次，不是要武断地指出某部作品是"经典"，某部作品不是"经典"，不是要颁发一个"谁是经典"的荣誉证书，而是要进入一个发现文学价值、感受文学价值、呈现文学价值的过程。所谓"经典化"的"化"实际上就是文学价值影响人的精神生活的过程，就是通过文学阅读发现和呈现文学价值的过程。可以说，文学的经典化过程，既是一个历史化的过程，更是一个当代化的过程。文学的经典化时时刻刻都在进行着，它需要当代人的积极参与和实践。因此，哪怕你是一个对当代文学的虚无主义者，你可以不承认当代文学有经典，但只要你还承认有文学，你还需要和相信文学，还承认当代文学对人的精神生活具有影响力，你就不应该否定当代文学经典化的重要性。没有这个"经典化"，当代文学就不会进入和影响当代人的生活，就失去了存在的意义。每一个人，哪怕你是权威，你也不能以自己的好恶剥夺他人阅读文学和享受文学的权利。

从这个意义上说，当代文学的经典化当然是一个真命题而不是一个伪命题。在一个资讯泛滥的时代，给读者以经典的指引是文学界、出版界共同的责任，而这也是我们编辑出版这套书的意义所在。

最后，感谢张明和张英先生为本套书付出的辛劳，感谢北京立丰天文化传播有限公司、北京金圣典文化有限公司的资金支持，感谢全体编委和北京联合出版公司各位编辑，感谢所有对本套丛书的出版给予大力支持的作家和他们的家人。

是为序。

吴义勤

2022年冬于北京

目 录
Contents

苍　声＿＿1

霜　降＿＿45

镜子与刀＿＿61

长　途＿＿81

莫尔道嘎＿＿128

鹅　桥＿＿142

日月山＿＿168

逆时针＿＿178

小城市＿＿234

兄　弟＿＿284

这些年我一直在路上＿＿299

苍 声

1

何老头正训我,外面进来两个人把他抓走了。当时何老头很气愤,指着我鼻尖的手抖一下,又抖一下。"这么简单的问题都不会,"他说,"午饭都吃到狗肚子里了?"

我说是,都给绣球吃了。全班大笑起来,都知道我们家养了一条黄狗,叫绣球,前些天刚下了一窝小狗,还没满月。刚产崽的绣球得吃好的,我就背着父母把午饭省下了给它。笑声里大米的声音最大,像闷雷滚过课桌。我喜欢听大米的声音,像大人一样浑厚,中间是实心的,外面闪亮,发出生铁一样的光。大米一笑,大家就跟着继续笑。何老头更气了,哆嗦着手抓下黑礼帽,一把拍在讲台上,露出了我们难得一见的光头。

"不许笑!"何老头说。

门外突然就挤进来两个人,刘半夜的两个儿子,都是大块头。他们一声不吭,上来就扭何老头的胳膊,一人扭一只,这边推一下,那边搡一下，把何老头像独轮车一样推走了。

何老头说："你们干什么？你们为什么抓我？"刘半夜的两个儿子还是不吭声。何老头又喊："等一下，我的礼帽！"他们还是像哑巴一样不说话，挺直腰杆硬邦邦地往前走。这时候他们已经走到校门口的两棵梧桐树底下了。

他们都围到窗户边去看。刚糊上的报纸被大米三两下撕开来，他们的脑袋就从窗户里钻了出去。我站在位子上，伸长脖子从教室门往外看。何老头和刘半夜的两个儿子组成的形状像一架飞机，何老头是飞机头，他的脑袋被下午的阳光照耀着，发了一下光，就从校门口消失了。何老头其实不是光头，只不过头发有点少，不仔细找很难发现。我猜就因为这个他才戴礼帽的，一年四季都不摘下来。睡觉时摘不摘我不知道，反正平时很少见他摘。今天他一定是被我气昏了头才拿掉帽子。我对自己也相当生气，那么简单的问题也答不出。

但是，我不喜欢何老头当着大米他们指鼻子骂我。我把黑礼帽从讲台上拿过来，对里面吐了一口唾沫，又吐了一口，吐第三口的时候，谁说了一句："何老头的礼帽呢？"我赶紧把帽子塞到桌底下，抻长袖子把唾沫擦干了。

又有谁问了一句帽子，随后就没动静了。大家重新趴到窗户边，校门口有一群人在跑，不知道那些人要干什么。我趁机把礼帽压扁，塞到书包里，然后像没事人一样走到窗户边和他们一起看。零零散散的几个人还在跑。

"这算不算放学了？"三万问大米。

"当然。"大米说，"何老头都被抓走了，放学！"

三万帮大米背了书包，一伙人就跟着大米跑出教室。都想去看看外面到底出了什么事。我怀疑跟何老头被抓有关。为什么抓，我也不懂。

我背着书包跟他们跑出校门，他们往西，我往东。得先把礼帽藏起来。

"木鱼，"大米喊我，"你不去看？"

"我要回家看绣球。"

"嘿嘿，好，"大米笑起来，说，"好好把绣球养肥点，过两天我去看看它。"

大米"嘿嘿"的时候不像个好人，可他的声音好听。只有大人才能有那样浊重、结实又稍有点沙哑的声音。我问过我妈，为什么我的声音尖尖细细像个小孩。我妈说，你不是小孩还能是什么？可大米怎么就有大人那样的声音。大米比你大，我妈说，人大了声音自然就苍声了，粗通通跟个烟囱似的有什么好听。

我觉得好听。大米能让所有人都听他的，就因为他声音跟我们不一样。他说了："你们一帮屁孩，奶声奶气的！"

也不是所有人都比大米小，三万、满桌和歪头大年就跟他一样大，声音还是不好听。我经过几棵梧桐书和槐树，捂着书包往家跑，心里充满了恐惧，我竟然把老师的礼帽偷偷拿回来了。迎面碰上向西跑的几个人，我低着脑袋不敢和他们打招呼，但我对他们要去的地方又满怀好奇，他们到底要去看什么。

这一年我十三岁，怀揣两只不同的小狗，一只恐惧，一只好奇。像绣球产的四只小狗中的两只，毛色光滑，一醒来就不安生。

2

想不出藏哪里更保险。我把自己关在屋里四处找地方，放哪儿都不放心。姐姐又在院子里催，让我快点，一起去西大街看看。她也急着想知道西大街到底出了什么事。我只好咬咬牙决定塞到床底下，为了防止谁钻床底往里看，我把一双没洗的臭袜子放在床边，那个臭，瞎子也能熏出眼泪来。出门前我还想看看绣球和四只小狗，姐姐等不及了，拉着我就跑。我就对着墙角的草窝吹了一声口哨，绣球听见了，对我说："汪。"四只小狗也跟着哼了四声。

路上有人和我们一起跑。快到西大街，碰见我妈在街口跟韭菜说话，她拉着韭菜，让她晚上到我们家吃饭，韭菜甩着胳膊不愿意。姐姐说："妈，西大街有景呢，你不去看？"

"回家，"我妈说，"有什么好看的！"

"那边到底啥事呀？急死我了。"

"太上老君下凡，"我妈有点不耐烦，"跟我回去！韭菜，听姨的话，姨拿好吃的给你。"

韭菜还是不愿意，嘟着嘴说："看。看。我要看。"

我谨慎地说："是不是何老头？"

我妈瞪了我一眼，"回家做饭去！"

姐姐已经拽着我跑过去了，我妈在背后喊也不停下。

猜得没错。人群围在大队部门外，踮着脚往紧闭的门里看，什么都看不到，脖子还在顽强地伸长。然后三两个人咬耳朵，表情含混，我凑上去听，只大概弄清楚，何校长被关在里面。姐姐问旁边东方他妈，东方他妈说，谁知道，听说跟丫丫有关，谁知道。姐姐还想问，周围静下来，支书吴天野走出大队部的门，挥挥手说：

"回去，都回去！有事明天说。"

人群就散了。姐姐歪着头问我："跟丫丫有关？"

我哪知道。

丫丫就是韭菜。差不多有二十岁了。是个傻大姐，头脑不好使，见人就笑，然后问你吃过了没有。七年前她还叫丫丫，被何老头收留了才改名韭菜。叫丫丫的时候，韭菜是个孤儿，她九岁时她爸死了，接着她妈在某一天突然不见了，听说跟人跑了，再也没回来。丫丫整天在村子里晃荡，追着谁家的猫或者鹅玩，到了吃饭时间就有人叫她。那时候吴天野就是支书，他让各家轮流管丫丫的饭，只要她还活着，养到哪天算哪天。除了三顿饭，丫丫的其他事就没人管了，她整天蓬头垢面，脸脏得像个面具，下雨天也会在外面跑。后来何老头来我们这里当校长，他觉得丫丫可怜，吃百家饭却没人管，就跟吴天野说，干脆他收留丫丫吧。何老头是外乡人，听说是从北边的哪个大地方来的，一个人，一来就当校长。我爸曾说过，看人家里里外外都戴着礼帽，就是当校长的料。

丫丫被人领到何老头门前那天，何老头正坐在门口择别人送的韭菜。何老头握着一把韭菜站起来，说："还是改个名吧，就叫韭菜。"

就叫韭菜了。叫丫丫顺嘴了的还叫丫丫，其他人叫韭菜。两天以后，丫丫就变成一个干净清丽的韭菜了，何老头帮她梳洗了一番，还给她做了两身新衣服。见过大世面的人说，丫丫蛮好看的嘛，跟城里来的一样。城里人长啥样我没看过，如果韭菜像城里人，我猜城里人起码得有四样东西：干净，白，好看，有新衣服穿。韭菜洗过脸竟然比我姐还白，真是。

再后来，韭菜干脆就把何老头当爸了，平常也这么叫。何老头很高兴，好像有个傻女儿挺满意的。他还教她认字，做算术题。我怀疑花一辈子也教不好，像我这样头脑一点毛病没有的，复杂一点的算术题都弄不懂，我不相信她一个傻子能明白。想也不要想。不过其他方面还是有点成效的，比如说话和看人。过去韭菜一说话就兜不住嘴，口水一个劲儿地往下挂，现在不了，总能在口水挂下来之前及时地捞回去；看人的眼神也集中了，过去你站她对面，就觉得她是在看另外两个人，而且在不同方向上，她涣散的眼神像鸡鸭鹅一样，两只眼能各管各的一边事。也就是说，现在只要韭菜老老实实不说话，就比好人还好。当然，你不能给她好吃的，一见到好吃的，她的嘴和眼立马就散了。

我们都知道何老头对韭菜好，可是东方他妈的意思是，何老头被抓跟韭菜有关。

有人喊我，一听就是大米。身后跟着三万、满桌和另外两个跟班的。"小狗长多大了？"大米问，"送我一只怎么样？"

"还小呢。"我说。其实我做不了主，小狗满月后送给谁，由我爸妈决定，绣球还没产崽就有一大堆人排着队要。我不想让大米知道我做不了主，他们会瞧不上我。

我姐说："大米，你爸为什么把何校长抓起来？"

"问我爸去，"大米说，"关我屁事，又不是我关的。"他对屁股后头的几个挥一下手，他们就跟着他走了。他的一挥手让我羡慕不已，还有他的一声浑厚的"走"，多威风，就是跟我们小细胳膊小细腿和尖嗓子不一样。大米临走的时候又嘱咐，"记着给我留一只啊，越多越好。"

"没有了。"我只好说。

"你说什么？"

"爸妈都把它们送人了。"

"操！"大米说，"还没生下来我就要。就没了！"他扔出一颗石子，打中十米外的一棵槐树，"就一只破狗，操，不给拉倒！"

回到家，韭菜坐在厨房帮我妈烧火。烧火的时候她比正常的女孩都端庄。姐姐又问我妈,为什么把何老头抓起来?我妈白她一眼,示意韭菜在,姐姐就不敢乱问了。韭菜在我家吃的晚饭,吃了一半停下来,说:

"韭菜不吃了,爸还没吃。"

"留着呢,"我妈说,"你吃你的。"

3

因为那顶礼帽,半夜里噩梦把我吓醒了。我梦见礼帽长了三十二条蜘蛛那样的细腿,密密麻麻地从我后背爬上来,突然抱住了我脖子。我惨叫一声醒了,摸摸脑门上的汗,庆幸只是个梦。我爬起来,借着月光从床底下把礼帽够出来,已经恢复了原来的形状。我小心翼翼地看它的四周,没有脚,又扔到床底下。得想个办法把它送出去。

第二天早上,我被姐姐叫醒,姐姐说:"快,要斗何校长了!"我半天才回过神,噌地从床上跳起来。"怎么斗?"我问。

"游街。"

锣鼓声从西大街响起来,锣是大铜锣,鼓是牛皮鼓,猛一听以为马戏班子来了。我去井台前洗脸时,看见韭菜蹲在墙角逗绣球和四只小狗玩。她把其中两只抱在怀里,左臂弯一只,右臂弯一只,还用嘴去亲小狗的嘴,嗓子眼里发出呜呜呜的催眠声。丑死人了。

"别动我的小狗!"我喊了一声。

韭菜吓得胳膊一松,一只小狗掉到地上,跟着另一只胳膊失去平衡,第二只也掉下来。小狗摔得直哼哼。我满手满脸是水地跑过去,抱起小狗一个劲儿地哄,哎呀,摔坏了摔坏了。韭菜低头拿眼向上瞟我,知道自己犯错误了,鼓着嘴站在一旁搓衣角。

"还看!都快给你摔死了!"我说。

韭菜哇地哭起来,甩着手说:"我找爸。我去找爸。"

我妈从厨房跑出来,一边在围裙上擦手。"丫丫别哭,丫丫别哭,"我妈说,"谁欺负你了?"

韭菜指着我,"他!他骂我!"

"丫丫不哭,我打他,"我妈做着样子打我,"你看我打他。我把他剁了给狗吃!"

韭菜笑了,跺着脚说:"剁他!剁他!剁给小狗吃!嘿嘿。"说完了突然安静下来,又要哭的样子,"我找爸。我去找爸。"

我妈说:"吃完饭再找。丫丫听话。"然后对我和姐姐说:"还愣着,等着饭端到你们手里啊?"

那顿饭吃得潦草,我和姐姐都急。西大街锣鼓喧天,震得饭桌都嗡嗡地跳。我们没敢多嘴,爸妈都护着韭菜,怕她知道何老头被抓被斗的事。有什么好怕的,大不了被打一顿,游几天街。就是不知道这老头犯了什么事。

路上遇到几个同学,他们都往西大街跑。何老头被抓了,课当然就不上了。我怀疑整个花街的闲人都来了,里三层外三层堵在大队部门前。门前两个敲鼓的,一个打锣的,咚咚咚,咣。咚咚咚,咣。我刚挤进去,门开了一扇,刘半夜的二儿子走出来,对人群挥手,去去去,往后站,往后站,别碍事!大家撅着屁股往后退了退,另一扇门也开了,何老头被刘半夜的大儿子怪异地推出来。

像小画书里的白无常。戴一顶又高又尖的白帽子,脖子上挂着一块巨大的白纸板,上面写着八个字:

> 衣冠禽兽
>
> 为老不尊

何老头低着脑袋一出门，刚停下的锣鼓又响起来。接着又停下了，吴天野从大队部里走出来，因为突然安静下来，他的声音就显得格外的大。吴天野说：

"乡亲们，这两天我痛心疾首，痛心疾首啊！看到那几封举报信，我眼都大了，嘴都合不上了！我做梦都没想到，我寻思所有花街人做梦也不会想到，咱们的何校长，就是教咱们花街上的孩子读书解字的先生，竟然是这样一个衣冠禽兽！他收养了我们花街的孤儿丫丫，竟然为了这个肮脏的企图！乡亲们想想哪，丫丫，就是韭菜，才多大啊，刚刚二十岁！多好的年龄啊，就这样被他，这畜生一样的人，给糟蹋了！这是咱们花街的耻辱！你们说，怎么办？怎么办？"

刘半夜的两个儿子一起喊："打死他！打死他！"跟着一阵锣鼓声。

吴天野挥挥手，锣鼓又停了。他说："打死人不行。但咱们花街的这口正气要出，要给丫丫和全体花街人一个交代。大队里商量了一下，游街示众。好人咱不能冤枉，坏人也决不放过。好，开始！"

锣鼓敲起来，走在前面，接下来是刘半夜的两个儿子押着何老头，还是一人一只胳膊。经过我面前，何老头抬了一下眼皮，我赶紧缩到别人后面。走几步，锣鼓停下了，大家正纳闷，忽然几个小孩的背书一样的声音冒出来：

> 我们的校长罪该万死，不是人；我们的校长禽兽不如，是个老骚棍。七年前就起坏心思，收养个傻丫头，为了当马骑。他打

韭菜我们看见了,他骂韭菜我们看见了,他干所有坏事我们都看见了。游他的街,批他的斗,打倒一切不要脸的害人虫!

我赶紧又从人后钻出来,看见七八个低年级小孩并列三排走在何老头身后,眼睛盯着何老头的后背。我也去看,何老头的后背挂着一块大白纸牌子,纸牌上写满了毛笔字。怪不得这帮小东西能背得这么齐,照着念的。不过这样我也挺佩服,说实话,有几个字我还不敢确定认不认识。我就盯着那几个含混的字认真看起来,越看越觉得这个毛笔字眼熟,后来终于想起来,这是何老头自己的字。花街没人能写这样好看的颜体字,何老头教过我们,那种胖胖的、敦敦实实的字叫颜体。何老头自己写字骂自己,还骂得这么直接这样狠,实在想不到。

大人之间,男男女女的那点事,我多少知道一点,大米他们整天把男人和女人的那个地方挂在嘴上。大米亲口对我说过,他在八条路的芦苇荡里看见过一对男女光身子抱在一起,不停地动啊动,男的屁股动起来像打夯。是谁我就不说了,反正我知道。大米说到光屁股时,两个嘴角止不住往外流口水,就像过年吃多了肥肉,油止不住从嘴边流出来一样。可是,说真的,我从来没看过何老头跟韭菜怎么怎么过,我放鸭子经常经过他们屋后,歪一下头,他们茶杯放哪个地方我都看得一清二楚。

可这帮小狗日的一起说他们看见了。不知道怎么看见的。

他们走走停停。敲一阵锣鼓,小狗日的们就齐读一遍何老头背上的字。人群里乱糟糟的,西大街本来就不宽敞,挤来挤去就更乱,我和姐姐被挤散了。乱还有一个原因,就是他们交头接耳,相互争论,据我听到的,主要有三方意见:一方认为何老头该死,多大的人了,整天戴着礼帽跟个人物似的,原来一肚子坏水花花肠子,收养一个大闺女竟然为了干这种脏事,幸亏是个傻子,你说要是个好好的姑娘,这还怎么有脸活下去,怎么嫁人生孩子呀!第二方观点完全不同前面的,傻姑娘怎么了,傻姑娘不是姑娘啊?丫丫也是女人,要不是头脑有毛病,那脸蛋,那身段,那个皮肤白嫩能当凉粉了,咱花街有几个比得上?第三种当然和前面两个都不同,那就是,他们认为根本没有的事,何校长在花街七年了,待人那个好,对丫丫更不用说了,就是个傻子也捧在手心里疼,怎么会干那种事!打死我也不会信。

"那为什么把他抓起来游街?"

"谁知道,哪个丧天良的诬陷!咱们花街,吃人饭不拉人屎的越来越多了!"

因为看法不同,人群自然分成三部分。一部分追着游行的队伍看,跟着叫唤,要打倒何老头,要打死他,有人甚至往他身上吐痰扔石子。另一部分人不冷不热地跟着,抱着胳膊三两个人说话,眼还盯着前面的队伍。第三部分落在最后面,事实上他们出了西大街就没再跟上,就在西大街的拐角处停下来,脸板着生气,为何老头咕哝着喊冤抱屈。我回头找我姐,听见他们在骂人,包括刘半夜的两个儿子。七八个小东西现在只剩下三个,走掉的几个就是被他们拎着耳朵从朗读的队伍揪出来的。他们骂他们的儿子或者小亲戚:

"个小狗日的,皮痒了是不是?让你来现眼!"

游街的队伍还在继续。一阵锣鼓一阵朗诵。后来我听大人说,中间穿插朗诵的游街,他们也是第一次看到,不知道是不是跟外国人学的。我又跑回第一部分,只是想看看热闹。我看见浓痰、石块和混着苔藓的湿泥团从不同方向来到何老头身上,那些湿泥团是他们刚从阴凉潮湿的墙角抠出来的。我什么东西都没往何老头身上扔,因为我不知道他到底干没干过坏事。也不敢,他是我老师,教我所有的功课,礼帽还在我床底下。一想到礼帽我就紧张，当时头脑进水了一定，拿帽子能当饭吃啊。

后来又想，要把礼帽带来就好了，给何老头戴上。他的高帽子被打掉了，刘半夜两个儿子帮他戴上几次又被打掉，刘半夜的儿子就烦了，装作没看见，一脚踩上去，再不必捡起来了。石块、泥巴和痰就落到他无限接近秃子的光头上。有血流出来，黏嗒嗒的浓痰也摇摇欲坠地挂下来。可是何老头像突然哑巴了一样，怎么打都不吭声。

你倒是说两句话呀。你就不说。

4

队伍从东大街刚拐上花街时，韭菜迎面甩着两只胳膊跑过来，风把她的头发往后吹，胸前汹涌着蹦蹦跳跳。她越过打锣敲鼓的人看见何老头低着脑袋看自己脚底下。

韭菜喊："爸！爸！你干什么？我昨天就找你！"

何老头的脑袋一下子抬起来，他张嘴要说话，嘴唇干得裂开了两个血口子。刘半夜的两个儿子立马拉直了他的胳膊，韭菜已经闯到了他们面前。她对着刘半夜的两个儿子的手每人打了一巴掌，"抓我爸手干什么？"然后要去拉何老头，突然看见何老头脖子上挂的纸板，歪着头看了一会儿，指着纸板说，"爸，回家我做饭给你吃。这个是什么字？"

锣鼓声停下来，所有人都看韭菜。刘半夜的大儿子也愣了一下，然后松开何老头去推韭菜，韭菜就叫了，两手章法全无地对他又抓又挠。刘半夜的儿子躲也躲不掉。

何老头哑着嗓子说:"韭菜,你回家。回家。"

韭菜说:"爸,他打我,我要跟他打!"一把抓到刘半夜儿子的脸上,两条血印子洇出来。刘半夜的儿子,感到了疼,抽出手摸一把,看见了血,狂叫一声发起狠来,第二下就撕破了韭菜的上衣,露出了半个胸脯和一只白胖的乳房。何老头想冲上去要护着她,刘半夜的二儿子抓牢了他的手,何老头只好含混地叫。脖子和脑门上的青筋跳起来,头上又开始流血。周围人的脚尖慢慢跷起来了。

有人在我耳边说:"木鱼,好看么?"

"看什么?"我说,然后才对那声音回过味来,是大米。

"当然是那个了。"大米意味深长地对我笑,右手做出一只瓷碗的形状。

我的脸几乎同时热起来,"我没看,我在看何老头的光头。"

"没看什么?"三万的脑袋从另外一个地方伸过来,"还说他小,小什么?心里也长毛啦!"

"我心里没长。"我说,不知道该如何争辩。

"那哪个地方长了?"满桌的嘴也伸过来。

三万把满桌往后推一下,说:"再问一次,给只小狗怎么样?"

"你问我爸妈要吧,他们都答应人家了。"

大米看着韭菜的胸前,抹了一把嘴。我看见我妈来了,她把韭菜往外拉,要给韭菜整理衣服,韭菜挣脱半天才顺从。她还想再抓刘半夜儿子几道血印子。大米一直都盯着韭菜看,说:"不给拉倒!走!"三万、满桌和其他几个跟在屁股后头走了。

他们拂袖而去,走得雄赳赳气昂昂,弄得我心里挺难受。同学们差不多都跟着大米他们玩,大米走到哪里后头都有一帮人,看起来都很高兴。好像不管干什么他们都开心,我就不行,我经常一个人郁郁不乐,整天像头脑里想着事一样。到底想了些什么,我也说不上来。后来我花了两天时间仔细想了一遍,觉得问题可能出在声音上,我尖声尖调,大米觉得配不上和他们玩。一点办法也没有。他要小狗我又帮不上忙,我妈说了,早就许过人家了,我的任务就是好好把它们养到满月。养就养吧,反正我喜欢这几个小东西。

游街的队伍乱了一会儿又正常了。我妈总算把韭菜弄走了。"韭菜是个好丫头。"何老头对我妈说,"你相信我,我什么伤天害理的事都没干,你们一定要相信我。斗死我都无所谓,就是毁了韭菜,她以后可怎么过日子。"他让我妈把韭菜带回家,韭菜不肯,何老头就说:"韭菜听话,回家做饭给爸吃。爸再跟着他们转一圈就回去吃饭。"

然后锣鼓又敲起来。我妈牵着韭菜的手,带她回家。这回乱扔东西的人少了。

游街一直到半下午才结束,我饿坏了。最后敲锣打鼓的声音也空起来,半天才死不死活不活地来一下,因为朗诵的小孩在转倒数第二圈时就全走光了。没了朗诵,锣鼓只好一直敲下去。回到家一个人没有,我找了个饼子边吃边去墙角找小狗,只看到绣球和两只小狗。围着院墙把旮旮旯旯里都找遍了,狗毛都没看见。正在院子里发愣,姐姐回来了。我问她,小狗呢?

"我还问你呢,"姐姐说,"我都找了一圈了!你把它们送人了?"

"我没送。"

"见了鬼了!"姐姐说,"就知道吃,还不去找!"

我抱着半截饼子出门找狗。想找一个东西才会发现花街一点都不小,小的是两只狗,随便钻到哪个角落你都看不见。我边找边吹口哨,希望小狗能听见。东大街、西大街、花街都找了,没有,我口干舌燥地沿运河边上走。运河里船在走，石码头上有人在装卸东西，闲下来的人蹲在石阶上聊天，指缝里夹根卷烟。我问他们，看见我家的小狗没有？他们说，你家小狗姓张还是姓李？他们就知道取笑人，所以我说：

"姓你。"

我在二码头边上看见了一只小狗。小狗趴在灌木丛里，脑袋伸出来，下巴贴着地，我对它又吹口哨又拍巴掌，小狗就是不动。我气得揪着它耳朵想拎出来，拽出来的竟只是一颗脑袋。从脖子处已经凝结了血迹的伤口开始，整个身子不见了，小狗睁大了眼。吓得我大叫，一屁股坐到地上。我在那里坐了好大一会儿工夫，潮湿的泥土把裤子都洇凉了，刚吃完的饼子在肚子里胡乱翻转，要出来，我忍着，右手使劲掐左手的虎口，眼泪慢慢就下来了。

后来我折了几根树枝，在灌木丛后边挖了一个坑。埋葬完小狗太阳已经落了，黄昏笼罩在运河上。水是灰红和暗淡的黄。一条船经过，从中间切开了整个运河。

我不敢继续找下去，怕看见另一只小狗的头。

怎么会死在这里？我想不明白，从断头处看，像刀切过，也像撕过和咬过。谁弄死了我的小狗。

刚进花街，遇上满桌，满桌说："我捡到一只小狗。"

"在哪？"

"在大米家。"

我转身就往大米家跑，满桌说："跑什么，又丢不了！"他跟着我一起跑到大米家。大米家的院门敞开着，大米、三万和歪头大年在院子里逗小狗玩。没错，就是我家的那只，他们让它一次次脚朝天再爬起来。

"小狗。"我唤了一声。

小狗翻个身站起来，摇摇晃晃地向我跑来。我把它抱住，它高兴得直哼哼。

"你家的？"大米站起来，他的声音总是像从肚子里发出来的，"满桌在路上捡到的。"

"是的。"

"你要抱回家？"

"嗯。"

"捡一只狗不容易。"大米说。

"对，又不是满街都是狗，"歪头大年说。

我看看他们，不知道他们想干什么。

"总得拿点东西换换吧。"三万说。

"什么东西？"

大米抓抓脑袋，想不出什么好玩的。过一会儿说："韭菜——算了，不好弄。"然后自己就笑了，"操，还真没什么好玩的。"

"礼帽，何老头的礼帽！"满桌说，"一定在他那儿。"

"对，礼帽，"大米说，"都把这事给忘了。就礼帽吧。"

我犹豫不决。我想把礼帽给何老头送去，省得光头上再挨石子、泥块啥的。而且过午他就感冒了，不停地抽鼻子打喷嚏。

"不换拉倒，"大米说，"把小狗放下。"

我说："换。"

小狗送回家后，我把礼帽从床底拿出来，压扁了塞进衣服里，一路跑到大米家。大米接了礼帽，拉拉扯扯让它复了原形，几个人就用它在院子里玩飞机。刚开始玩，就听见吴天野的咳嗽声，他一年四季都有吐不完的痰。大米赶紧把礼帽藏到牛圈的草料里。他怕他爸，就跟我怕我妈一样。

5

韭菜坐不住,在我家吃过饭,饭碗一推就想跑。到下一顿吃饭,我妈就差我去叫。姐姐不去,她说自己都伺候不过来,还要伺候一个傻子。我妈就骂她,傻子怎么了?你们这些没良心的。姐姐很不服气,说:

"你别这些这些的,这些是哪些?"

"就你们这些。"我妈说,"也不知道心里整天念叨些什么!我就想不通,何校长那样的好人,能干出伤天害理的事?他吴天野说有人举报,谁举报?怎么不说出来?我看就是诬陷!"

姐姐说:"妈,吴天野好像还是你什么表哥吧,还亲戚呢。"

"稀罕!什么表哥,八竿子打不着。我情愿认头猪做表哥。"

多少年我妈对吴天野就没好气,提起就骂。骂他狠,想着法子整人。据我妈说,当年吴天野做村长时就不是好鸟,整个花街人饿着肚子在地里收花生,一粒都不让你吃。开始他让队长在地里跑来跑去监视,收工时扒开每个人的嘴往里看有没有花生渣;后来这个方法不行了,因为吃过后多咽几次口水就找不到花生渣了。吴天野就想出了更好的法子,收工时排队在地头漱口。地上铺开一层沙,漱口水吐到沙子上,偷吃过花生的人吐出来的水是白的,咽再多口水也不管用。我妈说,别人勒紧裤腰带干活,他倒舒服,背着手在地头像田鼠一样转来转去,没事就伸手到口袋里捏两颗花生米扔到嘴里。

我妈骂我姐的意思就是这个,自己想怎么吃就怎么吃,别人一动嘴就看着不顺眼。

当然我姐不是这样的人,她只是懒得跑。只好我去。

何老头家在学校后面,一个独立的小院。我敲半天门没人开,我就喊韭菜韭菜,院子里有两只鹅疲惫地嘎嘎应对,听声音饿得快不行了。这傻子不知道跑哪去了。我在院门口绕来绕去,被臭蛋他妈看见,臭蛋他妈说,往西走了。我按她指的方向找,一条巷子走到头也没看见,社会的老婆抱着孩子告诉我,拐下南了,我就往南找。过五斗渠就看见韭菜在小跑,我喊韭菜韭菜,南风吹过她的耳朵,听不见。我想再喊,看见前面晒场上的一排草垛顶上飞起一个东西,黑的,圆的,像头朝下的一个大蘑菇。我刹住脚。

接着看见大米、三万、满桌和歪头大年在草垛之间跑,叫声顺风飘过来,就是嗷嗷的胡乱喊。韭菜继续往前跑,她显然是冲着礼帽去的。果然,她边跑边喊:

"帽子!那是我爸的帽子!谁让你们拿我爸的帽子!"

她跑近了,大米他们停下来,任她怎么抢怎么叫,就是不给。他们几个诡异地相视而笑。我没敢过去,怕他们说出礼帽是从我手里拿到的。他们重新让帽子飞起来,几个人传来传去,逗韭菜玩。韭菜一直拿不到帽子,气得坐到地上号啕大哭,抓起地上的土四处扬。大米他们可能怕被别人看见,又逗了韭菜一会儿就拿着礼帽跑了。

他们走远了我才上前。韭菜要礼帽,我说不管里帽外帽,先吃饭再说。

"我先要礼帽再吃饭!我爸会感冒,会流鼻涕,淌眼泪,打喷嚏。"

我说:"先吃饭再要礼帽。"

"先要礼帽再吃饭!"

"吃了饭我就去给你找礼帽。"

"真的？"韭菜立马停住哭声，仰脸看我，伸出沾满泥土的小指头，"拉钩，上吊！"

好吧。我也伸出小指头，拉钩上吊。韭菜一下子笑了，爬起来，裤子上的泥土都不拍，说："噢，吃饭吃饭。"

韭菜真的推掉饭碗就要我去找礼帽。这死傻子。我妈说，好，让他找，找到了送给你。可我到哪里找，我说不知道在哪。我妈就给我使眼色，我就说好吧，现在就去找。我要不答应她就不跟我妈到菜园去。我出了门，瞎晃荡一圈，实在无聊就去看何老头游街了。

已经没什么好看的，还是老样子，敲锣打鼓，重新找了五个小孩跟着朗诵，内容基本不变，只是措辞上有点小改动。再就是胸前的纸牌子换了，字也换了：

看似知识分子
其实衣冠禽兽

还是何老头自己的字，写得不如上一次认真，看来何老头自己也失去耐心了。何老头一边低头被游一边鼻涕眼泪往下掉，感冒在加重，偶尔还咳嗽。敲锣打鼓的还是那两个，劲头明显懈怠，敲出的锣鼓点子懒洋洋的敷衍了事，我估计是因为观众少了。这样的游街多少有点单调，几圈之后就不愿意再跟下去。何老头有时候甚至会抬起头看看，可能是吐痰扔石子的少得让他觉得寂寞了。精神抖擞的只有刘半夜的两个儿子，他们还像刚开始那样兴致勃勃。真不容易。

我跟着队伍把西大街、东大街和花街转一圈，就去石码头玩了。运河水突然涨起来，水流变粗变浑，翻涌着从上游下来。听说那地方连天暴雨，淹了，老屋子都被雨水冲倒了。石码头聚了不少人，看沉禾从运河里捞东西。他把两根长毛竹接在一起，前头装了个铁钩子，上游漂下来什么他就捞什么。我到的时候，石阶上已经摆了死猪、死猫、树根、锅盖、木箱子、小板凳。大家都说，按沉禾这样捞法，迟早能捞上来一个大磨盘。

到天黑他也没捞到一个磨盘。我傍晚时回的家，发现小狗又少了一只，找了半天没找到，就跑到石码头看沉禾捞上来的小动物。有一只死小狗，不是我家的。这时候天已经黑了。

6

第二天上午继续找小狗。先是三条街找，见人就问，然后就去运河边上，附近的灌木丛、芦苇荡都看了一遍。没有。又去石码头，沉禾还在捞东西，死狗倒是有几条，没一个像我家的。出了鬼了。后来遇到韩十二的小叔，他刚在八条路上看见一只狗，让我过去看看。我问他那狗什么颜色，他说没看清楚，只是远远扫一眼，好像看见了一个小脑袋晃了一下。我就往南找。

八条路在花街南边，那地方是一片大荒地，因为要穿过一片坟地，平常很少有人去。当时我没想到小狗根本跑不了那么远，稀里糊涂就去了。一路走走停停，进了坟地。坟墓之间长满松树，穿过时阴郁清凉，心里跳跳的。要不是大白天，打死我也不往这地方跑。快穿过坟地的时候，隐约听见附近有人说话，吓得我想往回走，然后觉得那声音有点耳熟，生铁似的，像大米的。说什么听不清楚。我弯腰在坟头和松树之间找，半天才看见一个人影在坟堆和松树之间闪动一下。

阳光从树冠之间落下来，我踩着那些白花花的阳光往那个方向小心地走。说话声越来越大，不止一个人。

一个人说："脱。"

又一个人说："快脱。"

另一个人说："再往下一点。"

然后是大米的声音："想不想要？"

我贴着坟堆往前走，忽然听见韭菜说："给我！给我！"

有人干干地笑出声来，另一个人也笑。应该是三万和歪头大年。然后我越过一个坟头看见大米和满桌站在两座坟之间咬着耳朵说话，都把胳膊抱在怀里。三万和歪头大年分别坐在两座坟的坟头上，三万用右手食指摇动何老头的黑礼帽。

"快点，"三万说，一脸怪异的笑，"看，帽子就在这儿。"

我不敢再往前走了，躲到一个坟堆后面，歪出脑袋看。他们叫了一声，又叫了一声。一座坟堆后面升起韭菜的后脑勺，然后是她的脖子，紧接着，快得我来不及反应就露出了光脖子和光后背，然后我看见韭菜向三万跑过去，天哪，韭菜光着一个白得刺眼的身子，屁股大得像两个球，我陡然觉得有东西噎在嗓子里，打了一个响亮的饱嗝，吓得赶紧蹲下来，大米警惕地喊了一句：

"有人！谁？"

其他几个人也警惕地四处看，"谁？在哪？"

好一会儿没动静，韭菜也停在半路上。

歪头大年说："没人呀，你听错了吧？"

大米说："刚才好像有人打嗝。可能我听错了。"

三万又干干地笑出声来，说："这鬼地方哪来的人。大米，你先来？"

"还是你先来，"大米说，"我等等。"

三万说:"还是你先来吧。要不,满桌你来。"

满桌说:"还是大年来吧。大年不是一直说自己东西大嘛,试试。"

歪头大年也干干地笑,"说着玩的,"他说,"还是三万来。你不是做梦都做过了,轻车熟路。"

韭菜又叫起来:"帽子给我!我爸的帽子!"

我伸长脖子,又打了一个饱嗝。实在忍不住。你说我看见了什么!我看见韭菜正往我这边转身,两只白白胖胖的圆乳房上下在跳,然后是两腿之间乌黑的那一团。一看韭菜那样子我就慌,心跳快得感觉要飘起来。我实在是忍不住那个嗝,为了把它打出来我脖子越伸越长。

大米说:"快,有人!"

三万几个人转身就要跑,大米让他们站住,大米说:"先看是谁!"

我一听,要命,撒腿就跑。歪头大年在后面喊:"是木鱼!"

大米说:"追,别让他捅出去!"

他们几个人在后头边追边喊,让我停下。哪敢停下,我都希望胳肢窝里长出四个翅膀来。没想到我能跑那么快,他们到底没追上,前面的路上有了人,他们不敢再追了,拐了个弯从另外一条路往花街走。我停下来,一屁股坐到地上。现在感到两腿发软了。

坐了两根烟的时间,想起来韭菜还在坟地里,站起来去找她。她穿好衣服过来了,上衣的扣子扣错了位置。见到我就说:"帽子!我爸的帽子!"

"帽子在大米他们那里。"

"我要帽子!你给我帽子!"

我就怕她傻起来像要赖,她好像根本不知道刚才自己脱光了衣服,揪着我衣服让我给她帽子。我说好,你撒手。她总算撒了手,说:"我今天就要。"

"好,"我说,"那你以后不能乱脱衣服。"

"嗯,不脱。我要帽子。"

我带着韭菜往花街走,路边是条水沟,水不多草倒不少。走着走着韭菜不见了,回头看见她正歪着脑袋蹲在水沟边看,我叫她,她说小狗,小狗。我心里一惊。都把这事给忘了。我跑过去,她指着水草之间的一个东西说:

"小狗。小狗。"

我看完第一眼就捂上嘴。没错,就是要找的那只。只剩下一个头,这次眼是闭着的。我拉起韭菜就走,不想再看下去,也不想再去把它像上一只那样挖坑埋掉了。韭菜一路都念叨,小狗,小狗。

7

回到家,我把这一只小狗的死告诉了爸妈。报告这个消息时,我蹲在狗窝旁边,不自主地为余下的两只担心。一家人围着我也蹲下,你一嘴我一嘴猜测,还是弄不明白它们怎么就只有一个头了。什么样的动物有这种爱好?想不出来。我们也没得罪过什么人啊。可是,小狗的身子还是没了。一想到那两个小脑袋,我就觉得身上发痒,牙磨得咯吱咯吱响,鸡皮疙瘩到处跑。太令人发指了。

"一定有人算计咱们家。"姐姐说。

"哪个狗日的算计我们了?"我说。

"什么算计,"我妈说,"要算计也不会就算计两条小狗。"

"不管怎么说,防着点好。"我爸说,"人家在暗处,我们在明处,得找个彻底解决的办法。"

"送人,"我妈说,"现在就送。"

没满月也送出去。我心里咯噔响一下。我知道总有一天它们都要被送出去,可真要送出去还是相当难受,回不过神。我妈拍一下我的后脑勺,还愣,给天星和南瓜家送去。我抱着小狗不动,我妈又说:

"等着给人家弄死啊!"

我一下子跳起来,抱上一只就往外跑。我要把你送给天星家了,我对小狗说,心疼得眼泪掉下来。绣球在窝里汪汪叫,小狗也哼哼。

经过大米家,我把小狗藏到衣服里面,迅速跑过他家的门楼。大米他们都在家,三万、满桌和歪头大年叽叽喳喳地说笑。从天星家回来,他们还在说笑。我接着抱第二只小狗去南瓜家,再经过那里,他们的声音就没了。院门一扇关一扇闭,我向院子里瞄了一眼,一个人没有。送完小狗,我一路踢着小石子经过花街,心情非常沉重,那感觉就是两块肉活生生地剜给别人。大米家的院门还是半开半闭,我停下来,突然冒出的想法吓我一跳。

接下来又吓我一跳,我进了大米家的门。院子里一个人没有。我直奔牛棚,那堆草料,草料中间的缺口不仔细看很难发现。我悄无声息地凑过去,一伸手就抓到了,塞到衣服里就往外跑。出了院门才知道看看周围有没有人,然后感到了剧烈的心跳。

拿到了。我竟然从别人家的院子里偷了一个东西。

我妈在厨房里烧水,随口问了一句:"送去了?"

"嗯。"我说,赶快进了自己的屋。

把礼帽塞到床底,我坐在床头发呆,想着直接给韭菜是否合适。她可是个傻丫头,说不准嘴皮一动就把我卖了。我不放心。后来决定还是先问问我妈。

"在哪拿的？"我妈问。

"大米家门口捡的。"我低下头，"何校长头破了，感冒了。"

"别给丫丫，省得她惹事。直接给何校长。"

"他是不是关在大队部？"

"好像不在，"我妈说，然后问我爸，"何校长关在哪？"

"反正不在大队部，"我爸正在修渔网，"卫生室在大队部，人来人往的，没听说有人看见他关在那里。"

何校长关在哪里也成了问题，这两天都把这事忽略了。具体关在哪，我爸妈也说不出个头绪来。姐姐带着韭菜从门外进来，韭菜见到我就要礼帽。我看看我妈，我妈让我拿出来。她把礼帽形状整好，对韭菜说：

"丫丫，帽子找到了，让木鱼送去行不行？"

"不行！"韭菜说，"我送，是我爸的帽子！我要见我爸！"

"你不能送，"我妈说，"支书说了，你要送他就把你爸关上一辈子，你就再也见不到他了。"

"真的？"

"真的。"

"那好吧，不送了。"韭菜翻着白眼，对我说，"那你现在就送！"

"好，我这就送。"我找了个口袋装礼帽，甩在背上出了门。到石码头上看沉禾捞了一阵东西就回来了。运河里的水还在涨，上游的天一定是漏了。进门的时候我把礼帽藏到衣服里，抖着空袋子给韭菜看。我说："看，帽子送给你爸了。"

韭菜笑眯眯地说："这下好了，我爸不淌眼泪不流鼻涕了。"

淌不淌眼泪流不流鼻涕谁也看不到，今天没游街。我爸早上去石码头，听刘半夜说，游街先停停，都累了，养养神再游，他两个儿子都在家睡觉呢。石码头上的几个人还向刘半夜打听何老头关在哪里，刘半夜摆摆手说不知道，他那两个龟孙儿子回到家一个屁不放，都快成吴天野的儿子了。

8

几个小狗都没了，绣球没事就在窝边转悠，有时候正在门口走，突然就返身往家跑，到了窝前就呆呆地站着，悲哀地哼。给东西也不大吃，闻一闻就饱了。我若叫它，它就把脖子贴着我的腿蹭来蹭去，眼里湿漉漉的要哭。我就安慰它，别难过绣球，明天咱再下一窝小狗。不知道它听没听懂，摇摇尾巴出了门。这一出门就没回来，天黑了还听不到动静。

姐姐说："找小狗去了吧？"

找也不能找到现在啊，天黑了人还知道往家跑呢。我不放心，潦草地扒了几口饭就出去找绣球，怕它像那两只小狗一样，只剩下了个脑袋。

绣球不是小狗，只要听见我的声音它就会跑出来。我只顾赶路，嘴里发出各种声音，吹口哨，唤它的名字，自己跟自己说话。有人从我身边经过，都扭过头看我，怀疑我头脑出了毛病。几条街都找了，尤其是天星和南瓜家，都没有。奇了怪了，绣球在我家已经养了六年，闭着眼也能找到家门的。

那天晚上的月亮像一片弯弯的薄刀刃，血红地垂在半天上。运河里的水是黑的，有几盏灯在船上含混地亮，我在地上看不清自己的影子。灌木丛里有奇怪的小虫子在叫。因为吹口哨，我的嘴麻了；因为唤绣球和自言自语，嗓子干了，绣球还是没找到。血红的薄刀刃月亮在走，我到废弃的蘑菇房时应该挺迟的了。

蘑菇房在运河边上，很大，连着五大间，早些年一直种蘑菇。后来不知什么原因不种了，荒废在那里。屋子里一层层的蘑菇床逐渐被人拆完了，拿光了，剩下空荡荡的空房子。门常年锁着，阳光都进不去。我们在夏天倒经常进去，是从屋后的通气孔爬进去的。在运河里洗完澡，几个人一起往里面钻。一个人不敢进去，里面阴冷潮湿，霉烂的味道熏得人喘不过气来。有轻狂的小孩钻进去，喜欢在里面拉屎撒尿，所以里面还臭烘烘的，光线好的时候能看见苍蝇、屎壳郎和骨瘦如柴的老鼠在地上乱跑。

那天晚上蘑菇房黑魆魆的像个大怪物，看得我心里直发毛。所以我走得小心，贴着墙根轻手轻脚地走，突然脚底下一滑，凭感觉是踩到了一泡野屎上，叫了一声。叫声之外一片寂静，小虫子的叫声也成了寂静的一部分。我甩着脚，准备往河边的草上抹，听见一声哼哼。我停住脚，又听到一声哼哼。

"绣球？"我小声唤一下。

又是哼哼。

"绣球！"我把声音放大。

绣球的哼哼声也变大。我断定声音是从蘑菇房里传出来的，才敢把头凑进通风口。

"绣球，"我说，"你怎么在这里？出来啊。"

绣球悲哀地哼哼几声。

里面突然有个人声说："是木鱼？"吓得我把头往后一缩，撞到了墙上。那声音继续说："我是何校长。"

"何，何校长，你怎么也在这里？"

"几天了都在。绣球倒是下午才来。"

"它怎么会到这里?"

"大米他们把它鼻子穿了绳子,扣在这里。"

"大米?"

这狗日的,为什么要把绣球弄到这里来。我把头伸进通风口,什么也看不见,只闻到一股霉烂和臊臭味,还有隐约的血腥气。何老头咳嗽了一声,绣球跟着也哼哼了一下。爬进蘑菇房我是憋着一口气的,否则熏不死也丢半条命。脚底下滑了一下,不知道又踩到了什么。伸手不见五指的黑,只有绣球的两只眼放着光。

"看不见呀,何校长。"我说。

"等一下就适应了。"

等了一下还是看不清楚。绣球在前,哼哼地叫;何老头在后,嗓子里絮絮叨叨的痰吐不出来。两个都是个囫囵的影子。我对着绣球的影子伸出手,碰到了一根绳子,绣球凄厉地叫了一声。

"别动绳子,"何老头说,"绣球穿了鼻子了。"

何老头的意思是,绣球像牛一样被穿了鼻孔。我知道穿了鼻孔的牛,你动一下缰绳都疼得要它的命。因为看不清穿鼻绳的位置,缺少断开穿鼻绳的灯光和剪刀,我就从通风口原路爬出来,一路跑回家。爸妈他们都睡了,我把动静尽量放小,拿了手电筒和剪刀就往蘑菇房跑。跑到半路,想起何老头的礼帽,又跑回家拿。

灯光一照,蘑菇房里脏得实在不能看,何老头和绣球一个头上有伤,一个鼻子上有血,在灯光底下形如鬼魅。绣球对着灯光可怜地哀鸣。何老头遮住眼,受不了强光,过一会儿才把手拿开。我把礼帽递给他,他不要,让我带回去先收好。我可不想再收了,还是给你的好,正好治治感冒。顺手扣到他头上,疼得何老头直咧嘴。何老头帮着打手电，我剪穿鼻绳。狗日的大米贴着绣球鼻孔打了个死结，费了我不少工夫才剪开。整个过程绣球一声不吭，剪完了才开始亲热地舔我的手，眼泪一滴滴往下掉。

"绣球，绣球，"我说，"好了，咱们可以回家了。"

然后要给何老头解绳子，何老头不让。"不能连累你，"何老头说，"斗几天就该放我回去了。"

"我妈说，吴天野坏得头顶长疮脚底流脓，还是跑了好。"

"不行，我不能让他得逞。我跑了，那更称了他的心，乡亲们还不以为我真干了伤天害理的事。"

"真不跑？"

"不跑。"

"好吧，我爸妈都说你是好人，"我摸着绣球的脖子，"韭菜在我家，老是要找你。"

"千万别让她知道我在这里，过几天就出去了。"他把礼帽拿下来，又要给我，"你拿走，出去了我问你要。"

我没要，已经够我麻烦的了。我说还是你戴着吧，抱着绣球就走。他让我站住，我已经把绣球从通风口塞出去了，然后自己也爬出来。月亮很高，脚底的草唰唰地响，经过之处露水遍地。

9

一大早我爸妈就在院子里说话，叽里咕噜的，绣球也跟着叫唤。他们总是这样，起得挺早，起来了又干不了多少正事，一个鸡食盆子的位置也能争论大半个早上。我换了个姿势想继续睡，又感到有点憋尿，就爬起来上厕所。爸爸蹲在井台边磨刀，妈妈在洗衣服，干活时两人的嘴都不闲着，看见我就停下了争论。

"木鱼，起这么早干什么？"我爸问。

"上厕所。"

"接着睡，"我妈说，"没什么事。"

当然要继续睡。离太阳升起来还早，花街上空笼着一片湿漉漉的灰色。花街就这样，大清早都像阴天。我撒完尿回来，爸爸还在磨刀，妈妈还在洗衣服，他们还在咕咕哝哝。我回到床上，一歪头睡着了。还做了一个梦，梦见绣球又下了四只小狗，一只黑的，一只白的，一只黄的，一只花的，每只小狗都长了一身光滑闪亮的长毛，跑起来像个大绒线团。绣球逗着四只小狗玩，高兴得直叫。一直叫，开始叫得挺开心，叫着叫着就不对了，很痛苦，成了绝望的哀鸣。那叫声让我都听不下去了，因为难受我就醒了。睁开眼还听见绣球在叫。我坐起来竖起耳朵再听，真的是绣球在痛苦地叫。

我伸长脖子往窗外看，看见绣球躲在窝后趴着，痛苦地哼哼，爸爸向它招手，绣球犹豫一下，站起来踉踉跄跄向他走去。爸爸抚着绣球的脑袋，慢慢地把它夹在左胳膊底下，右手突然往绣球脖子底下猛地一送，绣球的身体剧烈地抖起来，叫声凄惨可怖，尾巴一下子也夹到两腿之间。爸爸松开手，绣球跑了出去，又躲到窝后边。爸爸迅速把右手藏到了身后，我看见了一把血淋淋的锋利的剔骨刀。

爸他在干什么？我在床上就喊起来，我喊："爸！爸！绣球！绣球！"穿着裤衩跑出屋，我继续喊，"绣球！绣球！"

爸爸说："没你的事，回屋去！"

"你杀绣球！"我冲着他喊，"你杀绣球！"绣球气息奄奄地趴在窝边,两眼半闭,无神地看着我,它想对着我摇尾巴,举了几次都在半路上掉下来。我又喊:"绣球!绣球!"它听见了,努力睁开眼,它想站起来,前腿蹬了几次都没起来。绣球对我缓慢地摇头,每摇一下脖底下就洒出一些血。我伸出两只手喊:"绣球!绣球!"眼泪哗哗地掉下来。绣球的毛一下子张起来,柔软的毛当时就直了,脑袋猛地扬起来时前腿也跟着蹬直,后退随即用力,站起来了。绣球摇摇晃晃向我走来时,血滴滴答答往下掉,到我面前还是直直地站着。我蹲下来,把手心给它舔,然后低头看它脖子底下的刀口,只看见一大团血污把毛染得黑红。"绣球!"我说,要去抱它,被爸爸一把推倒在地上。爸爸的刀子再次扎进绣球的脖子底下,有血喷到我腿和脚上。我抹了一手的血,大哭起来。

绣球摇晃得更厉害了,浑身的毛开始一点点弯曲,下垂,然后紧紧地贴到皮肤上,像一朵花在瞬间衰败。先是后腿软得支撑不住坐下来了,然后是前腿,一节一节地弯折,先是跪,接着趴下了,越趴越低,整个身体贴到了地面上。下巴搭在我的左脚面上。绣球抖得毫无章法,嘴角慢慢流出血来。它看着我,眼睛里的光越来越暗淡,就像有些东西越走越多,留下的越来越少。两只眼开始关闭,慢得像它的呼吸,它吹到我脚面的热气越来越轻越稀薄,然后眼里胀出了泪水,两只眼完全闭上时,两滴巨大的黏稠的眼泪慢慢滚下眼角。我感觉到绣球的下巴震动一下,放松了,整个身体随即摊开来。绣球的脑袋歪在我的脚面上,不动了。

我说:"绣球。绣球。"绣球听不见了,它的耳朵垂下来,堵在了耳眼上。

爸爸扔下刀要来扶我起来,被我一拳打在两腿之间,他立马捂住裆部弯下了腰。"疯了你啊!"我爸说,"找死啊你!"

"你为什么把绣球杀了!"我愤怒得对着自己的大腿一个劲儿地打。

爸爸的疼痛减了一些,一把将我拎起来,"站好了!"我爸说,"我不杀等着别人杀啊?你不想想,人家都杀了我们几条狗了!有人惦记你,你以为绣球能活几天啊。"

我不管。绣球死了。我重新坐到地上,摸着绣球的鼻子无声地流眼泪。绣球的鼻子还湿润着,穿鼻绳留下的血痂还在。绣球。绣球。我坐在地上把它身上的毛理顺了一遍,让它像平时睡觉时一样趴着。

10

爸爸把绣球吊在槐树上开膛破肚我不在家,整整一天我都在外面晃荡,一口饭没吃。吃不下,一想到绣球死了我就什么都不想吃。这一天我沿着运河走了不下二十里路,心里头恨我爸也恨大米。我不知道那两条小狗是不是也是大米他们杀的,我就是想不通他们为什么好好的就要杀掉一条狗。运河水浑浊不堪,上游的雨还在下。我觉得全世界的水都流进运河里了。

半下午回来经过西大街,看了一会儿何老头游街。他的礼帽没戴,光着脑袋在风里走。这一次他没低头,而是仰着脸,那样子倒像领导下来视察。他一把脸扬起来就没人敢对他吐痰扔石子了,因为他的目光对着周围的人扫来扫去,看得很清楚。

在花街上遇到了歪头大年。大年说:"找你呢,大米让你去他家玩。"

"不去。"我说。

"不给大米面子?可是他让我来找你的。大米说,如果你去,咱们就是一伙儿的了。"

我犹豫了半天才说:"家里有事。"我不能去。他们害了绣球,我从大米家偷了礼帽,怎么说也不能去。

歪头大年悻悻地走了。

回到家,天已傍晚,青石板路上映出血红的光。我妈在厨房烧锅,韭菜和我姐围着锅台兴奋地转来转去。韭菜搓着手说,香,香。我也闻到了,但闻到的香味让我恶心想吐,肚子里如同吞下了块脏兮兮的石头。韭菜又对我说,香,香。

我对着她耳朵大喊:"香!香你个头!"

韭菜咧着嘴要哭,对我妈说:"他骂我!他要打我!"

我妈说:"别哭,我打他,你看我打他。"然后把我拉到一边,问我,"那个,肉,你能不能吃?"

我摇摇头,"不饿,"径直往屋子里走,"我困了,想睡一觉。"

被我妈叫醒时天已经黑透,他们吃过了晚饭。给我留下的饭菜摆在桌上,菜是素的。我坐到桌边,用筷子挑起一根菜叶晃荡半天,还是放下了。吃不下,一点吃的心思都没有。然后喝了点玉米稀饭就站起来。月亮变大了一点,成了血红的半圈饼子,院子里前所未有地安静,这个世界上缺几声狗叫。我妈从厨房拎出一个用笼布包着的大碗,递过来说:

"你给何校长送去,可能几天没正经吃东西了。"

不用猜我也知道碗里装的什么。我接过来,一声不吭往外走。花街的夜晚早早没了声息,各家关门闭户,偶尔有灯光斜映在门前的石板路上,蓝幽幽的泛着诡异的光。石码头前面晾满了沉禾打捞上的大大小小的东西。蘑菇房远看就是个巨大的黑影子。我来到屋后,正打算对着通风口向里说话,听到有人开锁的声音,紧接着吱嘎一声门响,一个影子进了蘑菇房，突然打开手电，何老头被罩在光里扭着身子。

手电筒的光在蘑菇房里走来走去，他们两人好长时间都不说话。后来那人拿出一个东西晃到手电筒前，是礼帽，我心下一惊。我说怎么今天游街没看见何老头戴帽子。那人说话也吓我一跳，生铁似的声音，猛一听像大米，再听几句就发现不是，比大米的声音老，声音里总有丝丝缕缕纠缠不清的东西。是吴天野，他有咳不尽的痰。吴天野摇着礼帽说：

"老何，今天游街感觉还好？"

何老头哼了一声没理他。

"我知道你恨我恨得牙根都痒痒。"吴天野说，他走到何老头面前蹲下来，手电筒夹到胳肢窝里，灯光正对着何老头的脸。我慢慢也看到了吴天野轮廓模糊的脸。吴天野一手拿着礼帽，另一只手的中指嘭嘭地弹响礼帽，"这个东西还真不错，戴上就人五人六的样儿，怪不得咱花街的人都把你当个人物待。"

"吴天野，你究竟想怎样？"何老头说。

"不怎样，"吴天野站起来，夹着手电筒慢慢围着何老头转圈，一手拿礼帽拍打屁股，"我能怎么样？就这么游游斗斗。"

"就是个礼帽碍你的眼，你就整我？"何老头说，连着一阵咳嗽。

"何校长，这你就错了，原来我还真以为就是个礼帽扎我的眼，咱这小地方，戴上你这东西就高人三分。今天我把礼帽拿回去，戴上了才发现不是这回事，帽不帽子不是关键。关键是你这个人，书上怎么说的？知识分子哩。知识分子。对，就是这个，大家就是敬畏你这个知识的分子。"

"你明知道我是真心把韭菜当亲生女儿养的。糟践我就算了，你连一个傻丫头都不放过！"

"不是个傻子还不好办哪,反正她也说不出个道道来。"

"吴天野,这些年了,你还容不下一个外地人。我忍着,你还是变本加厉。好,除非你把我整死了!"

"想去告我?"吴天野笑起来,灭了手电,蘑菇房一下子黑得像团墨,"想也别想。你拿什么证明你们爷俩的清白?我劝你还是别烦那个神了。"吴天野在口袋摸索出一根烟,点上,吐一口烟雾接着说,"不是不容外地人,是你扎我的眼。看看这花街,都说你的好,有那么好么?我不信,所以要让大伙儿看看。"

手电亮了,吴天野把礼帽给何老头戴上。"来,戴上,明天就戴着礼帽游,让乡亲们开开眼,我们的大知识分子也干禽兽不如的事。"他又摸出一根烟,点着了塞进何老头嘴里,"这地方虫子多,潮气重,抽根烟熏熏,对身子骨有好处。看,我可没亏待你。"

吴天野蹲在何老头对面,两人不再说话,直到抽完了那根烟他才锁上门离开蘑菇房。

我听见他的脚步声越走越远,才拎着碗爬进蘑菇房。

何老头说:"谁?"

"我,木鱼。给你送吃的。"

我把手电打开,光线罩住碗,扭过头去。何老头掀开盖子时我闻到香味,的确是那种诱人的香味,我肚子里咕噜咕噜叫几声,但还是没胃口。

"什么肉?"

"狗肉。"

"绣球?"

"嗯。"

何老头的咀嚼声停住了,嘴里含混地说:"绣球。"

11

本来何老头的游街已经索然无味，花街人已经没什么兴趣，也就是溜一眼，今天不一样了，溜完一眼溜第二眼再溜第三眼，三三两两又围成了一大圈。何老头戴着礼帽游街了，大伙儿觉得怪兮兮的。在平常，何老头的礼帽在花街一直是正大庄严的，那是知识、文化，是个一看就让人肃然起敬的东西；现在它和一前一后的两张大纸牌在一起，纸牌子上又是那样的内容，两个弄一起就有点不对劲儿。别扭在哪里，说不好，反正意味深长。所以溜完一眼就站住了，接着看。打鼓敲锣的受到鼓舞，空前卖力，刘半夜的两个儿子也挺起腰杆，收起前两次的松散，像当兵的一样咔嚓咔嚓走起路来。朗诵的三个小孩也是新的，声音脆得像水萝卜，节奏鲜明。

不管怎么说，这是相当成功的游街，起码在场面上是。我也一直溜了下去，一边后悔没按何老头说的替他保存礼帽，一边又舍不得走。戴礼帽游街真是有点意思。

快到中午，游街的队伍走到大队部门口，韭菜不知从哪里冒出来，上来就踹刘半夜的两个儿子，一人一脚。刘半夜的两个儿子没提防，赶快撒了手去挡韭菜，韭菜又哭又叫，骂他们的爹妈，也就是刘半夜和他老婆没屁眼。刘半夜的两个儿子急了，一个揪头发，一个拽衣服，要把韭菜哄走。韭菜逮着谁抓谁，逮着谁咬谁，何老头让她停下也不听，一口咬住了刘半夜大儿子的胳膊，疼得他龇牙咧嘴，等她松开口，刘半夜大儿子的胳膊已经鲜血淋漓。

韭菜说:"让你押我爸!让你押我爸!"

刘半夜的二儿子一脚把韭菜踹到人群里,幸好很多人接应才没摔倒。锣鼓声停了,两个人握着锣槌鼓槌躲到一边,三个小孩被吓哭了两个。有人闹起哄来,刘半夜的两个儿子气急败坏要追着韭菜打,架势都摆了,这时候吴天野从大队部出来,喝了一声,刘半夜的两个儿子就不敢动了。

游街因此草草收了场。韭菜想把何老头拽回家,被别人拉住了,又是一阵蹦跳和叫骂。

绣球和小狗都没了,游街也没了,找不到事干,午觉又睡不着,我一个人丢了魂似的在花街上游荡。游荡也没意思,好像所有人都有自己的事忙,就我一个闲人。转了大半个下午,还是去了石码头看沉禾捞东西。沉禾是捞出甜头了,见什么捞什么,捞到好东西私下里就卖给别人。大家就开玩笑,说沉禾即使发不了财,捞个好看媳妇应该不成问题。

正看沉禾捞上来一把竹椅子,满桌跑过来找我,把我拉到一个没人的地方,鬼鬼祟祟地说,到处找我,总算逮着了。

"干吗?"

"大米有请。"

"我一会儿有事。"

"你最好还是去,"满桌一脸坏笑地说,"我们都知道谁是小偷。"

"什么小偷?"

"从大米家偷礼帽啊。"

"找我有事?"我挺不住了。

"去了就知道了。"

满桌在前面走,我在后面跟着。一路向南。远远看见了那片坟地,我有点怕了,磨磨蹭蹭不愿再走。

"走啊。"满桌说。

"到底什么事?"

"放心,绝对是好事,"满桌又是一脸坏笑,"大米想跟你交朋友呢。"

"交朋友在花街就行,跑这么远干吗?"

"花街上不方便嘛。走吧。"

进了坟地,满桌右手拇指和食指插进嘴里吹了一声口哨,东南边也响起一声口哨。满桌说,那边。我就跟着他到了那边。

大米和三万坐在两个坟头上,何老头的礼帽竟然到了三万手里。大米对我笑笑,用他生铁似的好听的声音说:"来啦?"我点点头。三万对着我转起礼帽,说:"这个还认识吧?又到了我们手里了。"我没说话,脸上开始发热。

"帽子给我!"我突然听到韭菜的声音,扭过头看见她的一只胳膊被歪头大年抓着。韭菜上衣最上面的两个扣子散开,裤子没了,只穿着内裤,两条丰润白嫩的长腿露在外面。

"只要你听话,帽子一定会给你的。"三万说。

"你们想干什么?"

"不是'你们',是'我们'。"歪头大年说,"咱们有福同享。你来了,就有你一份。"

"不关我的事。"我转身就跑。

"别让他跑了!"三万说。

"让他跑,"大米说,"明天花街就多了一个小偷。"

跑两步我就停下了。满桌走过来,拉着我的胳膊说:"我看你还是乖乖地待着吧。"我顺从地跟着满桌站到大米那边去。对面的韭菜说:

"你帮我把帽子抢过来！"

大米说："你再叽叽歪歪，我就把礼帽烧了！"

韭菜翻着眼不说话了。

大米对歪头大年使个眼色，大年尴尬地看看我说："还是让木鱼来吧。"大米说："我说的是衣服。"大年搓了半天手，对韭菜说："你不准喊，你要喊礼帽就没了。"韭菜点点头。大年又搓了两下手，开始解韭菜上衣的其他纽扣，解的时候手指不停地哆嗦。他的脸涨得通红。终于解开了，韭菜里面还穿了一件小衣服，给韭菜脱外衣时大年如释重负。"我脱完了，该三万了。"他说。

"那个就别脱了吧，"三万对大米说，"都脱了躺下来草扎人。万一她疼得叫起来怎么办？你说呢？"

"嗯，好。"大米说，"满桌，该你了。"

"我？干什么？"

"说好了的，内裤。"

满桌脖子都粗了，"我，我，真脱啊？"

歪头大年说："操，你以为啊，谁也跑不掉！"

满桌吐了一口唾沫，"操，脱就脱，谁怕谁！"他走到韭菜面前，把韭菜脱下来的上衣铺在两座坟堆之间的空地上，"躺下。"他对韭菜说。三万及时对韭菜挥了挥礼帽，韭菜听话地躺下了。满桌蹲下来时放了一个响亮的屁，连韭菜都笑了，韭菜说："屁！你放屁！"满桌的头脸红得像龙虾，憋出一个笑，"吃多了。吃多了。"他的手碰到韭菜的胯部被烫了似的跳一下，然后一咬牙，抓住了内裤就往下拉。坟场上呼吸的声音消失了，几个人的脖子越伸越长。韭菜咯咯地笑了一串子，她感到了痒。然后我们就看到韭菜肥白的大腿中间一团墨黑。大米他们从坟堆上站起来，一起叫：

"哇!"

韭菜本能地捂住两腿之间。三万说:"把手拿开!"韭菜就把手拿开了,说:"凉。"

"马上就不凉了,"大米用下巴指指我,"该你了。"

"我?"

"你。"

"老大,"歪头大年说,"第一仗真让这小子打?太便宜他了。"

"那你上?"

"好吧,那就让木鱼上吧。"

"裤子脱了!"三万对我说。我立马按住裤带,知道他们要我干什么了。他们让我跟韭菜干、干那种事。"不,不行,"我说,"我不上。"三万说:"那你就老老实实做小偷。看着办。"满桌和歪头大年凑过来,一人抓住我一只手,"我看你就别装模作样了,"歪头大年说,"别耽误时间,弄完了我们还要打第二第三仗呢。"他们竟然强行解开了我的裤带,跟着就褪下了我的裤子,然后内裤也扒下来。我又跳又叫最终还是没能挣脱掉。我捂着脱光的下身无处可走,他们把我的衣服扔给了三万。

"快点!"三万说,他的脸红得像蒸熟的螃蟹,两眼要冒出火来。

"我不去!"

大米冲上来给我一个耳光,"由不得你了!"一把将我推到了韭菜面前。大米的眼也红了,一手揉着下身凸起的地方。他们把韭菜的两腿分开,让我跪到她两腿之间,活生生地掰开了我的手,大米喊着:"看那里!"我顺着他手指的方向看见了韭菜的那个地方,突然感觉到一股强烈的尿意,伴随着贯穿脑门的一道明亮的闪电,那耀眼的闪电如此欢快,稍纵即逝,我挣脱了他们,重新捂住两腿之间,我撒尿了。紧接着歪倒在一边呕吐起来,韭菜黑乎乎的那个地方让我翻心不止,五脏六腑肚子里乾坤倒转。

我一阵阵地吐,比看见小狗的脑袋吐得还厉害。我赤裸下身倒在草地上,觉得自己可能会一直把自己呕空掉,呕得从地球上消失不见了。韭菜见我呕吐,要起来看看我,被满桌按在了草地上。三万对着我屁股踢了一脚,说:"操,真他妈没得用!"

"怎么办?"歪头大年摩拳擦掌。

大米咬着牙说:"妈的,不管了,我们自己来!"

"怎么来?"三万说。歪头大年也凑过去。一下子群情激奋。

"石头剪刀布,谁赢了谁先来,谁也不准退!"

12

最先是歪头大年赢。

大年扭扭捏捏,被大米踹了一脚,还是那句话,谁也不准退。歪头大年褪下裤子,刚趴到韭菜身上我就扑过去,死命地把他往下拉。我说韭菜你快跑,他们都不是好东西!韭菜却说,不,我要爸爸的礼帽。我把大年的屁股都抓破了,大年叫起来,三万和满桌一人抓我一只胳膊,死拖烂拽把我弄到一边。

"守住他,"大米说,又对歪头大年说,"继续!"

歪头大年哼哧地喘了口粗气,韭菜就叫起来,喊疼,让大年下去,大年说,不下不下,好容易进来的,马上就好,马上就好。韭菜继续叫,几声之后就不叫了,反而呵呵笑起来,说好玩好玩。然后轮到歪头大年叫，哎哟，死了一样滚到旁边的草地上。

石头剪刀布，满桌赢。歪头大年提上裤子代替满桌按住我的手脚。满桌的喘气声更大，像头牛，他的时间要长一点，也是大叫一声完事。我的嘴对着茅草地，骂一句就要抬一下头，大米对着我的太阳穴踢了一脚，我头脑嗡的一声就糊涂了。

等我迷迷糊糊醒来，韭菜一个劲儿地喊疼，歪头大年在叫唤，他又上了韭菜的身。我扭头看见大米正心满意足地坐在坟堆上，裤子穿了半截，拿一根草茎在剔牙。三万和满桌还在压着我的手脚。然后歪头大年长嚎一声，像头猪似的仰面躺到韭菜身边。韭菜在哭，看起来力气全无，边哭边说：

"你们都不是好东西！帽子给我！我让我爸打死你们！打死你们！"

"帽子给你。"大米站起来系裤带，把帽子扔到韭菜身上，又对满桌和三万说，"别管他了。你们给这傻丫头穿下衣服，让她先走。"

他们松开了手，我的手脚早就麻木，一时半会动弹不了，小肚子都麻了。他们给韭菜穿衣服时趁机东捏西摸，然后给她帽子打发她回花街了。三万说，对谁都不能说，否则不仅把帽子收回来，连何老头的命也逃不掉。韭菜吓得连连点头，一瘸一拐地走了。走时还对我说：

"我先走了，给我爸送帽子去。"

"这个怎么办？"三万问。

"扔在这儿，"大米说，一脚踩到我后背上，"要是说出去，有你好看的！"然后对其他三人挥挥手，离开了坟地。

太阳早就落尽，昏暗的夜色从松树遮蔽的坟地里升起。他们走远了，我爬起来，找到衣服慢慢穿好，一边穿一边哭。忽然一声凄厉的鸟叫，吓得我歪歪扭扭往坟地外跑。上了大路又慢下来，满脑子空白，只感到累，觉得筋疲力尽。走了一会儿实在走不动了，就在路边坐下来,眼睛直直地盯着路边的水沟里。满眼空白。慢慢地,有个东西在昏暗中分明出来,我晃晃脑袋醒神,看见了枯干的小狗的头。一时间恶心袭来,翻天覆地的呕吐又开始了。

肚子里已经呕空了,我就呕出血丝血块和一串串声音,声音越呕越重,越呕越嘶哑。后来呕吐累了,就在歪倒在路边睡着了。醒来时感到冷,一身的露水。月在半天,野地里一片幽蓝的黑,蓝得荒凉也黑得荒凉。我爬起来开始往花街走。

快到花街时拐了一个弯,在谁家废弃的墙头上捡了一块石头,拿着去了蘑菇房。房门锁着,周围寂静无声。我拿起石头对着门锁开始砸,石头击在铁上冒出了火星。何老头在里面问,谁?你在干什么?我没说话,一直把锁砸开。

屋子里一团黑,过了一会儿才慢慢适应。我直奔何老头去,朦朦胧胧看见捆他的绳索,先用石头砸断拴在一块大石头上的绳子,然后用手和牙解捆住手脚的绳子。

何老头说:"木鱼,是你吗?你干什么?"

我没吭声。

"你不能解开我绳子!"

我还是不说话。解开所有的绳子让我满头大汗。"走!"我对他喊,"你赶快走!"然后出了门。

回到家,爸妈都没睡,急得在院子里团团转,他们问我到哪去游尸了现在才回来,我没理他们,直接去了自己的屋,脱了鞋子爬上床,衣服都没脱就睡了。

第二天早上,我还在睡,我妈急匆匆地在门外对我说:"木鱼,木鱼,何校长不见了!"我费了好大的力气才清醒过来,浑身酸痛地下床走到门外,阳光很好。我妈还在说:"何校长不见了!在石码头捞东西的沉禾说,他在河边捞到了何校长的礼帽,就是没看到人。他们都说,何校长是不是跳河死了?"

"什么?"

我妈忽然吃惊地看着我,"你说什么?"

"我问何校长真的跳河死了?"

我妈的表情更加诧异,"你的声音!"

"什么我的声音?"

"你声音变了,"我妈说,对扛着鱼叉从外面回来的爸爸说,"你听,木鱼是不是苍声了!"

"苍声?"我重复了一下。

我爸歪着头看看我,说:"嗯,好像是。现在就苍声了。"

我啊了一声,果然跟过去不同了,听起来像生铁一样发出坚硬的光。

2006 年 8 月 3 日　北京芙蓉里—江苏盱眙

原载《收获》2007 年第 3 期

霜　降

不知道哪来的规矩，胡天成非说霜降这天要吃藕。一定要来啊，他在电话里再三嘱咐。我不想麻烦他们两口子。这次回来，给爸妈报了个县里的旅行团，去云南，我爸想去西双版纳看看。送走老人，我一个人在家，懒得开伙，我说路边小店吃一嘴得了，反正明天一早就走。胡天成说不行，李苏红不答应；明天走今天也是霜降，老同学多年不见，总得喝两杯。就这么定了，老窑厂，往前五百米，我可下水了啊。胡天成挂了电话。

起码十年没见胡天成了，李苏红更久，初中毕业了就再没见着。长相倒记得，我们做过一年同桌，满月脸，哪个角度看过去都有扑上去咬一口的冲动。当年班上一大半早熟的男生对爱情的终极梦想就是倒插门，插到门前有棵花椒树的那个院子里。李苏红家住镇上，出生前一天，她爹在自家的墙头下栽了棵花椒树，老头子想要个儿子。当然还是失望。李苏红她姐嫁出去了，轮到李苏红，必须找个上门女婿。

我们班男生没事就往镇上跑，回到学校，身上就有一股隐约的椒麻味。大家相互掏对方口袋，谁兜里都有几片花椒叶。可怜那棵花椒树，秋风没开始吹，枝叶就光了。说来惭愧，那会儿我也跟他们一样，张嘴闭嘴爱吃麻辣。

谁知道真把花椒吃到嘴的，竟是胡天成。我怀疑李苏红本人也想不到，那个整天佝着腰对着墙角硁硁硁咳嗽，单薄得像张相片的小个子，九年以后成了她的老公。当然，九年后胡天成腰已经挺直了，块头突然就硬邦邦地大了好几圈。五年前我陪爸妈采办年货，在老家的集市上见到他，想象力用爆了我也不敢确定眼前的卖鱼汉子就是胡天成。他一把拍住我右肩膀，说：

"我就知道是你，大文豪。"

我掸了掸他留在我羽绒服上的潮湿细碎的鱼鳞，"可我不知道你是谁啊。"

"叔叔知道。"胡天成说。

我妈说："你爸没跟你说？你同学，小胡，胡天成啊。"

我看看我爸。我爸说："我真没跟你说？"

算了，就不为难老爷子了。我说："看我这记性，老同学啊。"我说"老同学"时，还是没能把那个小纸片胡天成过渡到眼前的"老同学"。我盯着他的喉结看。没错，是胡天成。当年马不停蹄地咳嗽了三年，胡天成整个人都被咳小了，唯有喉结凸出来，在他的细脖子上失控地占了半壁江山。现在他的脖子粗了，喉结看上去依然触目惊心。

"十几年没见了吧？"我说。

"十五年。"胡天成冻得通红的右手五指张开，在我眼前摇晃三次。冬天的阳光照上去，手上的鱼鳞闪闪发亮。"叔叔阿姨总在我这里买鱼，常说起你。"

车水马龙，叫卖声和鞭炮声此起彼伏，扯着嗓门说话也不敢确保对方一定能听见。胡天成的生意又好，摊位前摆满了各种鱼，活的、死的、解冻的、冰镇的，河鱼、海鱼，还有老鳖和莲藕，每种年货前都蹲着一堆人在挑挑拣拣。不耽误胡天成的好生意，寒暄几句就告辞了。接到他的电话已是一年后了。

某天下午，我在报社抓耳挠腮地加班发稿，接到老家来的电话，一句"大文豪忙不"我就知道是谁了。我说哪有什么大文豪，正经点儿，但丁、歌德、曹雪芹和托尔斯泰早死了。

胡天成说："你是大记者啊。"

"记者也没了。"

三年前我就不当记者了，总算熬成了编辑。现在一年写的字加起来都填不满两封情书。胡天成的情报过时了。不怪他，我爸妈向来分不清记者、编辑和作家的区别，在他们看来，手里攥支笔就是"写稿子的"。

"记者不当了？"

"你有需求？"

"也没什么大事，"胡天成在电话那头停顿了点一根烟的时间，"是李苏红提议，想借兄弟的如缘大笔给写两句公道话。"

如缘大笔是什么笔？想了想，胡天成说的该是"椽"，这家伙把老师教的那点学问都还回去了。高中毕业胡天成没考上大学，到南方混了几年，回老家承包了一片鱼塘。反正据我爸说，过得比我好。在我爸看来，天天有鱼吃、顿顿有酒喝，就是共产主义的好日子。

"李苏红？"我怎么听着这么耳熟？

"我老婆，想起来没？"胡天成说。你老婆我哪想得起来。他又空出了点根烟的时间,见我还是没反应,只好说:"咱们的同班同学,你同桌。"

我的小肚子突然疼了一下,像剧烈的肠扭转。个狗日的,把我同桌搞到手了。"手段可以啊,天成同学。"天地良心,我真是由衷赞叹。

"见笑见笑,"胡天成呵呵起来,他的得意挂在肥硕的腮帮子上,看不见我也知道那笑抖成了啥样,"一个巴掌拍不响,狼狈为奸嘛。谁让你们这群王八蛋都考上了大学。"

好吧。问题是留在老家的也不是你一个,单你胡天成占了花魁。"唉,鲜花插在了那啥上了,"我装模作样地说,"我就违心地祝贺你一下吧。"

胡天成笑起来,还有一个女人的笑。电话里传来李苏红的声音:"看看人家大记者,就是有见识。你不是要跟大记者说吗,说呀?"

"去,男人说话别乱插嘴!"胡天成的声音明显是扭到了一边,现在又转回来,"兄弟,不做记者总有做记者的朋友吧?"

事情说简单也简单,说复杂也复杂。

我们镇的老窑厂前些年突然倒闭。承包商趁着月黑风高,卷走所有值钱的家当,第二天一早工人来上班,老板不在了。上个季度的工资还欠着呢。工人火了,操着铁锹锤子把办公室砸了。砸也白砸,承包商像一滴水蒸发上了天。镇派出所拖上县公安局,满世界找,折腾了一年,"屁消息没有",消停了。烧窑的大烟囱上都长出了草。厂房也散的散、塌的塌,没烧透的砖坯都被周围的村民运回家盖了房子。厂区荒草蔓生,野茅草深得可以养两百头狼。当年取黄土做砖坯挖出的一个个深塘,也那么荒着,长满了水草、芦苇和菖蒲,大风吹来,呼呼巨响,仿佛埋伏了重兵。没人把这块荒弃的土地当回事,胡天成看上了。他跟窑厂所属的村子承包了挖出的那几个大水塘，养鱼。

后来他跟我说，就是脑子抽筋，李苏红喜欢吃鱼。我说你别扯淡，李苏红还喜欢金银首饰呢，你怎么不去抢周大生？他几乎是白拿了那几个鱼塘，一包二十年。承包商跑路，村里正愁没法跟上头和老百姓交代，更重要的是，村里想不出招儿把那些深塘给填上，那就是一个个光天化日下的大伤口。村委会恨不得倒贴胡天成。

要说这小子天生也是个做事的料，两年下来，鱼塘就被他收拾得整整齐齐。那些坑简直就像他跟前窑厂主串通好挖出来的，深水里养鱼虾，浅水处养老鳖、栽莲藕，一板一眼。鱼塘之间的空地上，培植了各种花木，远看像个花圃。为了把他的小帝国经营好，胡天成在鱼塘边盖了几间大瓦房，家都搬过来了。那一大片荒地立马换了面目，废弃的老窑厂突然就吃香了，据说好多本地和外地的小老板都冲过来，竞标要拿下老厂区。最后被隔壁镇上的一个姓高的老板拍下了。

"什么姓高的老板，"胡天成在电话里说，"就是他娘的村主任的小舅子。"

"说这话要负责任的。"我提醒他。

胡天成口气立马软了，"就算不是小舅子，那也是拐弯抹角的亲戚。村长他老婆就是那镇上的。"

不管啥关系，老窑厂被拿下了。高老板把荒草割了，倒掉的墙砌齐，漏雨的屋顶补上，一群工人开进来，开始生产麻刀。我猜绝大多数人都没见过这东西，听可能都是头一回，那就顺便普及一下。麻刀不是刀，是一种纤维材料，用麻刀机或者竹条抽打成絮状的麻丝团，掺在石灰里以增强材料连接、防开裂能力，提高材料的强度。古建筑的修建时用的麻刀灰，指的就是白灰膏、麻刀和青灰组合起来的一种灰浆。从这些信息里，你可能已经预感到，如果这东西飘出来，肯定是个污染。胡天成一家和他们的鱼，眼见着从隔壁的一间间大厂房里腾云驾雾地飘过来麻刀，心下有点急。还没想出个解决的好法子，高老板又上马了新项目，开始做水泥了。从建麻刀厂浩大的阵势看，胡天成认为，水泥厂才是高老板的目的。狗日的是冲着这个来的。砖窑厂烧石灰，的确怎么看都在逻辑。

问题是，水泥厂的污染比麻刀厂大得那还真不是一点两点，是要人命的。胡天成到最靠近老窑厂的鱼塘里捞了几条鱼，剖开肚子一看，麻刀和石灰已经搅拌到了一起。我的老同学不淡定了，到老窑厂找高老板理论。

"找我屁用？"高老板坐在大班椅上转了一圈，"厂子从村里租的，产品是上头批的；老子在自家的地盘上端个碗，又没吃到你的饭桌上。"

"你污染！"

"污染？我是扒开你嘴往里塞麻刀了，还是朝你鱼塘撒石灰了？"

讲不通。胡天成去找村委会，希望村里出面协调一下。村主任抓着脑袋说，这事不好办啊，承包他窑厂跟承包给你鱼塘一样，都是组织讨论敲定的，白纸黑字。

"那也得讲环保啊。"

"环保能当饭吃？"村主任说，"高老板是利税大户。再说了，你要非钻进水泥生产车间，再环保那也污染啊。"

这肯定是穿一条裤子了。胡天成决定跳过村委会直接找到镇里，骑着摩托车就去镇上派出所报案。值班警员听他说了一半就笑了，这算哪门子的案子，派出所管抓人，不管环保。胡天成想想也是，环保局只有县里才有，在镇上，只能找镇长、镇委书记。胡天成就去了镇政府，直接奔镇长办公室去了。门卫拽他胳膊都没拦住。镇长脾气很好，给他倒了茶，还递了一根白沙烟，花十分钟听完他的冤情，说：

"先回家，日子该怎么过还怎么过。我们班子成员研究研究。"

胡天成等了半个月，半点消息没有；一个月过去，一点消息也没有。知道这事黄了，他就跨上摩托车，顶着大风去了县城，跟环保局副局长掰扯了半天。副局长说，环保是大事，问题很严重，一定要认真调查严肃查处。第二天村主任找上门来，说胡老板的脸挺大啊，副局长亲自打电话给镇长，镇长又打电话到村委会，让给个说法。

"你们说法了么？"胡天成问。

"说法了呀。"村主任说，"我们把情况一五一十给领导摆了一下。领导说，这样啊，就影响他一家？让他搬了不就是了？树挪死，人挪活。越挪越健康。"

"你们的说法呢？"

"听领导的。"

村主任比胡天成大一岁，但皮肤白，说话又细声细气的，看上去比他小好几岁，这让胡天成很生气。"我要不挪呢？"

"开个价。"村主任凑到他耳边，"拿了钱你们井水不犯河水。"

"也是领导的意思？"

"别什么事都麻烦领导。领导忙着呢。"

胡天成真开了一个价。他跟我说，听了报价，村主任转身走了。

"多少？"我问。

"抢银行呢你！"村主任快转过胡天成的屋角，扭回头跟他说。

这是村主任第一次来他家。之后又来过两次，替高老板讨价还价。

胡天成坚决不松口,要一次就得狮子大开口,否则吃人嘴软,拿人手短,以后他怎么污染你都得忍着。忍就要有个忍的价。

胡天成给我打电话,想让我帮忙找个媒体给曝个光。既然领导不搭理,周围又没个帮手,他一个人孤掌难鸣。县里的媒体他找过,不是说现在都是见光死嘛。县里的报纸和电台根本没拿正眼看他,理由是:不具有典型性。跟最近的鱼塘也隔着两三百米呢;他跑你地盘上烧石灰,我们就报,这才是新闻。胡天成就想到了我,自己人办这点事,问题应该不大吧。

惭愧,我也没办成,不是因为我不当记者了。我怂恿同事报了选题,选题会上头一个就被否了。觉得这都不是个事。污染了一条河,那是个事;呛着了半个村,也勉强是个事;现在基本上就是一个人的生意影响了另一个人的——该谈谈该打打,二一添作五,自己解决吧。

"情况就是这么个情况,"我在电话里跟胡天成说,"老兄自求多福吧。"

胡天成对着他的二手诺基亚手机哼了一声,"我就不信弄不上一个好价钱。"

显然没弄上。打电话回家,我妈说,胡天成的鱼养得好好的呢,我爸去买鱼,他经常额外送一条。石灰厂依然在呼通呼通冒着烟。

某一天村主任又来了。这次不谈赔偿,谈承包。村主任说,旁边有个麻刀石灰厂,的确不是个养殖的好地方,要不就别养了吧,转让。胡天成问,转给谁?村主任说,高老板。小火苗立马蹿上胡天成的脑门,他往门外一指:

"滚!"

村主任滚了,滚走了又滚回来了。隔三岔五地滚来滚去。高老板想把鱼塘这一大片地也吃掉，他不便直接找胡天成谈，村主任是最合适的第三方。村主任是个敬业的斡旋者，每次来都苦口婆心地劝，该说的都说了。他扳着指头给胡天成数，只有三种可能：一是维持现状，各干各的，老死不相往来；二是胡天成接受现在的赔偿，拿到钱别再吭声，继续各干各的，老死不相往来；三是转让鱼塘，拿一笔钱，到别处发财去，各干各的，也可以老死不相往来。

因为老同学托付的事没办成，我觉得挺不好意思，过了一阵子才硬着头皮给胡天成回电话。聊起现状，我问胡天成的想法。胡天成说，他还坚持那个听起来像天文数字的价码，封口的价高，转让费更高。

"高老板那边怎么说？"

"根本不露头，"胡天成那天肯定多喝了两杯，说话时舌头有点大，"狗日的知道自己耗得起。没事就派那猪头来跟我磨，讨价还价。让你磨，我磨死你个狗日的！"

"那个村主任姓朱？"

胡天成没回答我，他的嗓门突然大起来："愣着干吗？洗碗去！"接着我听见李苏红的声音，李苏红说："滚一边去！"同时传来的是一声惊慌的狗叫。想必李苏红顺脚踢了他们家的狗。霜降那天下午我去胡天成家，见到了那条叫大黑的狗，个头不小，但很温顺，一直摇着尾巴跟在胡天成儿子屁股后头跑来跑去。这么温顺的狗，那声惊叫一定很是委屈。胡天成在电话里响亮地吐了两口痰，然后跟我说："他妈的那个猪头，三天两头往这儿跑，都快混成家里人了。李小成见了他，欢喜得像见了亲爹。"

我点上根烟。

"狗日的会玩，把小东西逗得团团转。"

霜降那天我头一次见到李小成，八岁，虎头虎脑的。天黑之前一直绕着一个个鱼塘跑，两腿间夹一根树枝当马骑，身后跟着大黑。

他们还住在鱼塘边，准确地说，住在鱼塘间。那一大片空地，他们盖了个精致的小院子。我从老窑厂边经过，按照胡天成电话里指点的方向看过去，只看见一排杨树，胡天成栽植的。他对麻刀和石灰的污染做了抵抗的努力。很多年前我经常走这条路去镇上中学，那时候我、胡天成、李苏红谁也不会想到，若干年后我们会变成什么样，更不会想到当年红红火火的窑厂成了生产麻刀和石灰的地方。必须承认，邻镇的高老板有两把刷子，起码厂房打理得很好，一点看不出想象里一个乡镇企业可能有的寒酸破败相。他用外面窑厂烧制的红砖灰瓦建造了新厂房，用比红砖更红的颜料粉刷了旧砖瓦厂房的墙壁。但污染他管不了，离老窑厂几百米我就闻到了辛辣沉闷的石灰味。工人在厂区走。拖运石灰的卡车从大门进来出去。过了老窑厂的院墙，再经过那排直往天上钻的杨树，就看见了胡天成的家。

鱼塘边种着各种花木和菜蔬。带着大黑疯跑的李小成看见我，停下来，对西南方向喊了一声。然后我听见胡天成的声音：

"大文豪，这边！"

我循声把自行车直接骑到一个水塘前。水位很低，胡天成穿着橡胶下水裤从一片枯黄衰败的荷叶间直起腰身，右手在水里涮了涮，举起一段长约一米的莲藕，白生生胖嘟嘟的。

"泰国花奇，"他说，"口感清脆、微甜，没有渣，生吃像水果，煮熟了面得你舌头都能化掉。今晚就它了。"

他把泰国花奇莲藕扔到我脚边，弯腰去采另一段。旁边突然有个微弱的男声："给口水吧，渴死了。"吓我一跳。前后左右找，才发现鱼塘边的柳树上绑着一个人,三十多岁的样子。就在他舔着嘴唇吧唧嘴的时候,一坨淤泥直直地甩到他嘴上。胡天成说:"你他妈的闭嘴!"他又捞起一坨淤泥还要再甩,我赶紧对他摆手,举着藕挡到了那人前面。不管他是谁,绑起来还用淤泥伺候都不合适。

那人呸呸呸地往外吐,嘴、牙和下巴还是黑的。我都闻到了那成分复杂的淤泥味。那人都快哭了,对我说:"兄弟,求你了,帮我松个绑。"

"个死猪头,"胡天成又攥着一段莲藕直起腰,"再让我听见你说第二句话,直接把淤泥塞你嘴里你信不信?"

姓朱的村主任立马不吭声了。半下午的太阳依然很好,朱主任的脑门上被晒出了油。裤裆处湿了一块,看来被绑了有一阵子了。李小成夹着树枝又跑到这边,胡天成对他挥挥手,哪宽敞去哪跑,别在这地方瞎转悠。他从水塘里爬上来,捡起扔上来的那截藕:

"走,进屋去。"

"这位朱主任——"

"咱们兄弟进屋喝茶去。"

"老同学,你这不合适啊,两兵交战都不斩来使。"我跟着胡天成走到院门口。

"李苏红,人呢?茶泡好没?老谭来了!"

"好了好了。"李苏红从厨房走出来,撩起垂到眼前的一绺头发,"呀,大文豪来了,蓬荜生辉啊。"

我把岁月和乡村生活想象得过于残酷了,李苏红虽然没有活在时间和环境之外,但比起同龄的女人还是要年轻一些;比念书的时候胖了,但就算二十年不见,迎面走在大街上,我也应该能一口叫出她的名字来。胡天成把两根藕递给她,去压水井前脱下水裤洗手了。我问李苏红,外面的那个朱主任是咋回事。

李苏红说:"问他!"

胡天成听见了,说:"问我?你他娘的还好意思问我!"

"胡天成,"李苏红一把将两根藕摔到砖头砌的走道上,"今天当着老同学的面,你把话说清楚,我怎么了我?"

我差不多知道怎么回事了,赶紧让胡天成住嘴,捡起藕把李苏红往厨房推。李苏红抹了把眼泪,嘟嘟囔囔地说,我招谁惹谁了我。他来是跟你谈判,你们爱怎么谈怎么谈,他离婚也罢,死了老婆也罢,跟我有什么关系?一个大男人,事情处理不好,倒来怨我!我就劝李苏红,天成这是在乎你呢,隔壁这厂子,搁谁眼皮底下都闹心,你就多担待点。李苏红说,我哪天不担待他?不担待我会跟他来这荒山野岭过日子?老谭你出门喊一嗓子,除了大黑,你能喊出条狗来都算你有本事。结婚多少年了,他还在为倒插门那点事跟我找别扭,你说倒插门算个屁啊。我都跟他说了,实在想不开,等我爹妈死了,我让小成改姓胡,不姓李了。

从厨房出来我又去劝胡天成,我说你可不能再欺负我同桌了,人家李苏红多么情深义重、深明大义啊,换个女人,一天得跟你急眼十八回。别攥着珍珠不当宝贝,这要被咱们班男同学知道了,肯定排着队过来跟你拼命。胡天成用鼻子笑了笑,说,端着醋碗当红糖水喝,心里头谁酸谁知道。我还想着让他尽快把朱主任给放了。私自把人给绑了,这算犯事,人还是个村官,大小也算领导。但胡天成在气头上,欲速则不达,缓缓再说。没想到给缓忘了。

天地良心,真给缓忘了。那场酒啊,喝得叫一个痛快,用时髦的话说,是爽歪歪,是嗨透了,是酷毙了。我一直想问胡天成,为什么霜降这天非得吃莲藕,喝着喝着也喝忘了。故乡的桃林大曲,真不比茅台差；而李苏红的厨艺又那么好，满桌子的主要食材只有两样，鱼和藕，但蒸、煮、煎、炸、凉拌、清炒、红烧、热炖，一盘盘一样样，李苏红给整出了差不多二十个菜，一道菜一个味，我感觉就是吃了一次满汉全席。

一边喝一边聊，同学相见，分外眼热，我们把自己都给聊哭了。李小成坐在一边，扑闪着羞怯的大眼，完全搞不明白他爹妈和这个谭叔叔吃错了什么药，说着说着就唱，唱着唱着就跳，手舞足蹈。如果他坚持在饭桌前坐到了我们三个全倒下去，肯定看见谭叔叔至少拥抱了他妈妈三次；当然，谭叔叔也真诚地拥抱了他爸爸起码两次。我不知道李小成那顿饭吃了多久，到了后来我怀疑他爹妈都把他忘了。想不忘也不行，我们最后都喝趴下了。

后来我认真理了一下头绪，我想知道怎么就喝成了那样。是李苏红先哭的，然后是胡天成，接下来是我。李苏红哭得有道理，她委屈，朱主任三天两头过来，是找你胡天成拉锯，跟她半毛钱关系没有；就算他心怀鬼胎，那也是他自己的事，你怪我理他，我怎么能不理他？你卖鱼卖虾整天不在家，我跟大黑得守着这几个鱼塘啊，打个招呼你总得嗯一声吧。你以为我想整天待在这荒郊野外？这哪是过日子，我这是在坐牢啊。胡天成挥舞着酒杯说，苍蝇不叮无缝的蛋，一个巴掌拍不响，豺狼来了你有好酒，别说那个猪头，就是隔壁的高老板，要知道有这等好事，没准也把这说客辞了，自己亲自上阵了。我就劝胡天成，不能这么想，夫妻坦荡，相互信任是第一要务，多牢固的婚姻也经不住捕风捉影、疑虑重重。胡天成抱着我，把一杯杯桃林大曲直接变成了眼泪，流了我一肩膀，语重心长地跟我说：

"兄弟，道理我都懂，可你就是说不清。这几个破鱼塘，我花了多少气力，我就想把事给做好。你做不好，你怎么都做不好。就这几条鱼，我是挑最远的鱼塘捞的，近的没法吃，运到集市上我心里都打鼓，我胡天成他妈的是在害人哪！我真是够了，我是够够的了！"

我对李苏红摆摆手，让他在我肩膀上多哭一会儿。要隔三岔五给男人一个淌眼泪的机会。我以为胡天成就这么一说，酒醒了该怎么跟老窑厂耗下去就怎么耗下去，当年咳嗽他都坚持那么久，这事肯定扛得住。离开老家一个月，接到他电话，胡天成说，转了。我问多少钱？一半，胡天成说。过了足足一分钟，他才接上下一句：你不知道做好一件事有多难。

那天晚上我也说过这么一句。我说，你俩知足吧，你们不知道做好一件事有多难。我说的婚姻。我离了，没扛过五年。结婚时我说，挺得过五年再要孩子，免得让孩子受苦。那时候就是说着玩，少年意气，没怎么走心。真就没挺过去，四年十一个月的最后一个周五，去了民政局。搞不明白为什么就过得支离破碎、磕磕绊绊、捉襟见肘、六神无主，两个人怎么努力都像同一极的磁铁，靠近的唯一后果就是把对方推得更远。我跟他们俩说，你们不知道做好一件事有多难。然后我左胳膊抱着胡天成，右胳膊抱着李苏红，把脑袋垫在他们的并排的肩膀上，嗷嗷大哭。

那会儿只是喝到位了。我还想着是不是劝劝胡天成，把朱主任给放了，也算给李苏红个面子，但再倒满一杯就喝冒了。这世界上就只剩下了三个人。想必胡天成和李苏红也如此。

醒来时已经半夜了，外面黑得发蓝，手机断电了，手表也不知道去了哪里。我歪在藤椅里，口干舌燥，浑身酸痛。我说水，谁有水？胡天成在桌子底下，躺在地上还跷着二郎腿。李苏红趴在她做的一桌好菜的空当处，被我吵醒后抬起头，半张脸上印着套袖上牵牛花的纹路。她猛地站起来，说：

"小成！小成呢？"

我看了一圈，小成不在。李苏红已经从卧室跑出来，李小成既不在自己的床上，也没在她和胡天成的房间。她往院子里跑，敞开被酒烤干的嗓门喊儿子的名字。我对着桌底下踢了一脚，快起来，你儿子不见了。要不是头顶有张饭桌，胡天成都能一个鲤鱼打挺跳起来了，他的酒全醒了。家门口鱼塘一个连着一个，每个鱼塘都能要了孩子的命。

胡天成把家里的手电找出来，分我一个，胡天成担心我不熟悉地形，让我就近找，他们俩去远处的鱼塘边。乡村的夜黑得干净，辽阔的天空上星星跟水洗过一样，弯月在远处。我喊着小成的名字，间或叫一声大黑——大黑也不见了。

突然想到了朱主任，我往荷塘边走。离荷塘一百米左右，灯光里跑进一个活物，是大黑。它跑到我跟前，蹭一下我的腿，咬住我的裤脚就往前拖。当时真把我吓坏了，我想小成肯定出事了。影视剧和小说里都爱用这种桥段，但凡狗拽着人走，肯定没好事。我对着黑夜高声喊叫胡天成和李苏红。其实不必这么高门大嗓，夜深人静，咳嗽一声都能响好几里地。

我跟着狗往前跑，跳跃的灯光里反倒看不见多少东西。大黑停下时，我的手电筒正对着那棵柳树。树根前只有一堆凌乱的绳子，朱主任不在了。大黑哼哼起来。我把灯光对准它，看见它旁边一张简易的长椅上卧着李小成。椅子是胡天成用几块木板拼制的，这家伙竟然也会风雅；长椅可坐可卧，荷叶飘香时候端上杯茶，在飘拂婆娑的柳荫底下，那感觉应该相当不错。

李小成右侧睡姿，蜷缩成一团，两只小胳膊抱在胸前，眼皮和鼻翼在灯光底下动了动,又平静了。我走到椅子前,准备把他抱起来时,看见椅子上落了浅浅的一层霜。淡淡的白霜在长椅上勾勒出了他八岁的小身形。胡天成和李苏红正朝这边跑来。

2017年11月17日　昌平南口

原载《作家》2018年第2期

镜子与刀

1

前面是门,后面是窗户。门外是花街,一间间高瘦的灰瓦房,檐角像鸟的翅膀一样翘起来,几乎每个院子里都有一棵槐树。现在槐树花正盛开,白白的团团簇簇占了大半个院子,团团簇簇的香甜味跟着风斜着往天上跑,经过穆家饭店的两层楼。老板的儿子穆鱼站在二楼门前捂住鼻子和嘴,香味呛得他想咳嗽,他离开门,转身回到屋里,无所事事地转了几圈,从抽屉里拿出一面小镜子,圆的,背面贴着一只凤凰。他举着镜子爬到窗户边,对着窗外的石码头和运河照起来。然后,他在心里念念有词:

"天灵灵,地灵灵,大雨小鱼现原形。"

一点动静都没有,石码头还是石码头,运河还是运河。有人在石阶上湿漉漉地走,有船在靠岸和离开,更多的船从运河上经过,摇桨的看起来好像原地不动,只有机动船才拖着大辫子一样的黑烟突突突驶过水面。天灵灵,地灵灵,大雨小鱼现原形。没有鱼从水里漂上来。

他觉得很没意思，甩了几下镜子，突然发现原来镜子里没有光。这是背阴的一面。他抓着镜子上了楼顶。

楼顶是个宽敞的平台，上午的阳光照在芦席上的四排鱼干上。穆鱼舞动镜子，阳光像手电筒一样照到鱼干上。然后是树、石码头、运河、船、来往的人，然后照到一条泊在岸边的巨大的乌篷船。天灵灵，地灵灵，他还在心里念叨，就看到椭圆形的阳光照在了船头的一张黑脸上。凭直觉，穆鱼认为那张脸应该超过八岁，具体超过多少他心里没数。他只能用自己的年龄去衡量别人，超过八岁他就不知道会长成什么样子了。那个男孩躺在船头睡觉，光头，肚子上只盖一件灰色的衣服，蜷缩得像条狗。他的个头比自己大，穆鱼一看就知道。这是个陌生人，穆鱼对他的兴趣开始只是他的光头，他发现镜子里的阳光照到光头上时，光头像灯泡一样发出了光。他一动不动地照着，让它坚持不懈地发光。

光头男孩动了动，挠了几下脑袋，他感到了热。他又张了张嘴。穆鱼就把椭圆的阳光对准了他的嘴，嘴没有感觉。又照他的眼。他动了，摇了摇头。穆鱼的兴趣就转移到了他的两只眼。不仅照着，还不停地晃动，他觉得自己是在用一个透明光亮的手去摸光头的眼。光头猛地摇了几下头，懵懵懂懂地睁开眼，疑惑地看看四周。穆鱼赶紧收起镜子。光头又睡了。穆鱼再照，一会儿光头又醒了，他拼命地揉眼，突然坐了起来，穆鱼的镜子收迟了，他看到了一个光源，一个男孩趴在楼顶上。他愣愣地看着穆鱼，突然从屁股后头摸出了一只白瓷碗。穆鱼觉得眼前明亮地一晃，白瓷碗像太阳和镜子一样对他发出了光。穆鱼偏脑袋躲过去，看到了光头咧开了嘴在笑，一口比碗还白的牙。

他们开始相互晃对方的眼。为了及时躲避远道而来的强光，两个人不断从这里移到那里。穆鱼的活动范围比光头大，所以他觉得自己更开心。他张大嘴嗷嗷地喊,一点声音也发不出来,但他不在乎。很久没有人跟他一块玩了。

2

三个月以前,他开始出疹子。医生说,最好不要见风和阳光。父母就跟学校请了假,把他关在家里,哪也不许去。后来疹子出完了,可以出门了,说话莫名其妙地又成了问题。刚开始嗓子有点哑,逐渐说话就变得困难,到了后来,干脆什么声音也发不出来了。到医院看,医生里里外外检查一遍,然后说,他们也不知道哪个环节出了毛病。倒是发现了他下巴底下长出了一个疙瘩,黄豆粒大小,用仪器扫来扫去,没什么可怕的东西藏在里面。可为什么就不能说话了呢?

父母又带他去了另外几家医院,结果大同小异,都没办法,就把他带回家了。整个花街都对这种稀奇古怪的病有了兴趣,谁也说不出个所以然来,但都争着献计献策。一会儿这东西能治,一会儿吃那东西可以试试。他们家是开饭店的,煎药熬东西人手多的是,但折腾了半天还是没效果,穆鱼还是只张嘴不出声,急得父母每天晚上送走了客人,就抱着儿子抹眼泪。后来豆腐店的麻婆拎着二斤豆腐过来,说她小时候在老家时好像听过有这怪病,得病的也是个孩子,九岁,请了跳大神的仙姑给祷告好的。麻婆说,要不也试一下?穆老板两口子大眼看小眼,试试吧,死马当活马医了。

就去几十里外的鹤顶请了个仙奶奶。仙奶奶九十多岁,裹小脚,会跳大神,还会算命看相和用罗盘看阴阳宅,反正和神神道道有关的事都能干。但她轻易不出山,年龄大了,呼神驱鬼的事情太耗精力,折寿。穆老板费了不少口舌才请到。仙奶奶说,要不是听说他的儿子才八岁,用飞机接她也不会来。

当然她是坐船来的。穆鱼一见到她就被吓哭了,只掉眼泪不出声,他从没见过头发那么白、人那么瘦的老太太,就比电视上的骷髅架多一层皮。仙奶奶嘎嘎嘎地笑,说:

"有戏。附身的鬼已经怕我了。"

她伸出一只枯瘦的手放在穆鱼头上,另一只抬起他下巴,"没错,"她说,"就是这个。不能让它落地,一落地孩子就彻底成哑巴了。"

穆鱼觉得她的手冰凉,带了飕飕的冷风。他继续张大嘴哭。

"落地?"穆老板和他老婆盯着儿子的脖子看,没听懂。

仙奶奶不理会穆鱼的眼泪,用长指甲在小疙瘩下面的某个位置上点一下,"这里,"她说,"不能让它走到这个地方。走到就是落了地,孩子这辈子都别想说话了。"穆鱼感觉她指甲尖也是凉的。

"那怎么办?"

"好办,"仙奶奶说,在送过来的椅子上坐下,接过一根正燃的烟插到自己的小烟袋里,"我过会儿作法驱一驱。还有,这孩子三个月不能踩地面。我是说,"她用烟袋指指脚底下和门外,"不能下楼,就待在楼上。"

三个月不下楼,连一楼都不行,穆老板觉得有点过分。你怎么可能让他楼都不下。仙奶奶不管这些,要治病就得按她的来。

"踩了地面,那鬼东西就可能落地,那就等着成哑巴吧。"

穆老板不敢再说什么了。老婆在一边说:"只能锁在楼上了。"

的确就是这么做的,他们当天就请李铁匠焊了一扇铁条门。为了给穆鱼提供尽可能大的活动空间,铁门装在一楼地面的前两个台阶上,他可以透过铁门看清一楼饭店里每一个客人，就是脚够不到地面。

作法的时候穆鱼倒不怕了，和电视里演的差不多。仙奶奶散开白发，风吹过来四散飘拂，手里一把木剑，烧香，燃纸，对着半空咕噜咕噜叫，然后一声大喊：

"天灵灵，地灵灵，大鬼小鬼现原形！"

木剑突然插进纸盆里。火灭了。仙奶奶说行了，最多三个月就能开口。

后来父母问穆鱼当时有什么感觉，他摇摇头，什么也没感觉到。他就是觉得仙奶奶的那句话好玩：天灵灵，地灵灵，大鬼小鬼现原形。仙奶奶一身的老骨头都在哆嗦。

3

一个多月了，他一直待在楼上。父母下楼就把铁门锁上，吃饭时叫他，把饭菜从铁条中间递过去。他端上楼，或者直接坐在楼梯上吃，一边吃一边看着来来往往的客人。他喜欢听他们说话，这些从水上经过的人来自四面八方，南腔北调，有的喝大了舌头出口就像鸟叫。有时候他对某件事感兴趣，不由自主就对他们大喊大叫，但是没有人听见。这种时候穆鱼最绝望，往往饭吃到一半再也咽不下去，他不知道为什么他们都听不见，委屈得泪流满面。开始他还踢几脚铁门出气，后来习惯了，放下饭碗就往楼上跑。有时候憋得难受了，就一个人在楼梯上来来回回跑。

没人跟他玩，只能自己跟自己玩。趴在走廊上看花街，或者伏在后窗上看石码头和运河。父母规定，晚上不许看花街，理由是经常有坏人在晚上出入花街。他当然不相信，他们以为他什么都不懂，为此他在心里暗暗笑话他们。他知道那些在夜晚出入花街的陌生男人都是去找女人的，那些在门楼上挂小灯笼的女人打开门迎接他们，把他们带进自己的屋子里，半个小时或者一个小时，也可能更长时间，再把他们送出来，他们就给她钱。他知道他们在干什么。所以，晚上他偷看花街的时候，只看那些门口挂灯笼的院子。院子里的女人他大部分都见过，有本地人，更多的是外地人，坐着船来到石码头，在花街上租一间屋子住下来。她们的生活就是一次次在门楼上挂灯笼，等男人来摘，男人走了她再挂出来。他也知道很多在他家饭店吃饭的跑船人，船老大和那些水手，酒足饭饱了也会去花街摘灯笼。

但是说到底，这些都不好玩，大人的事他其实没兴趣。

现在他发现了光头。他没想到可以用镜子和一个陌生人一起玩。他晃动镜子时高兴坏了，看得出来光头也很高兴。他们就这么照来照去，一个多小时就过去了，他正担心对方可能会厌倦，光头突然收起瓷碗转过身，蹲在船头开始摆弄什么东西。怎么照他都不转身。然后穆鱼看到一个陌生的瘦男人从岸边跳上船，他的右手比画了几下，从船舱里走出来一个女人，衣服耷在一边，露出光裸的右肩。瘦男人对着光头比画几下，又对着女人比画几下，一把将女人推进了船舱，接着他也进去了。船头只剩下蹲着的光头继续蹲着，穆鱼等着他转身，但他一直没转过来。然后，穆鱼看到船晃动起来。

船没完没了地摇荡，光头没完没了地背对他蹲着，太阳晒得穆鱼头发蒙，他终于决定不再等，下楼找水喝。抓着扶手往下走时，他无意中瞥了一眼自家的院子，看到晾衣绳上挂满了从没见过的被褥和衣服，正湿漉漉地往下滴水。谁会把被褥里的棉花都洗了呢。

穆鱼拿着纸和笔来到铁门前，拍打铁门让正在择菜的母亲过来。他在纸上写：

"我要喝水。"

母亲倒了一大杯水递给他，继续择菜。他就坐在楼梯上喝。喝了一半他又拍打铁门，在纸上写了一行字让母亲看。

"谁家的被子和衣服在绳上？"

母亲说："过路人家的，借我们的院子晒晒。"

穆鱼接着又写："被子怎么是湿的？"

"船翻了，被褥和衣服掉进水里，"母亲说，手里还在择菜，"就湿了。还喝吗？"

穆鱼摇摇头，站起来要往楼上跑，跑两个台阶又停下来。他再次写了一行字：

"船上的光头叫什么名字？"

母亲说："哪个光头？哦，你说的是过路那家的小孩？不知道。"然后转身问正在厨房里忙活的丈夫，"你知道那家的小孩叫什么？"

父亲说："哪有空问这个！"

这时候老枪从门外进来，枪杆上挂着四只野鸡。他是花街上的老猎手，多少年了一直靠打猎为生，打到了野物就卖给穆鱼家的饭店。老枪问："哪家小孩？"

母亲说："过路的那个老罗家的。"

"那就不知道了。听说那家伙打鱼是把好手，一年到头在水上漂。我就奇怪，玩了一辈子水，怎么就把船给弄翻了。"

"谁知道，"父亲拎了杆秤从厨房里出来，让老枪自己称那四只野鸡，"说是昨夜里大风雨，在芦溪翻的船。"

打听不到，穆鱼有点失望，他要了几根好看的野鸡翎就上了楼顶。

乌篷船还在,光头不见了。露着右肩的女人坐在船头洗衣服。

4

母亲在楼下叫穆鱼吃午饭。他来到铁门前,母亲递饭时告诉他,那孩子叫九果。九果,他在心里把这名字说了一遍,觉得怪兮兮的。他把菜放到楼梯上,手里端着米饭,一粒一粒地往嘴里送。饭吃得慢一点就可以多看看饭店里的人,每天只在吃饭的时候他才能一下子看到这么多人,他喜欢人多,热闹。认识的不认识的人都进到饭店里。他看到一个瘦高个的男人拎着两条鱼走进来,进门就叫穆老板。

父亲从他看不见的地方走出来,说:"老罗,来了。"

"送两条鱼给你尝尝鲜,"老罗说,把鱼举到鼻子前,"我老婆说,要好好感谢你们。"

"老罗客气了,应该的。"穆老板把鱼推过去,"这不是白大雁么?咱们清江浦最好的鱼。这可不能要,你拿回去,让孩子尝尝。这东西难得一见。"

"所以送给穆老板,一点心意,一定收下。你不收,我回去没法跟老婆交代。"

推让了半天,穆鱼看到父亲还是收下了。父亲拎着鱼对母亲说:"拿去收拾一下,我和老罗喝两盅。"然后找了张桌子坐下来,很快有人送来茶水和烟。他们等着酒菜,弹着烟灰聊起来。

老罗说:"这地方不错。"

"那就多住些日子。"穆老板说。

"我这四海为家的人,在哪都一样,有口饭吃就是家。对了,我听说你们这儿都认这种白大雁。穆老板你们需不需要?"

"当然需要。"穆老板替他点上一根烟,"有多少要多少。这东西肉嫩,听来往的客人说,就我们清江浦有,他们都爱吃,只是难抓。"

"这个好办,"老罗一下子把眉眼舒展开了,"没有我抓不到的鱼,只要有。这么说,我们一家就可以在石码头上待下去了?"

"没问题。"穆老板说。酒和小菜上来了,他给老罗倒满,两人碰一下。"我正愁那些好这东西的客人没法打发呢。就这么定了。我高价收。"

穆鱼和他们一样高兴,那个叫九果的光头就会一直待在石码头上了。他三两口扒完饭菜,拍打着铁门,没等母亲过来收拾碗筷就上楼了。他在楼上看见九果背对这边蹲在船头,看不清在干什么。他从口袋里掏出小镜子,找到太阳,一根光柱打到九果身上。可惜九果没在意,甩甩手钻进了船舱。穆鱼就对着舱口照,那个露肩头的女人走出来,光照到她的光肩膀上。她看见了光,把衣服又往下拽了拽,露出的肩膀更多了。然后她对阳光来的方向眯起眼睛笑,牙也很白。穆鱼赶紧收起镜子趴下,只露出两只眼偷偷地看。那女人对着他的方向歪头笑了很久,直到九果出来把她推到船舱里。

九果又在船头蹲下,这次是面对着他。穆鱼犹豫半天,重新把镜子拿出来。第一个光圈落在九果左脚边,九果没理会。穆鱼又把光打到他右脚上,九果还是没动静。穆鱼胆子渐渐大了,把光打到他脸上。他看到九果用左手揉了揉眼,右手抬起来转动一下,穆鱼立刻觉得一道冰凉的白光刺过来,赶紧把脑袋移开,发现那是一把形状怪异的刀。

刀长二十厘米左右,头是尖的。有分别折到一边的两翼,刀翼的边缘呈锯齿状,中间是一道凹槽。九果用它灵巧地杀鱼和刮鳞。九果的刀银白，沾着细碎的鱼鳞，鳞也在发光。那把刀的光亮远胜过一只白瓷碗。穆鱼觉得身上一凉，打了个寒战。他看见九果对他笑了，向他扬扬手里的杀鱼刀。

5

夜晚的花街含混又暧昧。倒洗脚水时经过走廊，穆鱼停下来，看那些灯笼一盏盏挂起来。此刻花街声息全无，淹没在夜里，就像淹没在满天地的月光和槐树花香里。有几个男人低头走在花街的青石板路上，忽快忽慢，走走停停，突然就摘下了某个灯笼开始敲门。他们的敲门声也很轻，其他院子里的人听不见。

母亲出现在另一个房间的门口，说："几点了，还不睡！"

穆鱼嘟着嘴怏怏地回到自己屋。躺到床上时他又想到了九果的那把刀。亮。其实挺好看，他想，头一歪睡着了。

一觉醒来，太阳老高。穆鱼跳下床就找小镜子，趿拉着鞋往楼顶跑。母亲在摊放鱼干。"跑什么，赶死啊！"她说。穆鱼没理她，找到太阳的位置，拿出小镜子就要照，发现石码头上的乌篷船不见了。他转着脑袋找，像投降一样举着镜子。然后慢慢蹲了下来。

"一大早你跑楼顶上发什么呆？"母亲说，见儿子没动，又说，"说你呢，刷牙洗脸去！"

穆鱼看着母亲，眼泪出来了。夜里他梦见和九果用镜子和刀说话。九果在刀上写了一行字照过来：你叫什么名字？穆鱼就在镜子上写：我叫穆鱼。你真叫九果吗？照过去。很快九果在刀上说：是啊，就九果。他还听到九果像鸭子一样的笑声。九果又说,他以后就在这里,哪儿也不去了。穆鱼又听到自己的笑声。

"你怎么哭了,儿子?"母亲放下鱼干,满手鱼腥味要给他擦眼泪,穆鱼躲开了,找到一块石子在楼板上写:

"九果呢?他们家的船不见了。"

母亲明白了,说:"打鱼去了吧,没走呢。你看他妈还在石码头上。"

顺着母亲手指的方向,穆鱼看到那个女人倚着一棵槐树坐在石码头上,正往嘴里塞槐花。他难为情地抹掉眼泪,下楼洗漱了。

吃过饭他又来到楼顶。那女人依然歪着身子靠在槐树上,两腿张开,双手耷拉在身边。穆鱼拿不定她是否睡着了,就用镜子照她。光在她的头发里走动,到了脸上,穆鱼看到她用手抓了抓脸,胳膊又垂下来。她睡着了,一只鞋掉在脚边。从石码头上经过的人偶尔停下来看她,又走了。围在那里长久不散的是花街上的孩子,都比穆鱼小。一个男孩往她身上扔石子,完了跳到一边笑。穆鱼觉得这小家伙讨厌,用镜子照他。男孩被一道扑面而来的强光吓坏了,赶紧逃跑。其他孩子也跟着跑。

过了一会儿,裁缝店林婆婆的孙女秀琅又小心地回来了。她离那女人两步远的地方停下,从口袋里掏出一个东西扔到女人的脚边。女人没动静。她又扔了一次,落到女人腿上,她醒了。秀琅赶快跑,在远处看她。那女人见到花纸包裹的东西很高兴,一把抓住抱在怀里,然后对着秀琅眯起眼睛笑。秀琅羞涩地跑开了。

穆鱼在楼顶坐下来,等着她把糖塞到嘴里。五月里的阳光浩瀚无边,漫长的时间过去了,那女人只翻来覆去地看那两颗糖,就是不吃,弄得穆鱼也没耐心了。

一直到太阳落尽九果才回来。老罗坐在船头抽烟,九果在船尾摇橹。穆鱼对着西天的红霞晃动小镜子,没有光,失望地把它装进了口袋。在槐树底下坐了几乎一天的女人迅速站起来,船还没停稳她就跳上去,老罗差点从马扎上掉下来。女人来到船尾,手在九果面前张开,是那两颗包着花纸的糖。

6

　　第二天船没动,第三天九果又没了。隔一天捕一次鱼,有这个规律穆鱼心里就有数了,不再一天几十次地往楼顶跑。正常情况下,他只在九果在家的时候急着上楼顶,其余时间只能看心情。他们对镜子和刀的游戏已经十分娴熟和随意了,可以用来捉迷藏,也可以用来打仗。前者的做法是,一个人藏,另一个用镜子或刀找,光照到身上就算找到。后者则需要另一只手帮忙,当捂住镜子和刀的那只手突然撤掉时,光就射出来,中弹的人就要装出受伤倒地状,不停地遮和放,子弹就不停地射出来。当然,穆鱼也演练过梦境,在镜子上写字。开始因为镜子小,字更小,照到九果那里大约什么都没了。后来让父母买了一面大镜子,他用毛笔在上面写字,九果一定是看见了,但他一个劲儿地摇头。穆鱼一直弄不明白他为什么总摇头,后来终于想起来,九果可能不认识字。他就不再这么玩了,顶多在镜子上画点好玩的图案送过去,但绘画的过程太过漫长,九果根本等不了。

　　九果一直用他的杀鱼刀,随身携带,以便在走路的时候都能和穆鱼打招呼。在石码头时间久了,他对整个花街差不多也熟了,一个人常到青石板路上玩,正走着他会突然停下来,找准太阳的位置,一道强光就送到了穆鱼那儿。因为不断地被阳光清洗,穆鱼觉得九果的刀越来越亮,光也越来越凉,落到皮肤上如同清凉的刀刃。

有一天他和站在花街头上的九果相互照,九果突然收起了刀,转身往石码头上走。穆鱼觉得奇怪,九果突然连招呼都不打就收家伙。然后他看到老罗走在花街的青石板路上,他一下子又高兴起来,九果拿着刀的时候挺威猛,一看见老爸就不行了。老罗走得快,甩开两只长胳膊,等穆鱼转到楼顶的那一边时,老罗基本上已经追上九果了。九果开始跑,跳上了船,刚进船舱,老罗也跳上了船,接着穆鱼看到九果被老罗扔到了甲板上,九果还没爬起来,又一个人被扔出来,是露半个肩膀的女人。然后老罗出来了,捋起袖子一把拽住女人的上衣,上衣被撕坏了一个角,露出白色的肚皮,老罗的巴掌跟着就上了女人的脸。

老罗在打自己的老婆。一耳光一耳光地抽,偶尔也用上脚。穆鱼听到了那女人的号叫。九果坐在甲板上手脚并用地往后退,根本不敢上前,更别说劝架。他不停地往后退,退过了头,倒头栽进了水里。有人站在石码头上看,但一个跳上船的都没有,穆鱼跑下楼顶,先去自己屋里拿纸笔,接着跑到铁门前,拍着门告诉父母:九果爸妈打架了!

穆老板跳上船拉开了老罗。重新回到楼顶上穆鱼看到,那女人已经披头散发,浑身上下已经没有一片完整的衣服,风吹过来,白色的身体一点一点露出来。爬上船的九果湿淋淋地站在甲板上的一角,像个可怜虫。他不喜欢可怜虫。

因为这个,穆鱼好多天没理九果。每次九果把刀子的光在他窗前和门前晃来晃去,他都装作没看见。当然很快他又恢复了镜子与刀的对话,他实在太无聊了,除了九果,找不到别的人玩。而且,照来照去他其乐无穷。

7

午饭时穆鱼坐在铁门前吃午饭。斜对面的桌子上坐着父亲和老罗。他们常在一起喝酒,准确地说,父亲经常请老罗喝酒。他提供的花大雁如此之多,来往的客人都喜欢,最关键的是,老罗要价不高。穆老板对他的捕鱼能力惊叹不已。过去他曾向花街上所有吃水上饭的人收购花大雁,也就是寥寥几条,没下锅就被客人预订完了。老罗能喝,水上人差不多都这样,能喝能睡。老罗喝完酒脸色不变,跟没喝一样,出门的时候看起来比进饭店时还清醒。穆鱼那顿饭直吃到老罗离开饭店,他也放下碗筷去楼上了。

通常母亲都让他睡午觉,哪里睡得着,他觉得这几个月睡的觉多得一辈子都用不完。他爬到楼顶,看到老罗正往花街上走,大中午的阳光白花花地落到他身上,影子在脚底下像个侏儒。他拿镜子去照老罗后背,只敢照照后背。老罗没感觉,继续走,偶尔回下头,又走,穆鱼看见他推开了丹凤的大门。

花街上都说丹凤是扬州人,三年前顺流而下来到石码头。第一次听她说话,穆鱼没听懂,像鸟叫,不过很快就懂了,现在丹凤的当地话比花街人还溜。老罗穿过院子进了堂屋,因为被一棵小槐树挡着,穆鱼觉得老罗是一闪一闪进去的。老罗进了丹凤家,穆鱼觉得应该把这事告诉九果,可是,没灯笼啊,大白天的。

船停在河边的树荫下,九果躺在船头睡午觉。蜷得像只大虾。那女人歪着头倚在船舱上，肩膀露在外面，两腿叉开，应该也睡着了。穆鱼小心地把光照到九果脸上，一动一动地闪。九果没醒，那女人倒醒了，斜着脸往这边看，又笑了。她拍了拍九果，穆鱼及时地又把光送过去。九果坐起来，半天才从屁股后头摸出杀鱼刀。树荫下没有阳光。穆鱼把光圈落到九果的脚前，然后移到船边，停在那里。九果疑惑地看看穆鱼，又看看光圈。穆鱼急坏了，又喊不出声，不得不再重复一遍，这一次他特意照了照九果的脚。九果好像明白了，站起来去踩光圈，光圈一下子跑到前面，他再踩，光圈又跳开。那女人张开嘴笑，拍起了手，也站起来要去踩，被九果阻止了。他跟着光圈踩，上了岸。然后到了饭店旁边的路口。穆鱼赶快跑到楼顶靠路的那边，继续用镜子引导九果。九果跟着光圈走在花街上，逐渐没了兴致，他弄不懂穆鱼如此乏味的镜子到底想干什么。快到丹凤门楼下时，九果终于忍受不了，一转身往回走，刀拿在手里，一道耀眼的白光刺激得穆鱼眼晕，他一屁股坐下来，满头的汗，功败垂成。

他希望此刻老罗能出现在花街上，可是丹凤的院子里只有那棵槐树在动。他的光圈再也留不住九果，他边走边转动杀鱼刀，一道道动荡不安的白光闪过穆鱼的眼。然后九果跳上了船，背对穆鱼躺下了。穆鱼突然觉得没意思，没理会那女人对他的笑，镜子别到身后下了楼。

他在走廊里守了大约一个小时，盯着丹凤的院子都快睡过去了，老罗才从槐树底下走出来。丹凤把他送到大门前，被摸了一把脸才把门关上。穆鱼发现老罗腰有点弓，走路像喝醉了酒，他一路小跑上了楼顶。老罗的腰在上船之前突然就挺直了，他踏上船，九果和那女人几乎同时跳起来。老罗一探胳膊，九果又倒在船头，那女人转身想钻进船舱，被老罗一把揪住，拳头跟着就过来了。穆鱼听到女人的叫声，在安静的午后听起来虚幻缥缈。石码头空空荡荡，九果避到了船角，这次他没掉下水。老罗像上次一样，痛快地揍了一顿老婆。

穆鱼又用镜子引导过两次，九果终于开窍了。他不知道穆鱼的具体用意何在，但明白一定大有名堂，至少也会是一件好玩的事。有一天下午他被穆鱼从船头引到花街，一边跟着光圈走，一边用刀去晃穆鱼的眼。然后他发现，光圈在一个门楼前停下了，不再往前走。他看了看那个门楼，几乎和周围其他门楼没有区别。门关着，一点里面的动静都听不到。他用刀不停地往穆鱼身上照，穆鱼却坚持对着那门楼照。九果不明白，他甚至从门缝往里看，猜测是否有好玩的东西可以顺手带走。但他看到一个光着胳膊的女人在院子里，背对着大门，女人弯下腰来的时候露出后腰上一圈丰腴的白肉。像在洗衣服，又像在摘豆角。九果对这些都没兴趣。

真正让九果明白的，是老罗。他爸走进花街时，他正在跟着穆鱼的镜子往前走，忽然发现光圈没了，他转身去找，看见老罗闷着头往这边走。九果藏起杀鱼刀，贴着墙根低头站着。穆鱼听不见他们父子俩的声音，只看见老罗指点一番，九果就灰溜溜地回了石码头。老罗看见他从花街上消失之后才往前走。

九果的刀对着穆鱼闪一下，他像只猫躲在饭店的墙角，脑袋伸向花街。老罗在某个门楼下停下，一侧身不见了。穆鱼的光圈重新出现在他脚前，一点点向花街移动。九果跟着，接近那个门楼时，他突然转身往回跑，快得穆鱼的镜子都跟不上他。穆鱼看到黑得像泥鳅的九果发疯似的跑向石码头，他没跳上自己的船，也没理会正在船头洗衣服的母亲，九果一个猛子扎进了运河里。

穆鱼在楼顶上坐下来，仔细盯着水面，他想在九果钻出水面的时候就把光打到他身上。可是九果迟迟不露头，应该是很久了，他已经等得心发慌头冒汗。连露肩膀的女人也等不了了，跳下了水。她在水中游了好一会儿，前面不远处露出九果的脑袋。他还活着，向母亲游过去。穆鱼的光圈出现在水面上时，九果已经抱住了母亲的胳膊。

8

老罗隔三岔五去一次丹凤那里，穆鱼看在眼里。他觉得自己是花街上最闲的人。九果出了问题，他看得出来，镜子和刀对话常常接不上头。九果心不在焉，经常握着刀半天不动，根本不管他躲到了什么地方。九果去花街也不再需要跟着他的镜子，而是跟着老罗，当老罗消失在丹凤的门楼前，九果就在花街尽头出现了。他谨慎地走在青石板路上，顾不上用刀来回答楼上的镜子。但他每次都走不到丹凤的门前就回来了，回来往往是一路狂奔，有时候一边跑一边用刀子划墙，有青苔的地方冲破青苔，没青苔的地方在石头上擦出火光。回到船上，在母亲对面坐下，一直坐到老罗轻飘飘地从花街上回来。老罗打老婆时他依然坐着，不再躲到一边，有一回甚至突然在老罗面前站了起来，尽管刚及脖子，老罗还是愣了一下，然后是对老婆更猛烈的拳头和耳光。九果就那么站着不动，直到老罗打累了停下来。

那天午饭后穆鱼听收音机，好听的歌把他迷糊过去，竟一觉睡到下午三点。他起来就往楼顶跑，果然看见九果在他们家楼下转来转去，杀鱼刀漫无目的地泛着光。他把光圈送到九果脚前，九果抬起了头。

"看见他了？"九果问他。

这是他第一次听到九果说话，还以为他是哑巴呢。他摇摇头，他知道"他"是谁。

"去，那，那家了么？"九果又问。

他又摇摇头。

"没去？"

他还是摇摇头。

九果被弄糊涂了，有点着急："你哑巴啊？说话呀！"

他不动了。

"那你下来，下来啊。"九果向他招手，"我有事问你。"

他还是不动。

"你瘫了是不是！"九果生气了，"下来！"

杀鱼刀晃了他的眼，他觉得眼泪一下子就出来了。他都快忘了说话和下楼这回事了。他突然委屈极了，狠狠地看了一眼九果，对着他大喊一声："我再也不理你了！"可是什么声音都没有，眼泪倒更多了。他一扭身往回走，下楼的时候对自己说，不跟他玩了，这辈子都不跟他玩了！回到了自己的房间。

随后几天，他不再去楼顶，看到九果不断地将刀子的光照到门和窗户上他也不出去。九果叫他也不理，他听见九果在外面过一会儿冒出来一声，喂，喂。甚至有天晚上九果也在楼下喂喂。再喂也不跟你玩。

那晚后，九果的声音没了，门和窗户上也不再出现刀光。穆鱼在屋里开始不踏实，心里空落落的。他在房间里走来走去，觉得身上出汗时发现自己竟然已经上了楼顶，而且拿着镜子。他决定妥协了，往石码头那边找，乌篷船还在，露肩的女人坐在船头上发呆，没有九果。他转身往花街方向看，午后的石板路上铺满阳光，一个人没有，他下意识地瞟了一眼丹凤的院子，吓一跳，九果像只猫趴在墙头上，拱着背，他也看见穆鱼，他对穆鱼远远地咧开嘴，一口白牙，然后手中一晃，白光在刀面上炸开来。穆鱼觉得自己如同突然活了过来，充满了不可名状的兴奋，他在楼顶跺起了脚，挥舞着两只胳膊，镜子里的光漫天飞舞，光消失在光里。

九果一侧身落到了墙下。

穆鱼把胳膊和脚停下来，对着丹凤的院子发愣。槐树花最繁盛的时期已经过去，空气中残余着香甜，细处有种颓败和忧伤的味道，因而也更浓更酽。他想起今年就没正经地吃过几串槐花，过去他总要吃很多，爬到树上，坐在枝杈间放开肚皮吃。一晃槐树花都开完了。他不知道九果到丹凤的院子里干什么。

时间很短，短得他想都没想清楚九果可能会干什么，九果就重新出现在墙头上。这一回九果没有让他看见自己的白牙。他只是看见九果在太阳底下扬了一下手中的东西，发出的分明是红光，鲜红艳丽，如同过年时漂亮的红焰火。穆鱼觉得头脑转得缓慢，他想不出来那焰火一样红的东西是什么。

九果已经过了墙，跳到了花街上，像过去一样向石码头狂奔。那一闪一闪的红。

然后穆鱼听到一个女人的叫声，有点远，丹凤光着身子在小槐树下又蹦又跳，忙得两只手不知道往哪里放。丹凤白得也晃眼。她叫了一会儿就停住了，因为周围有了动静。午睡的花街被惊醒，一扇扇门被打开，很多人穿着拖鞋往外跑。穆鱼看见那些穿着短裤、汗衫和拖鞋的邻居像一群花大雁游向丹凤的门楼。丹凤跑回了屋，当人们冲进她的院子，她已经用一条大床单把自己裹起来了。跟她一起走出屋的是老罗，披一件衬衫，抱着肚子，从手开始一直到脚，都是红的，他不断地弯腰，弯腰，如同一只掉进热锅里的大虾，头和脚的距离越来越近。

穆鱼听到人声乱起来，他突然想到九果，跑到楼顶的另一边，石码头上一个人影没有。乌篷船在走，他看到露肩的女人站在船上正对着石码头挥手，摇船的是九果。九果摇船像跑步，低头弓腰。

他迅速跑下楼，母亲刚打开铁门，端着一托盘的水果要往上走。他冲下去，撞掉托盘，水果顺着楼梯往下滚，穿过铁门时他听到母亲绝望地惊叫一声，已经来不及了，他踏上了一楼的地面。地面让他感觉陌生，出门被一个台阶绊倒了，一头抢到地上，啃了一嘴的泥。他一边跑一边咳嗽，跑到码头边上，乌篷船已经走远了。他觉得嘴里的泥怎么也咳嗽不净，一低头吐了出来。吐了第一口接着吐第二口，先吐午饭再吐早饭，再也没东西可吐了，他直起腰，觉得身体一下子轻了。母亲在身后把他抱离了地面，他挣扎，用尽力气对着午后的运河水喊：

"九果！"

他听见了自己的声音，然后摔到了地上。母亲惊得松开了手，她的嘴巴和眼睛同时变大："你说什么？"

"九果！"他再次发出了声音。他看见九果转过了身，把手举到半空。

他一定听见了他在喊他。

2006年4月18日　芙蓉里
原载《大家》2008年第1期

长　途

1

　　研二暑假，我从系里申请了一笔费用，抱着一台借来的高清DV回到老家。我要拍叔叔的跑车生活，申请计划书上写的题目是：长途。叔叔是个跑长途车的，三十二岁，瘦得像根麻秆，已经在大卡车的驾驶室里坐了十二年。他不厌其烦地从中国的南头跑到北头，再从黄海边一直跑到青藏高原上。叔叔大我七岁，因为整天窝在车里他被蒸得很白，我们俩站在一块别人就觉得我们是兄弟。我和叔叔一样，眉毛粗黑，高鼻子大嘴。他有一肚子故事，见过全中国的人，脑子里装着一张详细的中国地图，他会说上百种方言，其中一半像鸟语。这是我决定拍他的一个原因。

　　另一个原因是，很多年前我就有一个隐秘的愿望，做一个卡车司机。为此，念大学之前我一直被认为是胸无大志，老师让大家说一说各自的理想，都是科学家、作家、医生、国家领导人之类，只有我站起来大言不惭，卡车司机。全班人都笑翻了，似乎这是全世界最卑微的理想。想笑就笑吧，我的确想做卡车司机。我叔叔那时候已经是卡车司机了，带我去过很多地方，我们把车窗摇下来，让大风穿过驾驶室，风过耳边如同旗帜猎猎地响，卡车穿过野地，在柏油路上放开了跑，油菜花在两边黄金一样盛开，一开就是一片海洋。那感觉好极了。他们笑，那是因为他们从来没有感受过。我们光着膀子戴墨镜，像牛仔奔跑在美国西部的荒野里。我叔叔歌唱得好，嗓门也大，我跟着喊，大地上仿佛就剩下我们两个人，那种孤独悲壮和淋漓尽致的既想哭又想笑还得大喊大叫的感觉，他们也不会知道，所以他们笑。

我想用DV告诉大家的就是这么一种寂寞漫长、前路迢遥的生活，一两个人，壮丽、艰辛，坚持不懈地奔走，走完了还走，没有尽头。我没能成为一个卡车司机。我想让叔叔代替我在镜头里过一个卡车司机的生活。我在电话里兴奋地跟叔叔说，我拍你的长途。

叔叔说："没问题，正好赶上个长途。"

回到老家，我爸说，你叔叔说了，明早就到石码头。我一愣，这跟石码头有什么关系？

"你不是要拍子归的长途么？"我爸说，"他的船明天就到。"

子归就是我叔叔。可他怎么突然就变成跑船的了？

"半年了。"我爸说，"有一天回到家，死活要卖车。不干了。谁说也不行。"

六个月前，我叔叔把跟了他五年的"解放"卖了。两天后去了河上游的一家船行，成了被雇用的船老大。运河上跑的船他都会玩，我爷爷年轻的时候就吃水饭，运河上上下下地跑，叔叔打小就跟在船上瞎摆弄。等我爷爷快跑不动了，希望他以后把船接下来，我叔叔却不干了，他嫌船慢，来来回回就这一条道，跑到死也只能在运河上。他要跑车，果然上了岸就成了卡车司机。十年前水上生意不错，我叔叔不干，现在水饭难吃了，他头一别又回来了，大家就看不懂。这个陈子归，只能是脑子里进水了。

可是，我的《长途》怎么办？我打了报告递了申请，光可行性论证就用了五张纸。你个陈子归！第二天一早我站在石码头上，对着从上游驶来的一条船放开喉咙喊。我痛扁他的心都有。

陈子归站在甲板上像根船篙，歪着头一脸坏笑，向我摆手："陈小多，当了研究生就是不一样啊，都学会准时了。"

"尊重一下知识分子好不好？叫陈千帆！"

"屁！还陈千帆，你以为你挂了个相机就不是陈小多了？不上我可掉头了。"

陈小多是我小名。我跳上船，一屁股坐到甲板上，陈子归，你可把我害苦了。

"多大的事，不就照个相么，照哪不是照。这一路水道，比岸上的好看一百二十五倍。"

哪里的长途都是长途，只能这样了。要怪也怪我当时没说清楚。这是条单放船，柴油机在船头呼嘟呼嘟叫。八点钟的太阳落在船头，水汽正从平稳的河面散尽。船头劈开水面的声音我从小就在听，白天有些嘈杂，夜晚时像很多人在小声说话。我把DV抓在手上，想着无论如何也得拍点啥。叔叔从驾驶室里伸出头说：

"先照，一会儿我给你讲点岸上的事。"

这办法不错。我拍我的水上长途，穿插陆地上的长途故事，就拍我叔叔讲的，对准他的嘴。问题解决了。我把DV往驾驶室里伸，为了盖过马达声我必须提高嗓门，我说："这个帅呆了的船老大是我叔叔陈子归，花街人，未婚，高考落榜两次，二十岁开始跑长途运输，开了十二年卡车。今年一月份突然决定坐到这里，立志将水上的软饭硬吃。现在开始他的长途生活。"

我刚说完，叔叔伸出右手的食指和中指，说耶。然后对准镜头说："我得给我酷毙了的侄子陈小多补充一句，本人第二次高考只差一分。耶！"

2

水上的生活其实枯燥，这我是知道的。因为慢，看来看去风景都差不多，除非到了一个个小码头，采买食物和日用品，下个馆子喝点小酒。如果沿途有朋友那当然好，船一停下他们就拎着酒瓶子上来，就算聊聊天也好。长途船一般至少要两个人，这和跑长途车一个道理，轮流驾驶。上岸放风时也可以轮着来，这个码头你去花天酒地了，下一个码头就得轮上我。船必须留人看守，一舱的货。叔叔这趟船从扬州来，满满的一船麦子要送到几百公里外的另一个城市的加工厂。和他搭档的是花街上游十公里的一个庙头人，外号秤砣。秤砣刚在老家相上个女朋友，听说我要跟叔叔跑这趟船，船到庙头就提前下去了。秤砣结巴，跟叔叔说："回家睡睡睡了她，弄弄弄大大了她就跑不掉掉了。"我叔叔就成人之美，让他回去睡。你要不让他回去睡女朋友，半路上他就会上岸睡别的女人。你要不让他上岸，他能急得挠墙，拿脑袋往甲板上撞。

"秤砣心里亮堂着呢，"我叔叔说，"夜里说梦话，要买一条船，自己放。我就问他，跟谁一起放？他说，跟跟我老老婆一起放，想啥时候搞就啥时候搞搞。还吧唧嘴，跟吃了红烧肉似的。"

"那你呢？"我能看见此刻全家人都把耳朵竖起来了。三十二岁的叔叔的终身大事让他们焦虑不已。"有头绪了？"

"船上有女人不吉利，没听说啊？"

河边的人谁不知道。可现在跑的大部分都是夫妻船，两口子常年在水上过日子，孩子就生出来了。身后不远就是一条夫妻船，船上拉着条晾衣绳，花花绿绿地飘着女人的内衣。我把镜头对准那条船，慢慢调焦，一个光着上身、戴黑鸭舌帽的男人突然出现在镜头里，正往这边看，我赶紧把机子放下。

"不带上船不就完了。"

"那没事就往家跑，烦也烦死了。一个人野着，这他妈多自在。陈小多你这书是白念了。"

"基本明白了。"我说。叔叔应该不缺女人。跑长途的很多都这样，跑到哪睡到哪。我嘿嘿地坏笑，搞得我叔叔很紧张，陈小多你没病吧？我又说，"嘿嘿，我基本明白了。"

我叔叔就笑："个小东西，你知道个屁。"他把船速放慢，指着右前方的一个破旧的码头让我看。仅从露出水面的那部分巨大的条石看，若干年前应该是个颇具规模的码头。石头边缘已被风化剥蚀，青苔像葛藤一样细密地向上攀爬。有一条行迹漫漶的小路从码头伸出去，歪歪扭扭穿过野地，四五里地的远处是房屋、树木，之后是贴着白瓷砖的一片大大小小的楼房。我的镜头从废码头的倒影开始走，拾级而上，爬上小路，逐渐升高，一个小镇降落在镜头里。叔叔要停下，我让他继续走，要的就是行进的效果。但他还是停了，坚持让我看两块歪倒在荒草中的石碑，一块写着：御码头；一块写着：舍舟，"舟"字下面只有半个字，形状如"上"。

"说是康熙乾隆下江南，都在这里上过岸。"叔叔说，"另一块碑，舍舟上马。我扒开泥看过。"多年前的胖墩墩的楷书,真有那么一点好大喜功的皇家气派。我给两块碑来了特写,然后把镜头对准叔叔,希望他能再说几句。没想到叔叔说,"刚和秤砣搭班,跟他在这地方干了一架。狗日的,他说去镇上买包烟,回来身后多了个女人,他要在船上睡。后来?我把他踹水里了。狗日的,我这可是条新船。"叔叔响亮地朝水里吐了一口痰。

如果这两块碑都不是赝品,当年市镇应该就在河边。我弯下身子去找水平线,发现这一片野地凹陷了下去,不出意外,是为了避开运河泛滥房屋才迁到远处的。康熙乾隆当年威仪壮观的登陆之地,成了结巴子招妓的码头。

"这船上就没睡过女人?"我对这个规矩一直心存疑惑。

"睡过。"叔叔说,给我一根烟,自己也点着一根,"我一上岸他就闲不住,有一次我从酒馆里回来,老远就看见船在晃,这个死秤砣他把动静弄得还挺大。当时我们一船的毛竹呢。我就在码头上抽烟,半包烟抽完了船才平稳下来。我等那女人上了岸我才上船,我说你他妈跳舞啊你。这狗日的像摊烂泥似的躺在床上,有气无力地说,跳不动了。"叔叔一边说一边模拟秤砣的动作和表情,笑得我摄像机一直抖。他让我看休息舱,狭窄的空间里摆着三张床,一副高低床,被结结实实地焊接在墙上,旁边是张折叠过的行军床,叔叔指了指行军床。"我住下床,不许他乱碰,这家伙就买了张行军床备用。"我把镜头对准上床,床板离天花板实在太近,秤砣哪里能活动得开。

对秤砣的行为,我叔叔后来也就睁一只眼闭一只眼,眼不见为净。一把年纪了,得人道点。我把镜头对准叔叔,跟开车的时候比,他变黑了,也结实了,一弯胳膊大臂上的肌肉就暴出来。

出了休息舱,夕阳照到我们的脑门上。阳光依然很热,但水上风大湿漉漉地吹，夏天还可以忍受。半条河水都是红的。我叔叔进了驾驶室，把速度开到最大，我们必须在天黑前赶到下一个码头。路上不安全，水上也一样，打劫的那帮浑蛋什么事都干得出来。此时的光线最宜拍摄，我站在甲板上原地打转，把能看见的一切都收进镜头里。后来，水面一半泣血的红，一半绝望的暗紫，天空在逐渐降低，很多小船、单放和拖船被我们抛在后面。夜晚从水底下浮上来，我看见了越来越多的灯光汇聚在岸边。

3

十三条船凌乱地摆在码头里，我们的船停在外围，边上只有一挂八节的运煤拖船。停在最外面怕半夜有人上来瞎翻腾，停到中间退出来可能又不太方便，叔叔喜欢大清早就上路。开车时也这样，别人出门时他已经下去近百公里了。他说一个人走路清静，撒开来跑才舒坦。跑长途的感觉就是做孤胆英雄。这是我上船的第一天，叔叔落好锚就上岸给我买吃的。这地方的麻辣鹅味道好极了，还有一种叫石子馍的小烧饼，醒好的发面揪成小团，摁在滚烫的鹅卵石上，烤熟了就是石子馍。我把摄像机打开，在灯火之间叔叔大步跳上了岸，嘴里哼着大西北的小调。红绸绸的个裤哎绿丝呀么带，我给我那个么公哎腿撇开。我跟过船，但没跟过这么远，这地方也从没来过，一切都是新鲜的。我的镜头紧紧抓住叔叔的后背，直到他融进异乡的夜晚里。

麻辣鹅好吃，石子馍也好吃。一斤麻辣鹅和二斤石子馍下了肚，还有四瓶王子啤酒，两个人的饭量吓我一跳，简直是养猪。我叔叔在镜头里摸着膨胀起来的肚皮说:"挣自己的钱,吃自己的饭,这才是他妈的好日子。"

收拾停当,叔叔带着我检查一遍货舱,把雨布和绳子理顺扎好,河面上升起了水汽。我们坐在甲板上,蒲扇打腿,我带的驱蚊花露水根本不管用,高脚的蚊子大如苍蝇。叔叔喝了一口浓茶说:"陈小多,老子给你讲个大雾天的故事吧。讲完了睡觉。"我打开摄像机,叔叔是个黑暗的影子,只有脸上闪着油光,晃一下,又晃一下。

《长途》故事一:

那时候我还没完全出师,出车还得师父跟着。我师父老蟹头,不喝酒开不了车,放在现在那不行,上车就得给警察抓。可跑长途的谁他妈的又能不喝点酒呢。我想多练练手,半夜里起来撒尿,把我师父的酒壶给藏起来了,所以一清早起来他就没精神。车就归我开了。我爱开早车,就是老蟹头带出来的。他要也喝了酒,半夜就爬起来开车。

碰巧那天早上大雾,浓得像变质的牛奶。我他妈开心坏了,这天气我可以露一手了。老蟹头坐在副驾座上,冷水击头也没清醒,车一动就东倒西歪。我把眼睛睁到最大,这种天气开车就跟你在浑水里游泳一个道理,能看见多少就多少,其他的只能跟着感觉走。我想看看我的感觉咋样。好司机都有好感觉,比狗还灵。不紧张那纯属胡扯,我腰杆都僵了,下去了五十公里才敢放松一点。就这样也没发现我师父打开了他的酒壶。他在黄书包里找到了,喝了半天我都没闻到酒味,顾不上。

路上车很少,我的速度不慢,超过我的都是小车,我们来到一座大桥上。桥上慢行，所有司机都懂，我逞能，油门和挡都没变，桥在颠簸，像踮着脚尖在跳。刚上桥，一辆小龟车嗖的就过去了，又跑几米，又一辆小龟车过去了，快得像去抢银行。尾灯闪了几下，突然就没了。我就疑惑，妈的，就是抢银行也不能快成这样啊，就亮那么一下。我的车原速跑。突然我师父，这个喝了酒就精神抖擞的老东西，一脚踹到了我脚上，死死地踩住了刹车。我差点从车头里钻出去。我师父说："不对！"我才闻到一驾驶室的酒味。"这桥不拐弯，我走过。"老蟹头又说。我突然就明白了，赶紧打好车灯跳下车，漫天清冷的变质牛奶，啥也看不见。

我跟老蟹头往前走，抱着手电筒，也就十米远，桥没了，直直地断掉了。水声也被雾盖住了。那两辆小龟车一定是钻水里了。老蟹头说，快，快，把我往后推，喊！我就往前跑，一边跑一边喊："停下！停下！"声音都变成女人腔了。我喊老蟹头也跟着喊，手电光在大雾里乱窜。那会儿我还没手机，报不了警，就跟我师父哼哧哼哧喊了两个多小时，拦了差不多二十辆车。后来的司机也跟我们一块喊，车灯都开着。后来警察来了，我嗓子也哑了。他们问我们需要什么，我说水。我师父说，酒。

4

后半夜下了大雨，我不知道。七月里的天说变就变，睡觉前我和叔叔在甲板上聊天，还是一头的星星。叔叔身上的雨水把我弄醒了。

我迷迷糊糊觉得胳膊上落了水滴，猛然惊醒，我正做一个相当不吉利的梦，梦见船翻了，我被卡在水里出不来，到处乱抓，抓到哪里都是一把水。就醒了，看见叔叔正往上铺上爬，脚底板还在往下滴水，落到我伸到床外的胳膊上。我说叔，你尿床了？

"你才尿床！"叔叔说，头回勾到床下，屁股撅着对我说，"下雨了。"

我才听到大雨点砸到船身的声音，像很多面小鼓在乱敲。雨落进运河，隔着舱板听起来如同十万只大白蚕在吃桑叶。然后是雷声、霹雳，闷闷地响。我噌地坐起来，脑袋撞到了床板上。我得把这个雷雨夜拍下来。

"脑子坏了。"叔叔说，"雨大得要死，你那啥DV行不行啊？"

"那你帮我打伞。"

叔叔磨不过，只好又爬下床。他刚围船检查了一圈，能披的披，能挡的挡，确保麦子上不会漏水，淋了个稀里哗啦才回来，干裤衩和背心换上身没三分钟。他让我穿上雨衣，刚才他急着看货都没来得及穿，然后撑着一把巨大的黄色油纸伞护住我的摄像机。他说船上风大雨大，这玩意儿比天堂伞管用。

凌晨三点二十一分，大雨跟夜一样黑。雨珠子雨线子都是黑的。我把镜头从黑暗的水面上慢慢抬起，运河在动，好像隐藏着凶险的千军万马，对岸的树木和房屋远到了千里之外。这种水面我有点怕。小时候在运河里洗澡，突然天黑下来，乌云压着头顶走，我就得赶紧爬上岸。我老感觉水底下会突然生出很多恐怖的妖怪，要抓我的手脚，所以浑身奇痒，那痒能钻进骨头缝里，简直瘆人。几条船上细小的灯光氤氲摇晃，偶尔见到一两个人影在船上出没，他们在捆扎货物。雷声从远处滚过来，越滚越低，简直要贴着水面才走，似乎后面有很多人在呐喊着推着它费劲地跑。雨被风裹住，如同巨大的鞭子唰地抽到这边唰地又抽到那边，抽到油纸伞上时，所有的声音都被淹没了，我分明感到了灭顶之灾。抽到脚上一道冰凉。

"我刚出来时，看见两个小偷，"我叔叔在雨声里必须喊出来我才能听见，"划着泡沫筏子，要解那条运毛竹的单放船的绳子，我大叫一声，抓贼啊，他们就跑了。"

一条火红色的闪电折了两道弯，呈六十度夹角插入拖船旁边的水里，一大片水面都照亮了，溅起的水花也是红的。然后才是咔嚓一声。鼓膜乱颤，我吓得倒退两步，DV差点脱手。

"看见没？就是那种泡沫筏子。"叔叔指着闪电入水处附近，我啥也没看见，那地方此刻已经归于黑暗。好在又一个闪，半个天空都亮了，我看见了拴在拖船上的那个四四方方的小东西。用几块大泡沫塑料捆在一块做成的，上面裹了层塑料纸，正随波浪涌动。"当小筏子用，原来我这条船上也有，太丑，我给扔了，换了个橡胶救生筏。"

这一段拍得艰难，风吹雨打浪涌动，从头到脚都不安稳。结束了回到休息室，两人全身都湿了。我叔叔光着身子拧他的湿内裤，抱怨说这下好了，明天得光屁股开船了。我说那多性感，油门加到底，准比裸奔刺激。经过这一折腾我反倒不困了，大雨敲出一条船的轮廓，我问叔叔那都是哪里的贼。

"说不好。当地的，也可能是别的船上的。能捞点都想捞点。"

叔叔喝了两杯开水，开始打哈欠。可我兴奋地如同刚喝完咖啡。我还想再问。

"陈小多你饶了我吧。明天我还得赶路。再说几句咱们睡。镜头伺候。"

我叔叔就光着身子裹了个花床单。当然你不可能在我的镜头中看见床单里面的光身子。

5

关于偷。《长途》故事二:

这是小贼,没啥意思。我见过偷车的,豪华大巴,那才够味。想不起来哪一年了,也是大雾,对,还像变质的牛奶。我一个人开,没听音乐,这种时候眼睛耳朵都得用上。四车道的马路,车极少,有点浪费了。但你也不能大意,这玩意儿随便撞着啥都比害眼厉害。因为那年桥断了的事,一遇到大雾我就强迫自己慢下来。但那次我又不得不快一点,交货的时间催着,赶不到我这一千多里路就白跑了。只好不停地摁喇叭。那是十一月份,我把窗玻璃摇下来,后背和脚心还是出汗。刚从一条路斜插到另外一条路上,一辆大巴擦着我车身过去了,吓我一跳,快得简直是玩命。

它在我前头狂奔。我想这下好了,留下一个足够急刹车的距离,跟着它飞起来都不会有危险。有事它在前头担着。我就摁一下喇叭表示感谢,换了个挡上去了。逐渐靠近,它突然就提速了,噌的就把我甩了。我加速,再靠近,它又提速了。这就有点意思了,我继续跟上,它就继续提速。我再跟,它再提速。我不知道它为什么一再提速,反正我加速是为了跟上它,跟上它是为了更安全。我们就这么在大雾里较劲,为了跟上它我全身都汗透了。两辆车追逐了差不多一个小时,我下意识地看了眼时速,你猜多少，马上一百五了。就是大太阳底下你跑这个数，也够可怕的了。还是个大雾天，我突然就不敢再跟了。这好长一段时间里，我基本看不见周围的东西，只盯着它的尾灯跑，我把急刹车的距离都忘了。赶紧慢下来，我敢断定开大巴的家伙在玩命。这榜样不能学。在慢下来之前我又加了一回速，想看清这辆诡异的大巴到底是什么车。好像是快鹿，也可能是沃尔沃，那小标志没看清，因为我刚靠近它又加速了。我看到的另外一点是，那车没牌照，可能有过被摘掉了。反正空白一块。

我就更不明白了。回到驻地跟师父一说，老蟹头说，百分百是偷车。那贼一定是以为你是来追他的，你快他不能不更快，没命地跑。你把他吓着了。做贼也不容易啊。

果然，过两天我重跑那条路，在路边吃饭时捡到一张当地的旧报纸，上面说，车主举报，新买的一辆沃尔沃在大雾天被偷了。好，关机睡觉。

6

第二天船已经上路我还睡着。叔叔叫醒了我，他在门口说陈小多快起，拍大水。我抱着 DV 出去，还飘着雨丝，河水浑浊，无数条细流从岸上汇进来。更大的水从上游奔涌过来，土黄色的浪一波波跳到甲板上。"没准要发大水了，"叔叔说，把船速放慢让我拍水，"刚刚听那拖船的老板说，上游的暴雨现在还没停，河汊里全满了。"正是雨季，不好说。我把镜头对准水面，骚动不安的浪涌因为浑浊变得沉重，一副踌躇满志闹革命的样子，简直要把镜头胀破。所有的船都慢下来，尤其是串在一起的拖船，不规则的水流把船队冲得拐弯抹角如条长蛇。船上的几个壮汉子不停地从这条船跳到那条船上，用巨大的长铁钩矫正后面的拖船的航向，相互扯开喉咙喊话。有个大约四岁的男孩挺着圆鼓鼓的肚子出现在一条单放的甲板上，右手攥着根绳子，左手扶着小鸡鸡往翻腾的河水里撒尿。我调整焦距，恶作剧地看见镜头里的小鸡鸡像条弯头的胖虫子。

有人在船上放爆竹。叔叔从驾驶室里摸出两根二踢脚让我点，我说你来，我拍。他就把船停到一个合适位置，站到甲板上点上烟，用烟头点燃二踢脚，一根两个响，一根又两个响。运河两边是野地，所以尽管是阴天声音依然空旷高远。有人在远处嗷嗷地叫，以示附和。长途船多半备有鞭炮，放两响可以避邪。若是长途运送容易受潮怕湿的货物，雨天久了也会炸一串，送乌云上路请太阳回来。叔叔站在甲板上抽完烟才回驾驶室，他早上六点就进了驾驶室，一夜支离破碎地睡了不满四个钟头。风把他的沙滩裤裹到两条精干的瘦腿上，大大咧咧的大裤衩里没穿内裤。

再走一个半小时，天空裂成两半，太阳从白亮的那一边露出来。水面上一道金光飞速往前奔跑，半分钟之内整条运河金光灿灿，又有人嗷嗷叫起来。很快，前后的几条船上衣衫飘飞，湿衣服挂到了阳光里。我把叔叔和我的湿衣服也挂出来，一件件地拍过去。然后叔叔说：

"陈小多，那边！"

我扭头看过去，一个小伙子，比我大不了几岁，只穿着一条鲜红的三角裤衩站在他的货船至高点上，两臂张开仰天长啸，只有一个

"啊"字,声音拖了几里长。肺活量挺大。

"他要干吗?"

"发发狂呗。"叔叔漫不经心地说,嘴里叼着烟,"这一路你要看下去,神经病的不在少数。可不喊儿声又干啥呢,路远长程的,憋死了谁管。"

我原以为对水上生活还算熟,出门就是运河,就是石码头,就是一堆从水上来去的亲朋好友和陌生人,大大小小的船也坐过无数,还有什么我不知道的?现在看来,我走得还不够远,像穿个三角红裤衩就敢站在高处叫嚣的事,也只在长途上能见识到。叔叔说,头一回你还会新鲜,三趟以后你就没脾气了,红烧肉再好吃,一天三顿也要死人的。这一条水路跟陆路不同,开船都可以漫不经心,你再能折腾也跑不到一条船外面去,看的东西也不会比两岸上的更多。喊一喊闹一闹,正常。

"那你呢?"我对叔叔如何排遣很感兴趣。镜头直直地杵到他面前,"陈子归先生,能否谈谈你对长途水路的感受?"

"个死小多,我有什么好说的。"叔叔说是这么说,但还是很有点镜头感,立马将香烟夹到手指间,注意,是右手中指和无名指中间,这种夹法我觉得有点酷。"如果要说,怎么说呢,"这个陈子归还做着样子把自己当明星,"我一直觉得长途是一个人的事。好和坏,孤单,嗯,孤单和热闹都是一个人的,满满当当的,你把它抱在怀里,白天看水,夜晚看天,一趟跑下来还是很成就感的。"

"跟跑车比,你是不是更喜欢跑船?"

"说不清楚。年轻时可能会喜欢跑车,脑子里空荡荡的,只想着速度;跑车像摇滚,整个人是动的,到哪里都不会安分。年纪大了,可能慢慢会喜欢跑船,心里能装点事了;有点像这音乐,让你静下来还得动点脑子去想。我真说不好。这么说吧,跑车时我总感到饿,见到饭店就想停车;跑船不一样,我可以在这里坐上一天,一包烟两瓶水就够了。"

说得有点玄。在巨大的马达声里叔叔还放着一段二胡曲子,不仔细听根本听不见。

"你突然决定跑船,是因为发现自己老了?"

"那倒也不是。大概是想想点事吧。"

一听我就乐了,有情况。开始想事了。"想啥了?"

"一边玩去,小屁孩!"叔叔脸上的那点认真立马没了,"前面就要穿过一个小城,先把你的小裤衩收起来。"

我把晾晒的内裤暂时收起,然后坐在甲板上跟叔叔一块抽烟。小城外围的厂房越来越近,厂房之后是越来越多的居民楼和平房。我们经过钢铁厂和发电厂,运煤的拖船在它们的码头前停下开始卸货。然后是竹器厂,装毛竹的单放也停下了。陆续出现了平房和居民楼。运河拐了一个小弯之后突然瘦下来,水流变急进了城市。

7

从城东进,到城西出。运河入城水流急是急了点,但野不起来了。我们从一座桥下钻过去,为了防止擦着桥墩,叔叔让我拿一根毛竹竿小心以待,关键时撑一下桥墩。当然一切都很顺利。桥这边河道突然肥大,大水到这里也许会有失重之感,明显泄了气,水面是平的。他们把这一片呈椭圆形的水域做成了水上游乐场,几十只脚踏船和双桨小舟罗列岸边，有大人带着孩子在圈定的一小片水面里划船，一片切割出来的条石阶梯通往岸上，整饬，鲜明，修建的时间应该不长。旁边不远是另一种古旧斑驳的石阶，都是采自山上的原始巨石，当然现在已是千疮百孔，石头中偶尔间以沉厚的灰砖，这砖也是老的。叔叔让我再往上看。河边上柳枝垂拂，老石阶的尽头也是一块碑：御码头。

按旁边的碑文说，康乾六下江南，在此各上岸两次。我拍完了跟叔叔说，这两个皇帝要是都有前列腺毛病，这一路得有多少御码头。叔叔说，一听就没做过皇帝，那龙船大得像别墅，抽水马桶怎么也得装它十来个，要不一伙儿都痴疾了，咋办。然后我们一块大笑。因为我们大小便都是就地解决，站在船边往水里尿；遇到大事，也懒得用便盆，直接在腰上拴根绳子蹲在船边，以免一个浪过来把人弄到水里去。

"你慢慢拍，我开慢点。"叔叔说。

可够慢的，相当于不动。我把两岸的马路、行人、房屋和高楼逐一拍下来。贴着河两岸的房屋低矮破旧，青砖灰瓦白墙，屋脊倾斜，青苔和霉斑爬满半个山墙。已是中午时分，卖烧饼的夫妻把烧饼炉推到门外，男的贴，女的买。然后还有卖酱菜的、卖卤肉的、卖西瓜水果的、卖西安凉皮和凉面的，还有卖冷饮和杂货的，如果是沿街的店面，多半是木排板门。叔叔说，河两边当年最繁华，是城中心，有钱人才能靠水住。现在不一样了，有钱人都住后面的高楼里。平房后面不远就是楼盘，一幢挨着一幢。但我还是喜欢小房子，路边有老头穿大裤衩老头衫和拖鞋，摇着大蒲扇，光屁股的小孩在电动自行车缝隙里奔跑追打。还有人在门前生煤球炉子做中饭。满满当当的两街烟火气。我饿了。

"想吃啥？"

"凉皮，烧饼。"

"再让你尝尝这里的著名小吃臭豆腐、素鸡、酒酿。"

我叔叔脑子里也有张美食地图，到哪都要吃当地的特色。这是老蟹头留给他的传统。船停在一处烟火气最盛的码头。码头本身早就衰败了，码头上的人家和店铺却热闹。好吃的不仅我和叔叔，还有三条船停在那里，船夫早就光着膀子坐在船头吃开了。烧鸡、啤酒、大饼子和麻辣香锅，吃得舌头都快咽下去了。我让叔叔从他们船上经过，这样我就可以同时拍到几个船老大的生活场景。叔叔比他们斯文，长裤长褂上了岸。在他回来之前，我又拍了小城里的水上清洁工。

两个四十岁左右的男人划着小船在码头附近打捞垃圾。塑料袋，广告纸，水果皮，扑克牌，水草，堆了半船。岸上的法国梧桐树荫下一群人在打麻将，洗牌的声音清脆诱人。树上有知了在叫。一家门面简陋的美发厅里在放流行歌曲《两只蝴蝶》。

叔叔买回了午饭，还带了一份报纸和一盘磁带，当下的流行歌曲大拼盘。船上有台破录音机，没事可以听一下。我说这些乱七八糟的歌你又不喜欢，买它干吗？听嘛，叔叔说，闲着也是闲着。小吃好吃。尤其那臭豆腐，闻起来真臭，吃起来真香。我吃过不少臭豆腐，都没有这个臭，也没这个香。午饭结束，其他三条船都出发了，叔叔却一点没有动身的意思。

"你要不要上岸逛逛？"叔叔问。

"啥意思？"

"难得来一趟嘛。"

"下次吧，不能误了陈老板的行程。"

见我实在没有上去的意思，叔叔笑呵呵地说："陈老板还有点别的事要办。"

他那笑一看就半真半假，一点都不自然。我想不会吧，大中午热得想跳河，难道你还要见缝插针召个相好的上来？叔叔笑得更难看了，陈小多的叔叔哪能干那事，一会儿有个朋友要搭船。直说不就完了么，光明正大的事也弄得跟做贼似的。那我先眯一会儿。

等我捂了一身汗醒来，马达已经响了。出了舱，看见船头多了一个短头发女孩，背对着我抽烟。身段不错。原来如此。叔叔还是心怀鬼胎了。我装模作样咳嗽了一声，那女孩转过身，眉眼清秀，长得也很好，大概二十五六岁，就是有点凉，还有点凄清和另类，头发挑染，有几绺是红的。她对我淡淡一笑，只是淡淡一下就把脸转回去了。有点过分，我还等着她说话。想想算了，没准以后就是我小婶子，不计较了。于是为调动气氛，我故作轻薄地说：

"我叫陈千帆，小名陈小多，陈子归一定跟你说了，我是他亲侄子。"

她把脸转回来，笑了一下又转回去。没吭声。我觉得脸上有点挂不住，太不给面子了。摆什么酷。我嘭嘭嘭拍响驾驶室的玻璃，我说："起来了。"叔叔才发现我站在边上，他开船一定走神了。他把脑袋伸出来，对那女孩喊："这就是我侄子陈小多。这是秦来，朋友。"她再次转过脸，再次对我只是笑一下。我不觉得她是摆酷了，我猜这人没准头脑不好使。现在很多白痴都喜欢把自己打扮成个聪明人。当然，她也有可能是哑巴，那我就会原谅她。我对叔叔坏笑一下，小声说："你品味不低啊。"心里却想，陈子归，把这号人带回家，等着我爷爷奶奶训吧。我爷爷这辈子最讨厌两眼望天的人，你说你傲什么傲。我折回去拿DV，打算把这情报拍回去。

刚开机，秦来突然转身，看见我把镜头对准她，慌忙摆手，"别拍别拍，"她说，"我不喜欢拍照。"同时往驾驶室一边躲。原来会说话嘛。我慢腾腾把DV收起来，觉得有点不对，可又找不到问题出在哪里，就四处乱瞅。太阳躲在云后。我们穿过小城最西面的一座桥，房屋、楼房和喧闹的人间烟火正在一米米后撤。城市边缘的运河边生长了茂盛的芦苇，风吹动芦苇荡，把每一根芦苇的腰都拉弯，涌动大如波浪，野鸟在其中进进出出，直蹿上天的某一只会亢奋地尖叫。跟在我们后面的那条船装了满满一船圆滚滚的口袋，此刻油布打开，让风和阳光落上去。年轻的老板娘坐在船头的马扎上敞开怀来奶孩子。下午两点三十五分，一切正常。我又看了看见人只会笑一下的秦来，她以为自己妨碍了我的拍摄，赶快扶着驾驶室走到另一边。

她一挪脚我就明白了，是个瘸子。尽管她在努力掩饰，颠簸的幅度依然不小。我的心情突然就坏掉了。不知道是不是因为腿，她才抽烟、挑染、矜持、见人只笑、一张脸上凉风飕飕。我对她笑笑，说："没关系，瞎拍着玩。你随便。"她还是觉得拍摄是件大事，觉得自己不适合也没有理由出现在镜头里，坚持避到一旁。后来为了真实自然地再现水上的长途生活，我叔叔颇费了番口舌才说动她答应进镜头。

直到她出现，我才觉得拍摄有了转折。我开始暗自高兴，不管此人什么身份，都将有助于拍摄。我不能从头到底就拍出个一个男人生活的流水账来，我叔叔长得不错，但看久了你一定烦；水上的风景可能新鲜，但几百公里下去还是老样子，你也会不喜欢。现在好了，多了个人，无论如何是个好消息。所以我钻进驾驶室给叔叔吹风，女主角来了，你无论如何得让她牺牲一下色相。

"可我跟她也不熟啊，"叔叔抓着后脑勺说。

不厚道。一个女孩子，都单独到你船上来了，还不熟？这话骗骗我老眼昏花的爷爷可能还勉强凑合，我才不吃你那一套。我把两个大拇指竖起来往一块乱碰，你们是不是，啊，啊，这个关系？

"瞎扯，"叔叔有点不好意思，"这是她第四次坐我的船。有一次她在码头上要搭船，没人愿意，都不想长途船上载一个不相干的女人,我就让她上来了。她有个小服装店,每个月都要去下游的大城市里进货。"

我将信将疑。偏偏就上了你的贼船,这种事谁能说得准。不过,我还是提醒了叔叔一句,她的腿好像有点问题。我说这话的时候,觉得身后站着全家人。

"我知道。"叔叔不咸不淡地回了三个字。我就适可而止了。

"陈老板帮帮忙,你说话一定管用。我就是瞎拍,就跟拍你一样。"

叔叔答应试试,他让我来驾驶。操作很简单,我只要保证它不冲到岸上就行。马达声可够响的,等我差不多适应了这噪音,能分出一只耳朵来听甲板上的对话,叔叔已经指手画脚了半天,他把脸憋得通红,像只过了油的大河虾。我觉得秦来如果再不答应很可能就被我叔叔挤到船下去了。果然就答应了。出了驾驶室,我对秦来说:

"我就是随便拍,你该干啥就干啥。"

这么一说她基本就放开了,跟我叔叔一样都有很好的镜头感。其实她没什么事,就坐在船头发发呆,抽两根烟。坐在这种机动船上抽烟的时髦女孩多少有点性感。后来她开始翻一本时装杂志,里面全是细高挑的模特走在T形台上,花枝招展,衣服千奇百怪。

8

到了晚饭,我们才真正体会到船上有个女人的好处。秦来的饭菜做得好,就那么一会儿工夫,三下五除二端上了四菜一汤。船到一个小镇码头停下,她就要上岸买菜,我掐了一把叔叔,跟上啊。叔叔说,她不让，说免费坐我的船，伙食得她来。我握着DV，那你也得跟着上。我推他一把，镜头对准了他的屁股。他们俩一前一后上了岸，周围几条船上的炊烟升起来。然后他们又一前一后回到船上。秦来一步步走过来，长时间的高低倾斜的起伏让我心惊，说实话，有种说不出来的别扭。如果她的腿脚完全正常那该多好。

秦来的饭菜做得很好。这是我上船以来最丰盛的一顿饭，我给每一道菜都来了个特写。我和叔叔都露出了贪婪的吃相，当然这也是秦来喜欢看到的。她吃得少，微笑很多。叔叔才喝了两瓶啤酒就有点舌头大，要给我们讲一下他的英雄事迹：如何撞坏两辆小轿车。

——这是《长途》故事三：

你们听过"公路游击队"的故事没有？就是专门盗抢化工原料的事，像聚乙烯、聚丙烯那样的。没有？那得听听。聚乙烯和聚丙烯到底干啥用我也不清楚，反正就是一种化工原料。去年，就是去年五月份，我头一次帮别人运这东西。那浑蛋之前也不跟我说那条道上有偷盗打劫的，我想就是平常的一次运输，干活儿拿钱呗。一车货装上了，我跑夜路。都是口袋，我担心半道上掉下来，就让他们多缠了几道绳子。

那是阴天，高速路边都是野地，好像还有点雾，反正能见度不高。后半夜路上的车就少了，我一个人放开了跑，录音机里放着秦腔，我跟着吼。想听我唱秦腔？等会儿再说。要唱给别人听我得喝好了才行，洋河酒半斤以上。那夜是阴天，跑起来耳边呼啦啦的风，车灯照得不远，到处都是黑夜。一辆小车从我旁边经过，嗖的就蹿到我前头了。小车跑得比卡车快，我不能跟它计较。

它一直就在我前头跑,速度适中,嗯,就像陈小多说的,不即不离。我也没在意,不耽误我事就行,路又不是我们家的。一段《打柴劝弟》没吼完,又来了一辆小工具车,那家伙跟我并排的时候车窗是摇下来的,他一定是听见了我在吼,还对我摁了一下喇叭喊了一声好。我扭头去看他,模模糊糊看见后视镜里有个黑影子闪了一下,当时没留心,过几秒钟突然又响起来,再看,啥也没有,就继续唱。

工具车里也响起来摇滚音乐,唐朝乐队唱的《国际歌》,要跟我比赛似的。我们两辆车并排跑着比,它贴我很近,我能看清那司机的脸,他对我笑。我把声音放大,右手不停拍着方向盘,真有点热血沸腾的味道。我觉得车微微抖了一下。你们不常开车不知道,如果你习惯了车上的重量,稍微有点变化就能感觉到,当然你得在意的时候。我觉得那抖几乎就不存在,我就随意瞥一眼后视镜,什么都没有。继续开车。过一会儿又抖了一下,我想今天是怎么了,神经分兮的。我就憋着等,很快又抖了一下,唐朝乐队的《国际歌》唱完了,换成了《浪漫骑士》。这家伙为什么一直和我并肩跑?我根本就不认识他。一个很小的拐弯处,我看见了身后还有一辆小车,这才觉得不对劲儿。前面一辆,左边一辆,后面一辆,把我夹在了中间。有点诡异。我放慢速度,盯住后视镜,过了几秒钟忽然看见一个黑影子从我车上滚下来,我想坏了,没准遇上打劫的了。我换了个角度看后视镜,原来如此,那工具车的车帮多出来一块,斜着往上有一个坡度都快搭到我的车上了。一个黑影子又从我车上滚下来,直接滚进了工具车里。

不害怕。长途和夜车跑习惯了,没事就害怕那还怎么混。不怕,我生气,妈的,欺负到老子头上了,让你们好看!陈小多,给我倒杯水。懒鬼。谢谢你秦来。接下来我当然要想办法，我知道车上有人了，他们合伙算计我，剪开了绳子在偷我的货。我突然一个急刹车，有人在车上惊叫一声，然后一个人影子从车的右后方飞过来，直直地摔进了高速路障外面的野地里。狗日的，活该！不好意思，有点粗了。后面的那辆小车没想到我会刹车，一头钻进我卡车的屁股里。我是卡车我怕什么。小车里也叫，我猜那小车的车头起码得报废。然后我突然加速，前面的小车没料到我会突然冲上去，临时加速又来不及，后备箱的箱盖被我撞得翘起来，司机没控制好方向盘，斜着冲到了旁边的车道上，这下好看了，它的小屁股又被工具车杵到了，咣叽一声，唐朝乐队也不唱了。

  道路一下子宽敞了，趁他们乱成一团我加大油门开始跑，逃命要紧。这帮人能偷就能抢，能抢就能杀，我可不想和他们耗。一边跑一边报警。我说你们这里有路贼啊。他们说，你才知道啊，这帮人自称"公路游击队"，主要偷化工原料。我说那就对了。

  冤枉好人？没有。当时我也担心前后两辆小车没准是无辜的，后来问了些朋友，他们说，什么无辜，那帮浑蛋是死有余辜。他们一向如此夹击。要是无辜他们会找你的。我就等，一直到现在也没人找。做贼心虚他们。我那车，车头前面瘪了一块，花点钱就修好了。问题是货，被他们翻下去七口袋。他们的"飞车手"从工具车跳上我的车，这叫"跳帮"，这个词陈小多你应该知道，我爸说过无数次，就是两条船并行时，船员只身从一条船跳到另外一条船上。这群浑蛋"跳帮"的技术不错，我都没感觉到。

  七袋货没让我赔，他们没好意思，因为事先没告诉我半道会跳上来小偷。后来我听说，有司机为此还丢了命。所以我跟他们说，你们这哪是让我送货，简直是送命。他们一个屁没放。呵呵，又粗了。修车的费用当然我自己出,哪好意思再张口要钱。你说是不是,秦来?

9

睡觉的问题好解决,照之前的惯例,秦来先洗漱进舱,她睡行军床。当然是裹着衣服睡。我们坐在船头聊到十点,水上风大,蚊子站不住脚,头顶上是无数的星星,我把脚丫子垂到水里,清凉顺着脚腿往上爬,相当惬意。从现在的水面上看,发大水的可能已经很小了。偶尔会看见上游漂下来的断木、杂草和死猫死狗,打个漩也就不见了。叔叔来了段秦腔。我让他来他不干,我就给秦来递眼色,秦来说,来一段吧。秦来话少,所以比较管用,叔叔就唱了个《花庭相会》。声音很大,脖子上的青筋蹦跳,他把那个下跪的状元唱得情深凄切。别的船上有人叫好。然后秦来说,她有点累,先进舱了。

总算给了我点时间。秦来上船之后我就没机会跟叔叔说两句悄悄话。

"陈子归同志,能否谈谈你的个人问题?"我的意思我叔叔很明白。船上突然多出个女人,我要是不好奇那我一定有问题。开问的同时我打开摄像机。光线很不好,我要的就是这效果。

"你小子,变着花样撬我的嘴。"叔叔说,在黑暗里点了一根烟,"跟你说你也不明白。别看你学问比我大。"

"这是要什么学问啊,那得看本事。"

"个小东西！说正经的。有两年时间，我长途无数次经过同一条路，就是那条。"叔叔指着离岸边五十来米远的一条高速公路，几乎跟运河平行着向前走，"在那小城边上有个岔路口，分道的地方生意都好，尤其饭店和旅馆。那时候我三天两头经过那路口，但不吃饭，也不住宿，连口水都不会下去买。我习惯在前面一个路口停车。但在那个路口我经常看见一个女孩蹲在路边，就那么蹲着，有时候抽烟有时候两手空空。如果是大清早，她蹲在路边的时候还穿着睡衣，头发凌乱，脚上是夹趾凉拖。通常都是面无表情，不知道该干什么事似的。"

"大美女？"

"还不错。有点像个纸人，风一吹就要破那样的。第一次看见我注意到了。"

我适时地发出两声坏笑。

"我就觉得有点怪兮兮的。很长时间我就是觉得怪而已。跑长途的见过的人多得没边，很少有对谁有兴趣的。喜欢？没有，就是好奇。跟你一样。我想知道她为什么没事就蹲路边。"

"知道了？"

"不知道。因为经常看见，慢慢就知道她家也开饭店，在路边不远，一个小门面。我突然想进去看看，就破例在那路口停了车，进那家饭店吃了饭。第一次没看见她，第二次也没有，第三次还没有。我想算了，真是穷极无聊，一点儿不饿也往这里跑。还是去了第四次，这回碰上了，她就露个面，从外面掀起门帘晃晃悠悠进来，绕过吧台就晃晃悠悠到院子里去了。再没出来。我没理由进人家院子。就这些。"

这好像是半截子话，等于啥也没说。反正我是没能领会他的精神。

"那以后呢？"

"没以后了。以后我就跑船了。"

"没再去找？"

"跑船经过那里，我上岸找过几次，都没看见。"

"有感觉了？我陪你再去找一次。长得不错吧？"

"应该就是秦来。"

什么叫"应该"？"就是人认不清楚，那条腿不至于看不出来吧？"

"那时候还不瘸。"

"这也好办，问一下就搞定。"

"问题是，她没说是，也没说不是。"叔叔续上一根烟。

他没跟人家明说，不好意思，就兜了个圈子。这我也能理解，你求证的原因主要就在那条腿上，你总不能上来就说，我认识的那个人腿还没瘸呢。我估计他说起这事就跟对我讲长途故事一样，一边讲一边察言观色看秦来的反应。秦来没任何反应。她不置可否，可能跟我一样，也就当段故事听了。这还真不太容易判断。问题是，他们有必要这么绕圈子么。

"叔，老侄帮你一把。逮着空我来问。"

叔叔立马蹦起来，"陈小多你别乱来，"因为着急嗓子都哑了，"没你什么事啊。"

我撇撇嘴："那可不好说，要不，拿点东西谄媚一下？"

叔叔就从了。和多少年来一样，随我提要求。我说先记账。旁边的船上打开舱门，一个女人从光亮里走出来上了岸。不用猜也知道她是干什么的。这事就过去了，我的确没把它放心上，只是有那么一瞬间好奇，陈子归反应为啥如此强烈呢。多大的事。看来老男人要是脆弱起来，进个火星子都会害怕，即使像我叔叔这样的只是心老了点。

　　秦来是个卖服装的个体户。我和叔叔进休息舱时她已经睡着了,或者是假装睡着了,侧着身子面向舱壁一动不动。男女共处一室休息,这是避免尴尬的最好办法。我睡着了。睡着的时候一点看不出她腿瘸。她去下游一个巨大的服装批发市场淘货,那里有无数多的便宜衣服,如果你有足够的眼光和耐心,你就会从中淘到非常好的东西,可能是断码的名牌,可能是做工和款式都极其精良的一般品牌,这样的东西放在大商场价钱那得成几倍十几倍几十倍地往上翻。秦来的任务就是在批发市场里面淘上两三天,装满五六个大口袋然后打道回府。装衣服的口袋很大,比麻袋还大,这些放客车上有点麻烦,司机也不愿意带,叔叔说,所以船是秦来最好的运输工具。他去过秦来的服装店,小门面,但布置精致,衣服怎么看都上品位,生意想不好都不行。

　　我在睡着之前想,要是这个女个体户腿脚没毛病岂不更好。

10

　　临睡前定了手机闹钟,还是起迟了。听到闹钟就跳下床去抓摄像机,等我抱着机子出了舱,秦来已经做好了早饭,正在擦溅落到煤气灶上的油星。只好拍了这一段。西红柿蛋汤,煎蛋,还有叔叔从码头上买来的豆浆、油条和烧饼。太阳还没升上来,码头上刚刚开始出现人声,不习惯赶早路的船夫还在梦里。

　　路上经过一片辽阔的芦苇荡,几乎长满了运河两岸,中间只剩下一条狭长的水道。快进芦苇荡时，叔叔嘱咐我把休息舱里的一杆猎枪拿出来，这地方前两年一直有水盗出没，不少船都打劫过。冷不丁就会从芦苇荡里钻出来两条改装过的巡逻艇，用砍刀和猎枪威逼，要钱和船上值钱的东西。我叔叔的船还没出过事，他和秤砣搭档以后，每次到这里都是加速至最快，另一个人端着猎枪放哨站岗。叔叔先对着芦苇荡放了一枪，双管猎枪的动静巨大，半条河水都晃动起来，芦苇荡里哗啦啦飞出无数的野鸟，胖得飞不动的野鸭就在水里咕噜咕噜叫。打劫我还没有经历过，免不了紧张和兴奋，一遍遍问他是不是很可怕。叔叔说，怕了？那就进船舱去。我硬挺着，小看人，这个时候男人会怕么。和叔叔的轻描淡写相比，秦来就正常一点，她盯着叔叔看，说：

"没事吧？"

"没事，你先进舱。"

女人抛头露面只能纵容打劫的干更多坏事。秦来生在水边，都知道。"那你小心。"她说，一高一低地进去了。她说话不多，这种时候脸上的表情也是空白的。这个女人。

应该没事，除了自然的声音听不见其他的人声和机器声。叔叔让我端好枪，他开始加速。这是我坐到这条船上以来见过的最快速度，也最为惊险，河道弯曲，一条大单放在其中穿游，那感觉如同看好莱坞大片。

当然是有惊无险，出了芦苇荡叔叔满头满脸的汗。秦来也从休息舱里出来，突然对着叔叔笑了一下。她笑的时候比板着脸好看。承蒙一笑，叔叔都有点不好意思了。"不怕一万就怕万一，只能这么闯。"他解嘲似的说，"你弄不清有没有贼。"

速度慢下来，我从叔叔的右前方开始取镜头，拍下了他身后浩荡诡秘的芦苇荡，太阳尚未升起，芦苇荡上盘踞着炊烟一样的水汽。秦来在他旁边，在镜头里又笑了一下。

"前年腊月，"叔叔大声说，"我跑东北，被两个孙子劫了。"

《长途》故事四：

那时候的哈尔滨，气温没零下二十度下不来。我从来没在大冬天跑那条线，就是想看看腊月里东北啥样，我跟头儿说，这趟我来。皮袄、皮裤、皮帽、大毛皮鞋、毛手套一家伙全上了身，苫布用大粗绳子捆紧，车轱辘上装上防滑铰链，雄赳赳气昂昂走在东北的大路上。冷那确实是冷，咱这地方一辈子都见不到的冷，喘口气直冒白烟，胡子上跟着就结冰。人家说尿冰柱，不好意思，这个先不说了。我就开车跑啊，东北大平原上那真是叫爽，白桦树直得像一根根筷子，叶子掉了你也觉得长势喜人。陈小多，给我拿根烟。我就抽着烟听着二人转的磁带往哈尔滨方向跑。

天变成玫瑰色，找不到确切高度，风呼呼的，树尖转着圈旋。路上没几辆车，偶尔见着一两个走路的也低头哈腰，把自己裹得只剩下鼻子眼睛和嘴，跟去见领导的。为了早点到哈尔滨，我有阵子没睡了，有空就咬一截朝天椒提神。辣得我浑身出汗。二人转里那男声应该是赵本山，我经过集市时随手买的一盘盗版带，那声音老让我想起他的小品，所以我就想笑。那两个孙子拦车时我还在笑。他们要搭车，年纪跟我差不多，长得也像兄弟俩，说是出门找老娘的，他们老娘精神不正常，没事就出走，他们就只好舅舅姨妈表哥地找，刚从老姨家出来，不在。他们住前面那个镇子，我的车顺路。上车他们就问我笑啥，没开车门他们就看见我咧着嘴，我说赵本山。当哥哥的就说，那家伙，给咱东北人长老脸了。驾驶室挤下他们俩没问题，我们就一路走一路聊。兄弟俩是说段子的好手，二人转唱得也不错，跟着录音机能哼出个八九不离十。就是会唱这一条让我放松了警惕。快到那镇子时天已经黑了。

按照同事前面的跑车经验，我应该在再下一个镇子上停车住宿。那两个孙子说，哥们儿义气，把我们俩捎回来，喝杯酒总是要给个面子。我推辞不过，只好停在镇子头一个小饭店门口，店名叫"大饭店"，敦敦实实的三个大字，有两辆货车停在那里，旁边是几个大雪堆，借着店里的灯光我还看见有个雪人，浑身插满了冻僵的胡萝卜。饭馆里面热气腾腾，那几个卡车司机在吃涮火锅。当弟弟的说，缘分哪，铁定得给个面子。我就给了。店老板出来迎客，拿下火车头大皮帽哈腰，光头上冒出一团热气。

酒我是能喝一点的，陈小多知道。那哥俩未必喝得倒我，他妈的他们下了手脚，一定放了东西。我才半斤烧刀子就晕乎了，而且是那种啥也不知道的晕乎。后来光头老板说，那顿饭钱还是我自己付的，我争着要付钱，不让付我还跟人家急。老板和老板娘把我们送出店门，我们三个看样子都喝醉了。我把帽子都扔了，大喊到了到了，开门睡觉。当哥哥的就说，一定是到了，开门没钥匙啊。我就把车钥匙扔给他，扔完了还跷着大拇指喊，拿呀拿呀，怎么不拿钥匙。然后我一头就钻进了雪堆了。当哥哥的跟着我一起倒在雪地里，把皮袄扣子解开，好像也醉得不轻，拿雪往胸口上塞，说吃，吃，再吃点。我就一口口吃雪。弟弟拿了钥匙，跟跟跄跄开了车门，也大喊大叫，到底还是把值钱点的东西全搜罗走了。老板和老板娘都是厚道人，他们当时就看出来那俩孙子有问题,什么人没见过啊。但他们不敢说,做小本生意的都这样,多一事不如少一事。老板说,当时他就想,这种事三天两头有,喝了二两猫尿就不知道自己是谁,随他去。两口子就摇着头进屋了。后来店要打烊,出来一看我的车还在,我还趴在雪地里呢,皮帽子、手套全没了,那哥俩早没影了,才把我抬进饭店里。我喝了三大碗姜汤才缓过劲来,他们说,我那会儿都僵了,可以直接做冰棍。

值钱点的都没了,幸好车上的货还在。我在"大饭店"里养了两天才上路,白吃白喝还拿了人家两百块钱。后来?当然是寄还一笔钱给他们了。本来我还咬牙切齿要再去那地方,寻思掘地三尺也得把那两个狗日的揪出来,再当面感谢老板和老板娘,后来还是算了,那地方实在太冷了,零下二三十度,想一下我都觉得浑身没力气。笑,陈小多你有什么好笑的?你也笑,秦来,好玩吗?笑就笑吧,那天我喝醉了就开始下大雪,老板和老板娘找到我时,我像只北极熊被埋在雪底下。想想也的确有点好玩。

11

跟陆路比,水路还是安全一些,但枯燥,最怕的是半路上给养没了,柴油短缺了,如果前不着村后不着店那就很要命。我们的船出来已经好几天,一路都有小码头,人吃的基本不愁,需要提前考虑的是船吃的。备用的柴油不能带太多,那样既麻烦又危险,所以千万不能错过中途的加油站。过了芦苇荡二十里水路有家油库依水而建,船进了他们的码头,两个穿红色工作服的小伙子从昏睡的藤椅里起来,工作服里是硬邦邦的肌肉。我拍下了加油的全过程,年轻一点的小伙子见我在拍摄,干脆把工作服脱掉一半,露出半个上身来,一边对秦来做鬼脸,秦来扭头转到船的另一边。另一个小伙子呵斥他一声,好像是领导,那家伙乖乖地把衣服穿上了。叔叔付钱的时候,那领导模样的说:

"老板别见怪,他有些日子没见过女人了。"

那像孔雀一样的小伙子嘟哝一声:"谁说没见过,刚刚才过去一条船。"

叔叔和那领导相视而笑。

继续走。前面有条船。叔叔对我招手,诡异地问,知道那小家伙什么意思么?我没明白。叔叔就指指前面的船。那船也没什么出奇,不过我还是拿出DV。在花街时我常看见这样的房船,三四间屋大小,大部分房间里摆满杂货,就是一家水上杂货店。但从叔叔的暧昧的表情和语气看,里面有门道,我的镜头里出现两只随风飘摇的红灯笼。我们的船逐渐靠近,我们是赶路,他们是散步。从一扇窗口里伸出半个女人身子,大波浪卷长发,脸上有鲜艳的口红和画上的假眉毛,尖下巴,穿一件吊带衫,大半个胸脯摆在外面。

她对叔叔咧开嘴说:"嗨,大哥,天还早,进来歇会儿么。"

叔叔伸出脑袋拉着腔调喊:"妹子,哥得挣钱呢!"

"磨刀不误砍柴工。不急这一会儿大哥!"开始挠自己的腋下。

为了调整画面我走到船头。她看见我手里的机子,愣一下,然后恢复了老样子:"别光照,相片能看出个啥滋味?还有冰镇啤酒,大哥要不?"

叔叔坏笑着问我:"陈小多,你要不?"

我转过镜头要拍叔叔,秦来端着玻璃水杯从舱里出来,说:"你没大没小。"叔叔立马不吭声了。

突然出现一个女人有点出乎吊带衫的意料,但这个长年漂在水上的老江湖很快就换了套路,扭头跟里面的人说:"老鳖,问问这妹子,要不要套。"

窗户里就伸出一个男人的脑袋,抓着两个花花绿绿的小盒子问秦来:"妹子,要安全套不?昨天刚进的货,新鲜的。"他把两个盒子分别放在左右手,准备就功能加以详细说明,看见秦来冷着一张脸,不知道是否该继续说下去。他看看吊带衫,吊带衫抓过来,对着秦来摇:"妹子,这个真不错,带点的。"

秦来面无表情地说:"好你留着自己用吧。"然后拍了一下驾驶室玻璃,"快点!"

船加速超到前头。吊带衫在后面喊:"不就那点事么,还假正经!"秦来对着房船把水杯砸过去,落到了水里。

这之后秦来一直不怎么说话,本来话就少,现在更少了,像个哑巴一样坐在船头。一条船上就我叔叔一个人忙,我摆弄着摄像机,有一下没一下地拍。长途实在没我想象的那么好玩,新鲜劲儿一过它就开始消耗我。我看着秦来的背影也发愣,这个头发被风吹起来的女孩究竟跟叔叔是啥关系呢。我怀疑他们自己也搞不清楚。也许这就对了,恋爱好像都是这么开始的。只是,我觉得如此想已经有点龌龊了,但还是避不开,她的腿。

"待会儿能吃顿好的,"叔叔说,"下一个码头她就下了。"

然后他把录音机声音开到最大,《山丹丹花开红艳艳》,他跟着一块唱,声音尖细直往天上插,高得几乎盖过原唱。马达声就更不在话下了。秦来坐在船头,背对我们,脑袋对着浩浩荡荡的运河水点一下,又点一下,一下一下地点。每一下都点在节拍上。

12

午饭吃了一顿好的。秦来下厨,叔叔陪她上岸买了三荤四素,买了紫米以便让米饭蒸出来更好看也更好吃,还有我们共同喜欢的麻辣鹅,这个城市里的人也都喜欢这道凉菜。有酒有肉有西红柿蛋汤,摆满了一小桌。我觉得我得说点什么,我就对秦来说,你应该一直留在船上,这样我们每天都有好日子过了。秦来没说好也没说不好,她吝啬地笑一下,那我也得做生意啊。能笑一下已经不容易了。旁边两条船上的四个人草草吃了饭,忙里偷闲凑成一桌牌局,麻将洗得哗哗响。太阳在头上照,水里有很多人、车辆和建筑的影子。

喝了酒我就想睡觉,尤其这夏日午后,酒好像直接灌进了眼皮子里,直往下坠。我开始打哈欠,想借口午睡提前离开饭桌,给叔叔和秦来留点私密空间。成不成另一说,作为侄子,我应该坚持为叔叔创造机会。叔叔一把拽住我,陈小多,你不是要听跑车的事么,我再给你讲一个。还有你,他竟然也抓住了秦来的胳膊,当然只是那么一下,时间短得如同抓了把烙铁,赶紧放开了,还有你,叔叔说,秦来,你也要听一听。我叔叔的眼皮很明显比我耷拉得还要厉害,本来他就有点我们家祖传的肿眼泡。他很像喝多了的样子,我们只喝了五瓶啤酒。这个故事我一定要说,秦来,你一定得听。

《长途》故事五：

那家伙是我哥们儿，张春平，外号大猫。个子大，喜欢跑长途，喜欢夜不归宿，喜欢打台球和斗地主，喜欢看侦探小说，天生是个开长途车的料，跑到月球上都不会迷路。出了场事故，大猫就再也不开车，要开也只开自行车。

那次我们俩一块出车，一人一辆，去山东运大葱。那一车葱码砖似的堆了一车，雨布根本挡不住那味道，坐在驾驶室里两只眼就没消停过，从山东开始一路眼泪汪汪地走，现在想起来那滋味，要不是蘸面酱卷单饼，我对大葱真是没什么胃口。那葱味把大猫给害了，直往眼里钻。他开车时间不比我短，梦游时坐在方向盘前都不会闯红灯，那天我们开车穿过一个小城，他忍不住去揉一下眼睛，然后就出事了，咣叽，撞上了一个骑自行车的老头，他都没看清撞到了老头的哪个部位。停车下来一看就傻了，老头倒在地上，面前一摊血，自行车后轮子包了饺子，两头翘。大猫开了十来年车，从没出过事，更没见过哗哗啦这一摊血，当场就晕菜了。我的车跟在他后头，我下了车看见他拿着手机浑身哆嗦，脸上都没有人色了，怎么都摁不准急救电话。他跟我说，救救救护车。我接过手机帮他摁，等我跟急救中心说清楚这场事故，大猫不见了。

我也想不了那么多，忙着和周围的人一起救人。那一摊血真是够吓人的，我也怵了，那也得收拾啊。我把自行车扶起来，已经变形得怎么也立不住了，那老头躺在地上一动不动，我想完了，出人命了。手放到他鼻子底下，还有气，我又打急救电话，没办法，我担心自己不懂急救分不了轻重，反而坏事。等救护车到时，老头突然从地上坐起来了，跟诈尸似的，吓了我们大家一跳。但他站不起来，腿折了。坐起来他就叫，我的血，我的血。

医生本能地去他身上找伤口，除了裤子上有血迹，上衣只有路面上的浮土。医生也蒙了，腿上的血流出这么多，只有大象才能做到。老头抱着腿哼哼，还在说他的血他的血，另一只手去够旁边的一个装涂料的铁桶，桶歪倒在马路上，一摊血在它周围。血是从桶里流出来的。我们都糊涂了。老头继续哼唧，我的血，老婆子好吃的猪血。原来是猪血，老头刚从屠夫那里接来，热乎乎的还没凝固。这桶猪血把我们吓坏了。救护车走后，我死活找不到大猫，他的手机还在我手上。

忽然有个人从前面跑过来，说："有人要跳楼了！"

我想不会是大猫吧，这家伙胆子没这么小，也没到跳楼这么大。秦来你在听吗？噢，也给我根烟。谢谢。我就跟着大家往前跑，老远就看见大猫真的站在四层楼顶上，晃晃悠悠的像个大玩具，我喊大猫你别乱来，那人没事！他没听清楚，在跳下前还对我绝望地挥挥手。跳楼像什么呢？像一脚踩空了直往下掉。大猫没跟跳水运动员似的有个起跳，他起跳的力气都没有了，所以跳得简单朴实，他只有力气往前迈出一脚，咕咚，一颗肉弹斜着砸下来。我两眼一闭，歇菜。那一瞬间脑子里一片空白，一千瓦的白炽灯突然照到你眼睛时的那种空白，银光闪闪却又空空荡荡。我一屁股坐到地上，然后听见有人尖叫和呻吟。

大猫的身底下压着个男人，四十来岁，块头不大，但足够用的，结结实实垫在了大猫身下。后来大猫每年都去看他，叫他曹老哥。曹老哥一直在楼底下看热闹，以为大猫不过是做做样子意思一下，现在跳楼主要的功能就是表演，在楼顶上站半小时，威愣作用起到了就甩甩手下楼。大猫真跳了，曹老哥本能地伸手去接，咕咚，被砸在了身底下。大猫屁事没有，曹老哥胳膊腿都折了，还弄了点轻微脑震荡。大猫从他身上爬起来就让我再叫救护车。我想说的其实还在下边。天是有点热啊。陈小多，你给我端杯凉水。大白天也有水蚊子，真是没天理，秦来你当心点。

我想说的是大猫，从此不开车了。心理障碍？队里领导也这么说。可大猫不同意，他说你们没有在生死关头走一回，不知道一条命有多脆，咯嘣一下就可能没了，跟吃个蚕豆一样简单，你们也不知道背着两条人命在身上，那有多重，有多累。那老头和曹老哥没死，只是因为他们人好命大，这债他该背还得背。我完全理解大猫，你们未必懂，那是因为你们没有感受过车轮稍稍抬起一点，底下没准就垫着一条命。再给我一根烟。今天的太阳真是好，码头上人也多。谁都逃不掉，真的。

你是不是该走了，秦来？回来时我给你电话，就在这里等。嗯，对。

你应该多说几句话。再见。

13

我拍了秦来上岸。她上台阶有点艰难，背影一声不吭。叔叔站在船头看她，然后秦来被岸上的人群淹没。我很少见到如此沉默的年轻女孩，偶尔我能感觉到，她的沉默对我们是种折磨，极具杀伤力。具体原因我也说不清。她就那么面无表情，沉默也是空白的。我们的船继续走，明天中午将到达此行的目的地。满满一船的麦子将被送进面粉加工厂，他们的价钱更地道。

　　船上现在剩下两个老爷儿们，如果不上岸我们就穿着小裤衩，潮湿的风经过皮肤像挠痒痒。叔叔抽烟喝酒，我们大声唱歌，把洗过的裤衩晾到船外面。

　　还有一顿晚饭和一顿早饭，单趟就到头了。一路上总在途中的感觉很好，就是多少年来我要的跑长途的味道，但是等太阳再升起来，我就看得见结束了。有目的地的感觉当然不如在路上。叔叔对此持不同意见，现在他很看重结束，一个又一个的结束让他心安。他说每次一个长途跑下来都要在本子上记上一笔，他想看看这辈子能跑多少个来回。睡不着觉时他就想这一个个来回，品味每前进一米的好感觉。我就笑话他，典型的过日子心态，该老婆孩子热炕头了。我叔叔就笑，过点好日子也不错啊，该闯的时候闯，该还的时候还，清清爽爽利利索索，一清二白。稀里糊涂地混下去，他已经不喜欢了。

　　太阳如期升起，我们已在路上，船速很快，我拍下了一路的南方风景。清瘦、柔软和分明的民居别的地方不会有，丰肥恣肆的树木和花草别的地方也不会有，还有蝉声，知了知了磅礴汹涌，不习惯的人会觉得很烦。少了一个人，我和叔叔都觉得船变大了，厨房、休息舱和船头都变空旷了。

　　前面有座不大的山，山上的凉亭越来越大，河道拐了一个弧度极大的弯，水面突然开阔起来。叔叔说，快拍，这是两条大河的交汇处。我把镜头拉到最大，水面好大其大如天，所谓汪洋大概就是这样子。水面平平地铺在日光底下，各种当地的船漂在水上，行驶缓慢貌似不动。城市在岸上开始拉开序幕，越往里走越繁华，楼开始高，玻璃向很多方向反射出白光,楼房上巨大的广告牌开始拥挤,而我们只能围着山脚下的弧形的水道继续转圈。在山的背面有一家规模巨大的面粉加工厂,我们的小麦就送到那里。

上午十一点二十八分,引擎停息,我们的船排在第二。这是一路上我见到的最大的码头,光上岸的台阶就有一百级开外。运气很好,叔叔拍一把我的肩膀,我们只需要再等一天就可以卸货,我的镜头抖了一下。回放的时候我发现抖这么一下恰到好处,我正在拍履带搬运口袋,那麻袋麦子已到履带尽头,正准备落下去,因为抖了一下麻袋高高地跳起来,然后才落下去。我拍到这口袋麦子长途的最后一个瞬间。

午饭后叔叔上岸去找生意。货我们运到了,回去尽量不要跑空船。在这趟出发前,有个老主顾和叔叔联系,要托运三吨水泥。可是三吨货物对这条单放来说,实在太少了,叔叔还想再揽两份生意。傍晚时分他从城里回来,说搞定了,有个大主顾打算运一批松木,差不多能装满整条船了。这是个好消息,我们必须多喝几瓶以示庆祝。

第二天我们无所事事,叔叔和其他船上的老板凑对子打牌,因为之前说好不来彩头,最后叔叔带着一脸的白纸条子回来了。除了打牌吃饭,叔叔主要的任务就是睡觉。跑长途车时他就这样,路上紧张,消耗也大,放松下来倒头就睡,稀里哗啦地把前面亏欠的都补回来。我拍他睡觉,也拍了他睁开眼起床,叔叔对镜头说,长途的生活就这样,干活的时候像贼,干完了就变成了猪。

我问:"当贼好还是当猪好?"

叔叔咧开嘴,响亮地吧嗒一下:"都他妈的好!"

14

卸货很简单，是个力气活，把麦子扛到传送履带上，一袋袋自动上了岸，落到卡车里。花了大半天时间才卸完。结束后我和叔叔都觉得浑身散了架，他还好，毕竟常干，我都多少年没经历如此规模的体力劳动了，每一袋扛到肩上两条腿都打软，很多次我都觉得腰椎会突然咯嘣一声断掉了。中间我还要停下来端着 DV 拍摄，因为突然的大强度劳动，手端机子都抖，拍出来的叔叔光后背上的油汗珠子都是蹦蹦跳跳的。扛完了，我四仰八叉地躺到船头，觉得像死了一样一动不动真他妈太幸福了。天高云淡，太阳毒辣，我却觉得这刻实在凉快，简直沁人心脾。叔叔跟面粉厂交接完毕，也光着上身躺到我旁边，问我跟念书比，是不是干体力活更爽？我说爽，简直爽歪歪。然后咬牙爬起来拿摄像机，得把叔叔四仰八叉的丑态拍下来。体力活我干不好，拍摄总得敬业点。

船空了就没什么好担心的，叔叔带我上岸去了一家特色菜馆。基本上是我吃菜叔叔喝酒。他说对跑船的来说，酒很重要，一趟跑下来总会莫名其妙地失落，买卖越大越失落，你只有结结实实下来一趟才能明白。喝足了酒既能把空掉的那部分填满，也是对自己的奖赏。通常是白酒，在水上敛聚的寒气也得好好地驱一驱。他一个人喝掉了一斤白酒。

从馆子里出来，已经晚上九点半，叔叔说："干点什么好呢？"

我以为他下半身开始蠢蠢欲动了，就说："你忙你的，我可得回去了。"

"个小东西，往哪想呢。"叔叔愣一下，拍我脑袋，"你叔叔早不干那种事了。走，喝茶去。"

他要玩雅的。这是我叔叔擅长的，在花街的时候就这样，什么时髦玩什么。台球流行玩台球，霹雳舞流行玩霹雳舞，游戏机流行玩游戏机，还总能玩得不错。这回去的是个茶馆，就在河边上，叫"大茗房"，透过玻璃墙能看见我们的船。一壶龙井没喝完，他又要喝啤酒，在茶香缭绕中一口气灌下六瓶啤酒。每喝完一瓶他都跟我说说："陈小多，我有话跟你说。"

"你倒是说啊。"

我叔叔却咕咚一声醉倒在桌子底下了。啤酒掺进了白酒里，六小瓶就把他撂倒了。

只好我来结账，然后扶着他往回走。扶着他也不好好走，踩着太空步，我就半拖半背把他弄到了船上。这比扛麻袋累多了，叔叔喝过酒人都变重了。他躺到床上时，手机响了，摸了半天才摸到，我听见他说，好，好，没问题，知道了，知道了，要睡了。

那一夜我睡得那个沉，四大皆空，梦都没力气做。叔叔贴着我耳朵大叫才把我吵醒，已经是第二天上午十点。

"陈小多，昨晚我是不是接过一个电话？"

我眼睛睁到一半就开始点头。

叔叔拿我的手机开始播纸条上的一个号。他的机子一夜没关，电耗光了。通话的结果是，叔叔确认了那个打算运松木的客人改期了，最快也只能明天上午装货。

对方问："一天也等不了？我加价。"

"一天也等不了。"

这桩生意就黄了。叔叔跟我解释，约好了明天中午接秦来。

没时间再去找别的货源，我们的船载着下午装上来的三吨水泥就返程了。货少船轻，有顺流而下之感。天黑之前就入了码头。照这样的速度，距离秦来只有一夜加大半个上午。晚饭后我们坐在船头，岸上灯光星星点点连成一片。

"不是有话对我说么？"我说。

"我？"叔叔说，"你一个大男人，我能有什么话对你说？"

"昨晚你叽咕半夜要跟我说，后来喝倒了。"

"真有这事？"我叔叔在下巴上摸索半天，揪下一根胡子，"好吧，相机伺候，我再给你说段故事。"

《长途》故事六：

一个哥们的事。其实人挺好，就是关键时候犯了迷糊。那家伙开了多少年车，没出过事，所以出了点事就格外心慌。那事刚开始不大，可能一点都不大。那天他跑夜车，晚饭后才上路。跑了三个小时，经过一个小城，时间大约晚上十点。城边上一到晚上就冷清，路灯一路坏过去，路边又长满白杨树，整个道路都是黑的。我那哥们喜欢跑没人的路面，速度提得很高，接近一百码。他对那条路很熟，当然知道旁边有条小路斜插到大道上来，但那天晚上他忽略了，在靠近小路时摆弄了一下录音机。他在听刘欢的演唱会磁带，B面结束了，他要翻到A面继续听。小路上突然冲出来一辆自行车，等他反应过来时已经听见一声极其短促的尖叫。先给我根烟，小多。

没死。是个女声。听起来短是因为我那哥们紧急刹车，你听过紧急刹车的声音吧？跟泡沫擦过玻璃一样撕心裂肺，把那女声盖住了。帮我点上啊，再点一次。烟受潮了是不是。说到哪了？噢，对，车停了。那哥们跳下车就往后轮子跑，车头没碰着她，要出问题也是在后轮子，最可能的就是卷进去了。他习惯了车头的灯光，一下车有点茫然，什么都看不清。只能根据声音和更黑的黑影子去判断。先是听见微小的呻吟，细若游丝，起码是重伤。然后他看见一个蜷曲的黑影子躺在地上，一点都没错，那位置正是右后轮经过的地方。变了形的自行车歪倒在她身上，两只轮子正往相反的方向转。

给我倒杯水，小多。他脑子里就像你说的种空白，不仅是脑子空了，整个人都空了，他从来没出过车祸。他说，喂？声音怪异，中间是空的，鸡被割破了喉咙才能叫出来那样的声音。他都觉得有另外一个人在代他说话。什么？别插话。他希望倒在地上的那个人能回答他，回答什么他也不知道。那人没说话，只是艰难地哼了一声。他攥着拳头往前走一步，看见了对方贴着地面的半张脸，那张脸长什么样到现在他也想不起来，但在当时他觉得应该是一张年轻的姑娘的脸。他又喂了一声。对方只是痛苦地哼了哼，反应相当迟钝。我得再喝口水。

她会不会死？我那哥们头脑里像被灯光照亮了一样，无数的经验都从黑暗里跳出来。他们都说，真出了事绝不能手软，宁愿赔一个死人也别赔一个活人，死人一次性付清就拉倒了，活人，那要是个残废，你得养他一辈子，那就是个无底洞。他的脑子里金光闪闪就这一条最鲜亮。他上车的时候两腿拧着麻花，第一脚没踩上去，右膝盖都磕破了。那兄弟，后来跟我说，倒车的时候他手脚冰凉，全身都哆嗦，最后一咬牙一跺脚，车原路倒了回去。

倒完几乎没有停顿车又开始向前冲,他说他觉得那根本不是开车,而是逃亡,为了把自己送出去,随便送到哪里。接下来的十几公里他完全凭感觉在跑,都没怎么看路,幸亏路上空无一人,要不他很可能杀人无数。等他觉得全身肌肉僵硬,停下来,已经泪流满面。

别着急,我慢慢讲。烟。对。有点热。我也很紧张。我接着讲。他觉得自己后脑勺上长了一只眼,看见一个披散长发的血淋淋的姑娘一直站在他身后,尖利的红手指伸过来要抓他。他必须不停地跑,稍微慢一点就可能被抓住。他跑了一整夜,尿了裤子都不知道。他把路都跑白了,太阳出来时他放声大哭。

他觉得自己是个杀人犯,梦里都有刀和血,整个人跟丢了魂似的,想起来后背就出冷汗。煎熬了一周,他还是回到那个小城,把车祸之后几天的报纸都搜罗来一个字一个字看,没有任何相关报道。他甚至住进了城边的旅店里,用各种借口就向周围的人打听,最近是否死过人。大家都说没有。那有人受伤吗?比如车祸。大家继续说,不清楚。有点奇怪是不是?我也觉得有点怪。但我那哥们的确没打听到。

没出现预想中的死亡消息,让他松快不少,那条看不见的人命把他腰都压弯了。但他还是放心不下那个姑娘,想知道她到底怎么样了。后来他不再开车,改干别的了。他一次次经过那个小城,每次他都会停下来到出事的地方看看,希望能遇到那个姑娘或者别的什么蛛丝马迹。三个月前,他距离那儿两百米外看见一个瘸腿的女孩。他觉得,一定是她。

15

"结束了？"

"结束了。"

"哦，"我说，又递给叔叔一根烟，"你那哥们叫什么名字？"

"查户口啊你。"

"我猜他叫陈子归。"我对着满天的星星吐出一个烟圈，"那女孩可能叫秦来，路边小饭店老板的女儿。"

"你听出来了？"叔叔笑了一声，"的确是我。那姑娘，谁知道呢。"

应该是。这是我的观点。如果是，那么秦来是否知道我叔叔就是那个心狠手辣的肇事司机呢？在我看来，百分之七八十该是知道的。起码有所怀疑。我叔叔开过车，就在讲给我听的故事里也免不了要暗示，他在忏悔。她比谁都明白。你看她那张凉飕飕的脸，请人帮忙哪能这样，分明是来讨债的。她不指责也不痛骂，就用一声不吭来折磨你。

"我认，"叔叔说，"这样我会安心点。她头一次找船时没看见我，是我主动招呼她的。"

"她啥反应？"

"上下看我一遍，说：好。"

如果说当时叔叔的确在秦来的眼里看见了仇恨，那么现在呢？好像变味了。变成什么味只有我叔叔和她本人明白，这事不归我管。我可以想象的是，在以后漫长的长途岁月里，叔叔一次次地在码头上接她送她，也许，再坚硬的仇恨和报复都会被时间打磨掉寒光，石头失去棱角，终成为暖玉。权且这么想想吧。

到这里，我的《长途》拍摄也该结束了，陆地长途和水路长途碰上了头。接下来的故事和沿途风情与已经拍摄的必将大同小异，而我的录像带也已经转到了尽头。需要花大心思的是更具意味的剪辑。

2008 年 8 月 25 日　知春里
原载《北京文学·中篇小说月报》2009 年第 2 期

莫尔道嘎

那两年生意砸得厉害,见了鬼,下的力气越大赔得越狠。朋友说,别跟运气对着干,出去走走,没准回来百无禁忌了;趁车还在。朋友的意思是,别把车也搭进去。我就开着我的斯巴鲁越野出来了。放松地跑,当然要去大草原,我把油门一脚踩到底,就到了呼伦贝尔。九月的草原天大地大,江水长,秋草黄,一听到马头琴我就忧伤。我得把自己从失败的坏感觉里拽出来,鸿雁南飞,我一路向北。

从黑山头镇沿301省道往东北走,出了第一个加油站天就黑了。在加油站刚喝了一罐咖啡,觉得浑身都是力气,穿过额尔古纳市也没停下。照我的预期,加把劲儿,半夜到根河再住下。天很黑,整条路上看不见别的车开灯,就我一人在大草原上狂奔。这在七八月份的草原上是不可想象的,那时候旅游的人多如牛毛。现在呼伦贝尔冷起来,车里必须开着暖气才能把路一直跑下去。但黑暗和孤独慢慢侵占了斯巴鲁的空间,也可能是因为马头琴的音乐一直开着,我在忧伤之外感到了恐惧,就像被整个世界遗弃了。不管如何努力生意依然每况愈下时,我感受到的恐惧与此刻一模一样。我的后背开始发凉。仅有力气是跑不了长途夜路的。就是在这时候我遇到了老哈。路拐了一个缓慢的弯,在山坡的另一边他站在路边,旁边是他的摩托车,尾灯在闪。他高举交叉的两臂对我摆。

"借个火。"他站在我车灯的灯柱里,证明他只是求助。他把头盔和手套都取下,一身的户外行头,防风,保暖,穿一双山地靴。"撒了泡尿把打火机给弄丢了,"他抽烟的样子有点狠,憋坏了,"兄弟你要不来,今晚我能不能撑到图里河都难说。"他吐了一口浓烟,眼眯起来,"跑长途缺了这一口,等于进了洞房找不到新娘子。"

他自己先笑起来,因为脸黑,显得牙白。有点东北口音。五十多岁的样子,结实的大块头。

"去哪,兄弟?"他问。

"根河。"

"够跑一阵子的。"

我都想跟他一起去图里河了。但我说的是:"是有点累。"

"累了就停下,"他说,"别跟自己较这个劲儿。你去加拉嘎,前头拐个弯就到。我认识牧羊的老包,他家的炕暖和。就说我老哈介绍的朋友。"

这是个话多的老哈。我们各抽了三根烟。上车之前老哈说,去过莫尔道嘎么?走多少冤枉路都值;镇上有家客栈叫"牧马人",老板娘那叫一个好看。我们一起踩油门,他的摩托车比我快。他不喜欢跟别人一路跑。他在我的车灯柱里从摩托车座上抬起屁股,像支箭钻进了黑夜里。

一个半小时后,我已经躺到了老包家的热炕上。老哈说得没错,你能在老包的皱纹里至少找到两根羊毛。老包说:"好好闷一觉,明早起来跟我放羊去。"

我跟老包放了三天羊。一大早出门,带上大饼、羊肉和一大保温罐奶茶,把四百只羊赶到他们家草场上。羊吃草,我们找个避风的山坡躺着晒太阳,有一搭没一搭说话和抽烟。话题自然离不开老哈。他们俩认识四年,每年九月老哈都会到老包的牧场上来。他喜欢心无挂碍地躺在草原上。他骑着摩托来,住上三五天,离开,下一次再见可能得明年,也可能过上个把星期他又来了。来了还是放牧,半天跟老包说上一句话。

"狗日的老哈,"老包说,"马骑得是真好。到底是个牧马人。"

我一下子来了精神。

"没跟你说?这老哈,在新巴尔虎左旗当过知青,放了三年马。"

我仔细想了一下昨天晚上见到的老哈,好像两条腿是有那么一点罗圈。这个张嘴一口东北味儿的青岛人,按老包的说法,算是活明白了。你能想象这老小子六十岁了么?退了休开始周游世界,就一辆摩托车,山南海北地跑。九月份准时到呼伦贝尔,比寒流来得还准。

"为啥九月?七八月草原那才叫美。"

"九月二十六号他得赶到莫尔道嘎。"

我笑起来。"为了牧马人客栈漂亮的老板娘?"

"那你得问狗日的老哈。"

不得不说,幕天席地的生活会改变一个人。天地间只有你和一群羊,你会觉得除了这群生灵,什么都可有可无。放过羊的人和没放过羊的人不是同一个人。老包说,他阿爸是放羊的,他阿爸的阿爸也是放羊,他阿爸的阿爸的阿爸也是放羊的。他躺在草原上看着这群羊,觉得他阿爸、他爷爷、他太爷爷都活在他的身体里,他们跟他一起放羊,他们跟他放的是同一群羊。羊的身体里也活着羊的祖先。我的悟性不够,但多少也感受到了一点跟听了马头琴那样的忧伤,只是这忧伤是饱满、明亮和喜悦的,而在车里听马头琴,那忧伤像只空荡荡的口袋,整个人都饥饿,肚子里全是恍惚的风。我跟老包说,生意的事问题不大了,可以离开了。

"回北京?"他问。

我想是吧。但出了老包家,我突然决定去莫尔道嘎。再跑几天,把整个人彻底"放空",像下坡时给车挂一个空挡。

莫尔道嘎很有名,但莫尔道嘎的确不大,刚转到第三条街就看到老哈的摩托车停在一座三层小楼前。没错,牧马人客栈。办好入住手续我才向前台打听老哈住哪里,竟然就在我隔壁。我在老哈极具穿透力的呼噜声里也睡了过去,从加拉嘎到根河再到莫尔道嘎,我在斯巴鲁里坐了大半天了,腰都快断了。被敲门声吵醒时天已经黑了,老哈在门外喊:

"兄弟,一块儿喝两杯。"

"你咋知道我来了?"

"前台的丫头是我干闺女。"

因为经他引荐我才来莫尔道嘎,老哈坚决要到附近一个馆子里给我接风。现在是旅游淡季,整个客栈加我才住了八个人,"牧马人"的厨师请假回老家了,开不了伙。穿过大堂,前台的姑娘没叫他"干爹",叫的是"哈叔"。

当然是吃羊肉。手把肉。老哈很讲究,肉热腾腾地上来时,不像我穷凶极恶地扑上去,而是从口袋里摸出一把小刀,慢悠悠地在一只瓷碗底下咔嗤咔嗤磨起来，磨完这面磨那面。要我看，那刀锋利得很，根本用不着磨。磨完了，我都吃下好几块肉了，他割下一块连骨肉，刀锋向内，慢条斯理地再割下条条块块的肉，用手捏着放进嘴里。"要吃肥的，"老哈说，"只挑瘦的那不叫吃羊肉。香不起来。"

我们喝蒙古王酒。劲儿大，过瘾。累了一天整上个二两老烧，神仙日子也不过如此。老哈用指头蘸上酒，敬过长生天才喝。他说多少年都这样，礼数不到心里不踏实。

"在家也这么用刀？"

"用。过去蒙古人出门做客都带自己的刀。"他把小刀举起来给我看，刀把上缀着一颗狼牙。刀和狼牙都有了一层厚腻的包浆。"在青岛我自己做手把肉。"

"说说放马时候的事呗。"

"老包又多嘴了？"

"他可没提老板娘。"

酒是个好东西，两杯下肚我就觉得跟老哈是亲兄弟和忘年交了。我举着羊肉开起了玩笑。老包的确什么都没说。

"嗨，"老哈打了一个嗝，"那时候真是他妈的年轻啊。"

故事肯定要开始了。我不吭声，勤快地给老哈满酒。

"刚到新巴尔虎左旗那年，我十九岁，高中刚毕业。"老哈说，"都说当知青光荣嘛，我死活要去。临走时我妈隔着绿皮火车窗玻璃跟我说的最后一句话是：草原上夜里冷，千万别蹬被子啊。"

"啥时候遇到的老板娘？"

老哈没搭我的茬儿。随他去，真有事他肯定憋不住。他跟我讲起四十年前的知青生活。他的运气实在太好了，他们那个知青点只有两个人被挑去放马，他是其一。在整个牧区，最好的工作就是牧马，"自由。骑着高头大马,那真叫拉风,吆喝一声就下去四十里地,"老哈说,"马倌可以骑最好的马。好马跑起来速度就是快。那真是快。"老哈眯起眼,身体开始前后上下颠动,四两酒就可以把他送回新巴尔虎左旗的草原上。次之是放牧牛和羊。牛羊没那么快,但它们起码在动,一天下来总能像乌云或白云那样刮过一大片草地。知青们最不愿干的是当猪倌,臭烘烘的一群趴在那里,吃了睡,睡了吃,看着它们自己身上也跟着长肉。他们宁愿随屯田的牧民去开荒种庄稼。"姑娘都喜欢马倌,嘿嘿。"老哈说。

我以为要入正题了,老哈话锋一转,说:"那时候我做梦都想来莫尔道嘎。"

"年轻人有心事了。"我坏坏地笑,我猜某个姑娘,比如现在"牧马人"的老板娘,就是莫尔道嘎人。

"牧民们都说莫尔道嘎好,原始森林像海一样大。我一个青岛海边长大的,水见得多了,想看看树。他们不说我也要去。莫尔道嘎,听听这名字。头一回听我就喜欢上了。就冲着这名字我也得去看看。"

这我能理解。我也喜欢很多地名,耶路撒冷,伊斯坦布尔,阿姆斯特丹,圣彼得堡,不知道它们在哪里的时候,我就想去了。这辈子的愿望之一,就是把想去的地方都走一遍。"你来了?"我给老哈倒上酒。

老哈一口干掉。"倒满。请不下来假。兄弟,干了!"

上个世纪六十年代的呼伦贝尔草原,火车跑得很慢。老哈得头一天从驻地骑马到海拉尔,住一夜,赶第二天早上海拉尔去根河的火车。到根河停下,住一夜,再等根河去莫尔道嘎的火车。有可能还要住两夜,去莫尔道嘎的火车两天一班。等那慢悠悠的小火车晃到莫尔道嘎,三四天已经过去了。在那里转一圈打道回府，又三四天过去了。生产队里都忙着大生产，没那么多时间让他去搞闲情逸致。一个萝卜一个坑，他溜号就得别人顶上来，这个账没法算。

问题在于，想去莫尔道嘎的不仅是老哈，老哈的马倌搭档巴图也想去。巴图大老哈三岁，赤峰人，比老哈早一年来这个知青点。老哈叫他巴哥，但在生活和牧马上，巴图是他师傅。要去得两人一块去，老哈这个海边人有点晕草原，一个人出远门想想都犯怵。两个人坐火车去莫尔道嘎，理论上无论如何都行不通。

还有一种可能，骑马去。从知青点到莫尔道嘎直线距离不到三百公里，一匹好马悠着点跑，得两天，歇一天，再跑回来，又两天。五天也不短，还得确保天公作美，马也不出问题。但这是他们去莫尔道嘎的唯一可能。老哈和巴哥达成共识，等机会。

"等到机会了？"我问。

老哈说："喝酒。"

一瓶"蒙古王"下去了。

老哈终于说："等到了。"

他们跟生产队长做了个交易，每次把马群里最好的驯马给队长骑。这是个了不得的待遇。马倌要伺候的官人能数出一串子，谁需要马就得给谁提供，队长排在这条串子上差不多最下面，但凡有另外一个领导有要求了，最好的马就到不了队长手里。但县官不如现管，领导指示下来了，老哈和巴哥就借口"乌云"身体不适，把"赤兔"给了领导；领导一走，"乌云"就到了队长的屁股底下。条件当然只有一个：合适的时间让他们俩骑马去一趟莫尔道嘎。

老哈当知青的最后一个冬天，机会来了。前两天刚下过一场说大不大说小不小的雪，天不错，朗月当空，队长在他们俩宿舍里喝了半瓶酒，脑袋一热，舌头就大了，说："只要你们敢现在出门，我就答应。"那会儿已经晚上九点，整个草原都睡着了。老哈和巴图一对眼，卷了简单的行李和吃食就出了门，胳膊底下夹着一套马具。"乌云"和"赤兔"都不能动，以备领导不时之需，他们俩骑了次一等的两匹马，巴图的是枣红色，老哈的是白马。呼伦贝尔大草原如同一个冰冷清澈的梦，他们俩上了马就往东北跑。月亮在星星就在，他们盯紧了星星跑。老哈说："有种不真实感。"他们跑了差不多一个小时，巴图突然勒住马，说：

"那儿！"

老哈看见白银般的月光底下坐着一头狼，它缓慢地站起身，想从山包上退下去。老哈踢了一下马肚子，挥起套马杆，"追！"

月夜下两个人纵马逐狼的画面确实有种不真实感，但老哈知道这事假不了。躲在羊皮棉帽里的耳朵听得见马踏残雪的声音、月光打在枯草上的声音，甚至他胯下的白马出汗的声音，他感到草原从未如此辽阔，他听得见呼伦贝尔在马蹄下像布匹一样蔓延和展开的声音。那头狼几乎和他们平行地跑。老哈听见巴图喊："它吃得太多啦！"这从那头狼的体形和奔跑的速度就可以看出，它有点吃力。这是个好消息，它耗不了多久。

问题是，老哈也耗不了多久；准确地说，是老哈的马耗不了多久。这是匹好马，但年龄偏大，短跑显不出来，五十公里之后就有点使不上劲儿。他眼看着巴图的枣红马多出他半个身位、一个身位、两个身位，他们的距离越拉越大。月光底下枣红马像团黑红的火焰，巴图的套马杆平稳地与身体一起摆动。老哈希望那头狼最好能立马就跑不动，他套过马、套过牛、套过羊，没套过到狼。正在他希望破灭之际，狼艰难地停下了，老哈打马直奔过去。那狼突然对天长嗥，然后勾着脑袋，扭曲着身体，老哈明白复燃的希望再次破灭了。果然，狼在呕吐。它把身体的负担全吐了出来。在巴图的枣红马离它三十米时，那头狼又长嗥一声，四蹄悬在半空一般消失在一个山包之后。老哈喊："巴哥，追！追！"巴图显然也有此意，鞭子抽到了马屁股上。他们都舍不得，狼皮八块钱一张。八块钱在当时，是笔不小的财富。可以买书，买衣服，也许他们俩都想到了，可以给喜欢的姑娘买件礼物。

巴图追到山包的另一面，接着是老哈。等巴图追到另一个山包的对面时，老哈再跟过去，狼和巴图都不见了。他只能隐约听见孤零零的马蹄急骤地击打大地的细小声音。他骑着马在周围的几个山包间转圈子，两棵白杨树提醒了他，这地方有个羊场。

跟着星星走，二十分钟后，老哈看见了牧羊人的蒙古包。如他所料，迎接他的是牧羊人的女儿乌兰娜。她给他打了洗脚水，倒了热奶茶，铺好了热被窝。他冻坏了。他甚至都没想清楚乌兰娜若是穿上汉人的连衣裙会有多漂亮，就歪着头睡着了。

天快亮时，他觉得脚头一阵冷风，激灵一下，醒了。巴图疲惫地坐在床铺的另一头，掀开被子盖到了腿上。巴图的右脚露在被子外面，在微小的羊油灯下，包住脚的布全是黑红色的。

"怎么回事？"老哈问。

"没事，血止住了。"巴图笑了笑，指指外面。

老哈正好要起身去小便，昨晚乌兰娜倒的两大碗奶茶他全喝了。在蒙古包外木栅栏上，他看见挂着的一张狼皮，旁边还有一张，他凑近了看，还是狼皮。老哈抽了一口冷气。

那天晚上，巴图一个人穷追那头狼，在它筋疲力尽的时候套住了它。但就在他套那头狼的时候，不知道从哪里又蹿出来一头母狼，完全是以玩命的方式向他扑过来。马受了惊，狂乱地跑，好处是把套到的那头狼给拖死了，坏处是，它不停地转圈子给新来的母狼提供了机会。母狼咬住了巴图的右脚，咬住了就不撒嘴。难以想象，那头母狼分寸把握得如此之好，一口下去竟然没碰到马镫。直到巴图抽出打狼棒击碎了它的脑壳，母狼也没有松口。

母狼咬断了巴图的脚筋。这是老哈后来才知道的。巴图当时也没意识到问题如此严重，他撬开母狼的牙齿，下马收拾两头狼尸时，只觉得走路不得劲儿，除了流血和疼，他没往深处想。用行李袋里的药粉止了血，撕一块衣服简单包扎了一下，就把死掉的两头狼往马背上捆。刚安静下来的枣红马哪里愿意，一直暴躁地踢踏，巴图没办法，只好在月光地里掏出刀子，现剥了狼皮。他把剥下来的狼皮皮毛向内卷成两团，枣红马才允许捆到它背上。

这个血性的故事让我们俩酒兴大发，一杯接一杯地干。除了有限的几次跟财神级顾客这么玩命地喝，我想不起来什么时候如此渴望过酒。然后老哈就沉默了，换了我开始说。

如果有人喝高了喜欢一声不吭，那老哈就是高了。那晚的后半段我肯定也高了；我一高就管不住自己的嘴。我跟老哈说，你知道吗老哥，我的生意砸了，一塌糊涂，一塌糊涂啊。后来说了啥我完全没印象，只迷迷糊糊记得我架着老哈，老哈也架着我，我的两条腿木木的跟白桦树一样不打弯，我们俩像双头鸟一样跌跌撞撞回了客栈。竟然都顺利地躺到了自己的床上。

一觉睡到中午，头没疼，说明酒跟人一样醒得彻底。想到楼下找点东西吃，前台老哈的"干女儿"说，哈叔嘱咐了，我起来就带我到"她家"。

她家在马路对面,一楼。进了门看见老哈坐在客厅的沙发上,旁边是把老式藤椅,铺着一张熊皮。一个中年女人在收拾碗筷,一桌好菜。如果那女人再瘦一圈、年轻二十来岁,完全可以分毫不差地重叠进"干女儿"的身体里。一对漂亮的母女。老哈向女主人介绍我:

"这我小兄弟,小穆,北京来的。"

女主人大方地和我握手、问好,松开手后转向老哈,说:"叫嫂子。"

"你看——"老哈说。

"叫嫂子。"

"好,嫂子。嫂子。"老哈说,烟叼到嘴上又取下来塞进烟盒里,"我把穆兄弟请来,是想给咱巴哥热闹热闹,生日嘛。"

"谢谢你来给我们家老巴庆祝生日,"那女人给我斟上奶茶,"我叫乌兰娜。"

"我知道。"我可能不该这么回答,但进门第一眼看见她,我就知道她是乌兰娜。千真万确。那天晚上的蒙古包,牧羊人的女儿。

"你还知道什么?"乌兰娜的脸红了一下。她的皮肤很好。然后她转向老哈。

我赶紧说:"就这些。"

老哈也赶紧说:"就……这些。"他不敢确定昨天晚上究竟对我说了多少。

小乌兰娜已经在蛋糕上插好了蜡烛。"阿妈,我把阿爸推过来?"

老哈站起来。我也跟着站起来。乌兰娜坐着没动,似乎颇费了一番踌躇才点了点头。

三分钟后,小乌兰娜推着一个轮椅进来,寿星老巴图斜靠在轮椅背上。腿上搭着一条羊绒毯子,两只手放在毯子底下,因为看见毯子的抖动,我才注意他庄严的蒙古男人的脸。老巴图的脸不对称,右边的眉毛、眼角和嘴吊起来,用不同的节奏在一起微微地抖。老哈走过去,一只手搭在老巴图的肩膀上,说:

"巴哥。"

老巴图一动不动,两眼空空荡荡;除了抖,表情也是空的。

"他说不了话了。"乌兰娜说。

"去年不是好好的么?"老哈说。

"去年已经过去了。"乌兰娜从毯子底下拿出老巴图的手握着,说,"老巴,咱们过生日,好不好?还有新朋友小穆,他特地来咱们牧马人客栈。"

老巴图和刚才一样,脸上没有任何时间经过的痕迹。

接下来就剩下了程序。切蛋糕。唱生日歌。吃饭,典型的蒙古餐,有手把肉。老哈没有用自己的刀。乌兰娜一顿饭的三分之二时间都在喂老巴图,而喂进去的食物三分之二都漏了出来,幸好喂食之前给他戴上了一个巨大的围嘴。我们的话很少,大部分时间只能听到吃饭本身的声音。在断断续续的四个人的对话里,我得到了如下信息:

老巴图的腿脚一直不好(从打狼的那夜开始),走路是瘸的;后来腿部肌肉萎缩,行动逐渐不便,只能深居简出;去年的某一天(肯定在老哈来给他过生日之后),摔了一跤,突然中风,或者突然中风才摔了一跤;总之,这就是现在的老巴图。

饭后,我们沉默着喝奶茶。老哈放下杯子蹲到收拾干净的老巴图面前,把手伸进毯子底下握着他的手。老哈说:"巴哥,你还认识我吗?我是小哈啊!"

除了抖,老巴图有的只是一张庄严、空白的脸。老哈眼泪唰地就下来了。他站起来,急急地出了门。

回到客栈我们就退了房,去老包的牧场。老哈说,他有话想跟我们说,跟我和老包。他要当着我和老包的面说。我们原路返回,从莫尔道嘎到根河,然后回到加拉嘎老包家的牧场。我开车跟在老哈的摩托车后面,从半下午一直开到夜里。除了抽烟上厕所,我们一直在跑。老哈不敢停下,他说停下了可能就再也开不了口了。

如你所知,谎言总是没完没了,而真话通常只需要几句。

坐在老包家的火塘边,老哈一杯杯地喝奶茶,声音断断续续。

"……那天晚上,老巴只想专心赶路,是我想追那头狼的,我想给乌兰娜送个礼物……我喜欢她,我也知道她喜欢我……我是看见那头母狼才装作被落下的……我的确怕了……不过我的确也追不上老巴,他的马比我快很多……可是,我可以一直跟着他们跑,只要找,总会找到他们,就算给老巴提个醒也好……狼太狡猾了……或者叫上乌兰娜的阿爸一起去找也行……我没有……凌晨老巴回来,很快就睡着了……我知道老巴没法再跟我一起去莫尔道嘎了,但我不想失掉这个机会,骑上马一个人出发了……上马前,我带上了一张狼皮……"

"一个人敢出门了?"老包抽着大烟斗问。

"还是怕。可我想,老巴一个人把两头狼都对付了,我不过是赶个路。"

"去了莫尔道嘎?"我说,"买的是啥礼物?"

"从一个二毛子手里买了条俄式围巾,很漂亮,稀罕。那会儿中苏关系已经决裂了。回来途中送给乌兰娜,她直接从蒙古包里给扔了出来。我就知道,我们没戏了。"

"然后呢?"

"知青返城。我离开了。真像是逃命。"

三个人都不吭声。木头在火塘里噼噼啪啪炸出很多火花。

"要有朋友去莫尔道嘎，"老哈说，"推荐一下牧马人客栈。乌兰娜不容易。"

2015 年 11 月 18 日　知春里
原载《江南》2016 年第 4 期

鹅 桥

1

"那个人在桥上站了一会儿，我只看到他在水中的倒影，瘦瘦的，长长的，在水波里不打弯。中午的阳光太好了，映得我看不清他在水中的脸。再说我也忙，正收网。嘿，那一网可真不错，足足抓了十斤鱼。等我收完网再去桥上看他，那个人已经不见了。"自称水虾的小伙子对我说，散漫地摇动两支橹，"你是今天来鹅桥的第二个外乡人。"

我看看水中我的影子，被船桨激起的水浪摇晃得支离破碎，和水虾的影子没有什么不同。于是我说："我的影子和你的一样，都是弯的。"

"不，你的影子是直的，"水虾说，"外乡人的影子在水里都是直的。你看不到，因为你是外乡人。"

我没告诉他那个外乡人就是我。中午的时候我刚到这个地方，在桥上站了一会儿。我只是想站在高处看一看河两岸的房屋和人家。我也看到了水虾，他坐在船头收网，专注的样子说明那一网收获不小。

"到这里的外乡人好像不多吧？"我说，"我在北岸转了半个下午也没找到一家旅店。"

"不多，来了也是一转身就走了。"

那是他们，我不行。我从几百公里外的地方来，转了身就找不到地方了，何况我是专程来这个地方看看的。天不早了，我得在这个地方住下。水虾和北岸的人说的一样，外乡人都要住在南岸的老金家。现在水虾要把我送过去。老金是这个水边小镇的管事的，他们不叫他镇长，也不叫他村长，叫他管事的老金。

夕阳沉到水底，河水暗淡下来，傍晚开始从水面上升起来。小船晃晃悠悠地前进，在陌生的水里行走有点像在飞。迎面不时碰到几个同样摇着小船的渔民。他们同水虾打招呼，船过去了还扭回头看我。水虾告诉他们，去老金家。

"就那儿，"水虾把船靠近一个简易的石码头，指着大柳树旁边的一栋两层小楼说，"那就是老金家。"他稳住船让我跳上岸，然后从木桶里捞出几条个头比较大的鱼。刚用网兜装好，从老金家门洞里走出来一个扎辫子的女孩。水虾说，那是老金的女儿。他冲女孩喊，"小水，来客人了。"

那女孩走过来，手指缠着辫梢，看着我不说话。

"给老叔下酒，小水，"水虾把鱼递过去，"刚抓的。"

"以后你别再送了。要送你自己拎给我爸。"小水说。

"我就不进去了，"水虾把网兜塞给小水，窘怯地用手搓着裤子，"有客人来了嘛。"停了停又说，"客人来了也好招待一下。那我走了，小水。"

2

进了老金家,灯已经点亮了。昏黄的电灯底下放着一张黑亮的小八仙桌,桌上摆放着碗筷。中间是三碟菜。小水的母亲正在厨房里忙活,听到了人声,就在厨房里问:"屋子修好啦?"

"爸还没回呢,"小水说,"来客人了,妈。还有鱼,我来杀。"

一个女人从厨房里出来,衣着朴素,一看就知道是小水的母亲。脸上还存留很多小水现在的模样,眉眼清秀,下巴上有一颗痣,但是灯光的阴影还是遮蔽不了她的衰老。

"外地来的吧?你请坐,"小水的母亲在围裙上擦着手,"小水她爸去给神经七修房子了,就回来了。小水,给客人倒碗水。"

娘儿俩在院子里的水井边杀鱼。我的水没喝上几口,就听到有人咳嗽着进了院子。是老金,魁梧的大个子,脸上的线条有点硬,咳嗽和吐痰的声音都很响。客套了几句,他让我坐下,递给我一支烟。他咕咚咕咚喝光一碗水,也开始抽烟,一边抽烟一边咳嗽。

"这两天感冒,"他说,声音有点矜持,说话时直直地看着我,"你是城里来的吧。路过还是有事?"

"没事,就是看看。"我弹了弹烟灰。对面的墙上是一幅陈旧的年画,穿红肚兜的胖小子抱着一条大鲤鱼。因为墙壁是本色的水泥和着沙子涂成的,整个房间显得灰暗阴凉,那幅年画即使褪了色也热烈得有些过头,显得荒凉了。"早就听说这地方了,想看一看。"

"早就听说了?"老金又咳嗽起来,"到我们这里来的人不多。"

"听我父亲说的。他去世前一直向我念叨鹅桥,所以就想过来看看。给您添麻烦了。"

这时候小水母亲拎着一个小酒坛子过来,右手里是两只刚洗好的酒杯。"金,你陪客人先喝酒,小水在烧鱼,一会儿就好。你们先喝。"

"好,喝酒,"老金说,"边喝边聊。穷地方,没什么好招待的,凑合着填饱肚子吧。"

3

老金安排我住在楼上靠左边的一个房间里,说客人来了都住那里。床铺上落了一层尘土,整个房间有一股潮湿的霉味。很久没有人住了。小水和她母亲帮着收拾了房间,一个清扫和整理床铺,一个去楼下抓了一把艾蒿上来点上,说是除除霉味和潮气。都忙活完了,我洗漱完毕,在艾蒿缥缈的苦香味里躺下。灯灭了,眼睛逐渐适应了房间里的黑暗,便从黑暗中发现了光明来。这个时候整个鹅桥已经声息全无,人们和我一样,早早就睡下了。偶尔几声狗咬和鹅叫,听起来像是从河对岸传过来的。很多年没有感受到这种安静了,静得让我感到一点恐惧。我看到置身其中的这个房间,四壁都是光秃秃的水泥,墙上曾被谁用粉笔一类的东西画过,残存着一间茅屋和一只大白鹅的形象。另一面墙上是一座拱桥,旁边是一只小船行在水里。房屋的简陋从屋脊顶上可以看出,是用茳草扎成捆苫成的,然后才盖上灰瓦。

我瞪大眼睛看着寄身之所,觉得有点像梦游,这就是鹅桥?我足足花了一个月的时间才鼓动自己来到这个地方,现在它终于从一个名词变成了具体的存在，我倒觉得不真实了。父亲为什么要一再向我念叨这个地方呢。

第一次听到鹅桥这个名字是在父亲住院之后。一天下午我在单位接到医院打来的电话，说父亲因心脏病复发又住进了医院，让我赶快过去。这次的确很严重，我进了病房发现父亲已经在吸氧了。大概正如医生所说，父亲体质太差，所以才导致目前的危险症状。然后医生又说，请我放心，他们会尽力的。这话说得我浑身一颤，父亲的睡态也让我恐惧，他平静得像死了一样。还好，父亲挺了过来，能说话的时候就把我叫到跟前。然后我就听到了鹅桥这个名字。

"鹅桥，鹅桥，"父亲蠕动着嘴，干燥的手抓着我的手，有些烫，"我要回去。在河边，两排茅屋。鹅桥，有鹅也有桥。"

"爸，什么鹅桥？"

"向南走，一直向南走。有一条河，河边有人家，他们都是鹅桥人，"父亲说话断断续续，手越来越烫，"你说我来了，穆馨如。回来看看了。船从鹅群里穿过，到处都是水和鱼，那些简陋的石码头。站在桥上可以看见所有的屋顶。"

"为什么要回去？"

下午的阳光从玻璃窗外照进来，落在父亲的枕头旁。父亲半眯着眼，头转向背光的一边，嘴唇抖得更厉害了，呼吸也开始急促。我松开他的手要去喊医生，他不让，竟有那么大的力气死死攥牢我的手。我只好在病房里高声喊医生，让他们赶快过来。喊过了俯下身，听到父亲支离破碎的微弱声音：

"回来。回去。"

然后就没有声息了。

医生赶到时，父亲的眼睛已经不会动了。他们手忙脚乱地折腾一阵，满头大汗地对我说："心力衰竭，救不回来了。"

那天是我第一次知道鹅桥，也是父亲最后一次说鹅桥。父亲去世之后我一直在琢磨这个名字，显然是个地名。但是我翻遍了所有可能搜集到的地图，都没能找到这个地方。那些地图已经具体到村镇了，在现代社会里，我不知道还有什么群落单位能小于村镇，可就是找不到。我一度以为鹅桥是父亲或者母亲的出生地，但是发现他们户口簿上的原籍写的是与它完全不相干的地名。母亲走得早，我五岁时就见不到她了。母亲是否说过与鹅桥有关的事情，我实在不记得。也许它与母亲有关？弄不清楚。

鹅桥成了我的一个结，绕不过去。事实上，从父亲说出之后我就放不下了，它是父亲的遗言，回到这个地方就成了他的遗嘱。父亲说得语无伦次，不知道他是想回去还是想让我去这个地方。我整天在脑袋里盘旋着鹅桥这两个字，甚至按照父亲的说法虚拟了一个沿河筑立的村庄，一个近乎桃花源般的水边之地。但它的抽象是明显的，一切都是望文生义的产物。我总看见我想象的村庄上空飘着鹅桥两个字。它对我成了一种折磨，我知道我不得不从这个世界上把它发掘出来，然后仔细地看清楚。

父亲说："向南走，一直向南走。"

我背着背包开始从城市出发，一路向南。记不清打听过多少对我摇头的过路人了，对这个地方他们和我一样迷糊。我只是向南，直到我看到了一条东西走向的河流，河上有桥，桥下有船，一群群白鹅从水面浮过。那些和水虾、老金、小水一样陌生的人告诉我，没错，这就是鹅桥。

终于来到了鹅桥。躺在床上感觉四肢酸痛，十分疲倦，可就是睡不着。我打开灯和背包，掏出黑皮面子的笔记本开始记录我所见到的鹅桥。第一句话是:"我来到了鹅桥,这里已经不再是父亲的鹅桥,到处可见的简易的两层小楼取代了茅草屋。"拉拉杂杂地写了三页纸,都是关于对鹅桥的初步印象。它与我虚构的村庄有很大出入,从中我看到了时间的力量。

正写着,听到几声轻微的敲门声。我下床打开门,是小水,端着一杯水站在门前。

"你没睡吧?"她说,"我妈让我给你送一杯热水,我忘了。"

"谢谢。"我接过水杯,"一会儿就睡。"

小水咬着下嘴唇,羞涩地低下头,转身走了。走了几步又回过头,轻声说:"我住在这边的屋子里,有什么事就喊我一声。"

她的脚步很轻,夜寂静,远处黑暗平坦。我关上门,觉得整个鹅桥如同浮在半空。

4

"你听过穆馨如这个名字吗?"我问老金,"他是我父亲。"

老金摇摇头说:"没有。从来没听过。"

"可是父亲弥留之际一再向我提起鹅桥。"我看着他剔着发黑的牙齿,顿了顿才说,"我再向上了年纪的老人打听一下。"

"他们也不会知道的,一辈子都住在这里,没见过几个外乡人。"老金心不在焉地说,咳嗽着,"你想到处看看,就让小水陪你去,有什么还可以照应一下。我有点事要出去一下。"

小水在旁边说:"神经七的房子还没修好?"

"神经七是你叫的?"老金说,吐了一口痰就出门了。小水吐了一下舌头。

我问小水:"神经七是谁?"

"七爷头脑有点问题,大家都叫他神经七。"小水缠着辫梢说,"过会儿我带你去看看他。他的破茅屋三天两头漏雨。"

小水二十岁,正值年华大好的时光。初见陌生人怕羞,熟悉了就现出活泼的一面。我们说话开始很少,逐渐就多起来,转了几条巷子已经算熟了。一边走她一边向我讲乡邻们好玩的事,谁家的猫到河边用尾巴钓鱼,谁家的鹅踩着楼梯进了房间,跳到床上生蛋,谁家的酒鬼把门前的阴沟当大河,不敢跳过去急得大喊大叫,等等。

我们身后出现了好奇的小孩,开始是一两个,接着越聚越多,最后成了一大群。他们从各自的院子里走出来,汇集在我们身后远远地跟着。小水说,陌生人很少,新鲜。如果是我一个人在街巷里走,不会有这么多小孩跟在后面,他们怕陌生人;现在有她小水在,他们胆子大了点,才远远地跟着。她小时候也和这帮孩子们一样,是他们中间的一个。有一回,一个外乡人冲她做了个鬼脸,都把她给吓哭了。我听了,回过头咧开嘴捏起眼,也冲他们做一个鬼脸。还好,没有小孩哭,倒是走在前头的几个小女孩吓得转身就跑,两只小辫子飘起来。巷子里是青亮的石板路,逃跑的不合脚的大鞋子击打地面,回声浮泛又空洞。

小水转过身说:"回去,没什么好看的。再跟着我就告诉你们爸妈,回家打屁股。"

他们听了,闪动大眼相互看看,一个个尽力贴着两边的墙壁站着,蹭来蹭去,一会儿就相继散了。他们刚进家门,窗户里就伸出了大人的脑袋,他们伸长了脖子看我一眼,赶快缩回头去,又伸出头看一眼,再缩回去。然后是砰砰的关窗户声音。我听到经过的那家院子里，一个男声说：

"是他，就是昨天我告诉你的那个，在桥下的槐树荫里坐了两袋烟的工夫。"

我循声转身去看，两个人头迅速隐没到窗户后面。

我问小水："他们为什么好像都在躲着我？"

"他们在躲着你吗？不知道。"小水说，步子开始加快了，"我们这里就这样，外乡人一年也难得见到几个。"

我不再问了，只想尽可能详细地看看这个叫鹅桥的地方。也许这就是他们的生活习惯，不太愿意和外面的人打交道。他们聚在某一个巷口三五成群地聊天，见到我来了，便沉默着各自散去，好像有相同的默契。待我走过时，只看到零落一地的烟头。我对小水笑笑，我已经习以为常。但这么一来就有了麻烦，找不到人打听有关我父亲的事，我希望有人知道多年前穆罄如与鹅桥的关系。

现在的鹅桥，已经不再是父亲所说的那个样子。尽管河边依然是傍水而居的人家，但更多的人家散布在河岸之后，从河边开始向两边摊开去，几乎家家都是造型相同的两层简易小楼。从外面的装饰和空荡荡的院子来看，空旷的房间不会比老金家好多少。众多的人家摊开去，不得不穿过一条条纵横交织的青石巷。这里大约算得上水乡，石板上泛着潮湿的南方气息。一个上午我们看的地方并不多。小水说，大约是鹅桥的四分之一，河对岸还有半个鹅桥，我们只走了这一半的一半。说没看到什么也看到了，很多人家，他们的房屋，躲避我的大人和小孩，相对安静又有几分神秘的乡间生活。说看到了，又于我的初衷无益，我想我就是把每一条巷子走上三十五遍，恐怕也找不出父亲与鹅桥的一点头绪。父亲为什么要在临终之前提起鹅桥呢？

我把父亲弥留的情形详细告诉了小水，她很有兴趣。确切地说，她对城市里的医院和城市有兴趣。这一点显而易见。我们经过桑树底下的那条废船时，她就开始不断地向我询问有关城市的问题。医院和护士，汽车和电话，超市和购物中心，还有电脑和吊带衫。我回答说，吊带衫就是一件能够露出肩膀和半个前胸后背的小衣服，小水羞红了脖子，她捂上眼，透过指缝看我，说：

"那个什么衫好看吗？"

我开玩笑说："我没穿过，不知道。"

"人家问你正事，那衣服好看吗？"

"真的不知道，应该好看吧，要不然为什么满大街都是光着膀子的姑娘呢？"

小水不说话了，坐到河边一块石头上。我们已经来到了一个石码头边。过一会儿，她说："我没去过城市。远吗？"

"还行。有空你可以去看看，跟鹅桥一样好玩。"

"我不敢，"她站起来，走到另一块石头边，"我也不认识路。"

一群鹅游过来，嘎嘎地叫成一团，在石码头边盘桓一阵，又叫着游走了。我在水里又看到自己的影子，弯的，有波浪的形状。

"小水，你看我影子是弯的还是直的？"

小水伸头向水里看了看："我爸他们都说了，外乡人的影子都是直的。我也不知道。"然后声音低下来，"我们走，水虾来了。"

水虾的小船沿鹅群刚才的路线划过来。他单手摇橹，右手向这边招呼："小水，小水，婶子让你带客人回家吃午饭。"等我站起向他招手时，船已经靠上了码头，"小水，还有，我妈下午套被子，想让你过去帮忙。婶子已经同意了。"

"我下午还要陪客人到处看看，我爸嘱咐过的。"

"老叔说客人可以自己四处走走,用不着再陪。老叔在家里等着你们回去吃饭哪。"水虾说,冲我笑笑,"用不着再陪吧。鹅桥是小地方,走到哪也不会走丢的,你说是不是?"

"不好意思,打扰你们了。下午我一人就行,没什么问题。"

5

下午我的确是一个人出门的,此后的几天一直都是一个人,两个人的时候那也是因为要过河到对岸,坐水虾的小船。

很难想象,这么大一个村镇白天也如此沉寂,至少我所到之处突然都变成了哑巴。弄出点动静的只是那些家禽和动物,鸡鸭鹅,牛马,山羊什么的。偶尔遇到一两条狗,和我一样在街巷里晃荡,摇着东张西望的尾巴。越这样我越好奇,专找动静大、人声多的地方凑。和上午一样,蹲在巷子头聊天下棋的人见到我的影子立马不吭声了,或者干脆拍拍屁股走人。一个个面无表情,好像恰好到了他们该回家的时间。我故意擦着他们的肩膀走,能闻到他们身上散发出的河水的清凉的气息和淡淡的鱼腥味。老金说过,河两岸的人多少都能下水,屁大的小孩一个猛子扎下去,出来时手里就多了一条鱼。长期下水的生活使他们养成一个习惯,裤腿总是卷得高高的。没有人脸上露出要和你打招呼的欲望,所以半个下午过去了,除了看到了和上午所见的相同的房屋和人群,我一无所获。因为当我想开口的时候,他们已经走远了。那时候我深刻地感到了自己外乡人的身份,我的装束,我的眼镜和嘴上叼着的香烟,他们把我从鹅桥人中显著地分了出来。

日薄西山时分，我来到一个巷子的尽头，看到了一个破败的院落和三四间茅屋，围墙是玉米秆做成的篱笆。这样一个院落引起我的注意，在河两岸触目所见的都是两层简易小楼的背后，竟然藏着这么个原始的土坯茅屋，不能不说是个意外。更让我意外的是，这个院落的上上下下里里外外聚集了我到鹅桥以来见到的最多的人，大人小孩加起来大约五六十个。青壮年的男人蹲在屋顶上，怀抱成捆的茬草，在给最靠边的那间茅屋重新苫顶。

我看到老金站在院子里，对着屋顶的人指点不止，吆喝中间以咳嗽。这大概就是他们说的神经七的家。

院门口的树底下蹲着一堆人，大多是老头，一个个抱着大烟袋，有的怀里偎着拖着鼻涕的孙子孙女，任凭孩子们揪自己的胡子。老太太们坐成另一圈，就着干瘦的大腿搓麻绳，一边说话一边往手心里吐唾沫。这正是我想看到的。我灭掉烟小心地凑过去，在那群老头的圈子外面蹲下来。我蹲了有五分钟，没有一个人转过脸理会我，倒是他们怀里的小孩眼神好，瞪大眼盯着我看。我只好主动碰了碰身边一个老头的胳膊，赔着笑脸说：

"哎，大爷好。"

老头转过脸，说："噢，外地来的吧？还戴眼镜。"

他说话有点结巴，艰难的发音终于引起了其他人的注意，他们不得不向我这边看。

"听说鹅桥是个好地方，我特地过来看看。"我的脸上挂着笑，希望每个人都能看见我对他们的友好。

"什么个好地方。就是个水里找饭土里埋人的地儿。"

那老头说完，他们又不管我了，接着刚刚的话题有一搭没一搭地说。听内容是说神经七这茅草房早该拆了，躲在高高的房屋之间有些不三不四的。正说着,一个斜挎老式军用水壶的老头一瘸一拐地走过来,水壶的油漆早就不见了,擦满了经年摔打过的痕迹。七十岁左右,一头蓬乱的花白头发。

"我不拆,我就住这茅草屋。"他说,满身的酒气,"冬天暖和,夏天凉快,给个金銮殿也不换。"

一个说:"神经七,几间破屋有什么好守的?是没钱盖新的吧?"

又一个说:"谁说七叔没钱?七叔都拿酒当水喝,钱到处塞,养活了河南岸的一半老鼠。是不是,七叔?"

神经七扑扇着醉醺醺的长眼皮,倚着树干坐下来,拍着军用水壶说:"我金老七的钱都存在信用社,老少爷们没钱花找我,我盖个章你们去拿钱。"

大家笑起来,嘴里说着这个神经七,头脑彻底不好使了,穷得裤衩都十几年没换了,还瞎吹。笑过以后又聊起来,还是有一搭没一搭。

我又碰了碰那个结巴老头,问他:"大爷,您听过穆馨如这个名字吗"

"穆,穆馨如?"结巴结结巴巴地说,半天又说,"没,没听说过。"

"他是我父亲。父亲生前提过鹅桥这个地方,"我掏出烟递给他一支,"是父亲让我到这个地方来的。我想知道他和鹅桥有什么关系。"

结巴推开我的烟说:"不,不认识。我们这是小地方。"

他们中的几个人吃惊地看着我,随即转过头去。突然神经七抽冷子似的睁开眼坐起来,问我:"谁?你说谁?"

"穆馨如。我父亲。"

"穆馨如?这个名字有点熟,"神经七抹着脸,伸长脖子盯着我看,"我知道个大头,头大,粗眉毛。"

"我父亲就是头大眉毛粗,大爷,您认识我父亲?"

我站起来，想走到神经七那边去。一个年龄和神经七差不多大的老头一把将神经七推倒在树干上，"都老皇历了，"他说，"没有的事，别瞎说。"

"有，有，怎么没有？"神经七费了好大的劲儿才爬起来，指手画脚地喊起来，"大头我认识，这房子，昨天夜里我还梦见他的。"

神经七破锣似的喊声引起了所有人的注意，屋顶上的泥瓦匠和院子里的老金都向这边看。神经七自顾嗫嚅着嘴，说着大头大头，两手到腰间去找军用水壶，拧开了就对着嘴倒，空了半天也没空出一滴酒来。他跺着脚哭丧着脸叫着："大头，没有酒了，大头。"

有人喊老金："管事的，神经七又犯病了。"

老金急匆匆跑过来，一把将神经七拖过去，推到院子里。"七叔你有完没完？你再瞎叨叨我让他们都下来，你自己爬上去修。"

神经七不吭声了，低着头一瘸一拐向东边的屋子走。

老金走过来对我说，该吃晚饭了，让我先回去，他马上就来。那时候夕阳早已落尽，西半天的夜色开始缓缓垂落。

6

晚饭开始有点沉闷，开始只有三个人吃饭，小水在水虾家还没回来。我们没有喝酒，老金根本就没提这一茬，三个人干巴巴地在那里嚼着饭。沉闷的原因还有一个，就是刚坐下来是老金对我的不耐烦的告诫。

老金说："七叔头脑不好使，喜欢瞎说八道，你别听他的。"

我说:"可是他好像认识我父亲。"

老金说:"怎么可能?鹅桥的人那么多,为什么单单他神经七认识?他有病。"

我说:"可是他说大头、浓眉毛的,就是我父亲的样子。"

老金说:"在鹅桥,头大眉毛浓的一抓也一大把。我说了,别信他的。"停了一下又说,"我说过了,他神经有问题。有病。"

他显然已经失去了耐心。我不再说什么。女主人夹了一块肉放到我碗里,说:"吃菜。鹅桥是个小地方,没什么好玩的,客人多担待。"

我说:"很好,挺有意思的。"

吃了一半,小水急匆匆地回来了,进了门就说:"妈,我回来了,有我的饭吗?"

"没在水虾家吃?"

"没有,"小水说,洗手的声音很响,"不想在他家吃,就回来了。"

老金说:"你这孩子,怎么这么不懂事。"

小水吐了一下舌头,自己去盛饭,在我旁边坐下来,端着饭碗对我说:"鹅桥没你们城市好玩吧?我跟水虾说过了,明天带你坐船去逮鱼。"

我刚想说声谢谢,小水的母亲用筷子点了一下桌子,说:"小水,吃饭。"

于是都不说话,屋子里只剩下吃饭的声音。灯光摇摆不定,四个人头的影子在饭桌上无规则地移来移去。我很少夹菜,担心一不小心筷子戳到谁的头上。

晚饭之后,我稍微洗漱一下就上楼回了自己的房间。他们也相继没有了动静。鹅桥人似乎还坚守着日出而作、日落而息的生活习惯,晚饭后时间不长,整个村镇就如同滑入了沉寂的梦中。这大约也是不得已为之，我实在没有看到他们有什么可以消磨掉漫长夜晚的东西。我毫无困意，拿出黑皮本子开始记日记，颠三倒四地写，我说不清楚这地方到底是怎么回事，总感觉着怪怪的，搞不明白地别扭。只有那个神经七还有点意思，神经病和酒鬼往往比正常人还要可爱一些。我想重点记下神经七，他的衣着相貌等等我都详细地写下来了。快写完的时候，小水敲响了我的门。

她瞟了一眼桌上的黑皮本，说："你在写七爷？"

"你觉得这人怎么样？"

"神经七呀？就是一个神经病，说话做事稀里糊涂的，连他自己都不知道在干什么。反正不正常。去年冬天还脱光衣服在河边跑呢，一边跑一边叫，说要去打鬼子，打到鬼子老家去。"

"他一直都住在鹅桥吗？"

"应该是吧。我记事起就听说他神经有毛病。"小水在我旁边的凳子上坐下，又开始用手指缠绕辫梢，"七爷就是个疯子，没什么好说的。你给我讲讲你们城市里的事。"

"你想听哪方面的事？"

"什么都想听。你随便说。"

我想了想，不免起了卖弄之心，开始给她讲网络和股票。这两个东西听起来有点虚幻，空对空，讲起来更过瘾。其实我也是半瓶醋，对于股票连半瓶醋也算不上，顶多有点酸味。好在她对这些和我对鹅桥一样陌生，我不论怎么发挥总能自圆其说，听得她两眼发直，一愣一愣的。

我夸夸其谈大约四五十分钟，几乎完全沉浸到我所叙述的那个网络和股票的世界里，无意中向门口看了一眼，吓我一跳，小水的母亲板着脸站在门前。她什么时候过来的我丝毫不知道。

"小水,回去!"她说,声音有点凉,"让客人早点歇着,跑了一天了。"

她说完转身就走了。小水看看我,吐了吐舌头,说:"都是我不好,忘了把门关上了,明天接着讲,我还想听。我走了。"走到门口,小水又转过身说,"别忘了,明天我带你去打鱼。"

7

第二天我们没能打成鱼,因为老金夫妇突然把那天定为小水和水虾定亲的日子。

一大早,我从楼上下来,看见小水坐在走廊的竹椅上哭,声音不大,肩膀有节奏地耸动。我问她是怎么回事,她只顾低头哭,不说话。老金喂过牛从牛棚过来,我又问老金,不知出了什么事,小水哭得这么伤心。

"没什么,自家的一点小事。"

我就不好再追问下去了,拿着牙刷毛巾到井台边洗漱。收拾完了早饭也准备好了。我看到女主人在饭桌旁数落着小水,见我进屋,她一脸无辜地向我摊开双手,"客人,你来说说,我和他爸给她定了亲事,她还不高兴,一大早起来就哭。"

"我不去。"小水终于说话了。

"不去也得去,反了天了!"老金咳嗽着说,对着门外吐了一口浓痰。

"我不想去。"小水还是哭。

"谁家呀?"问过了我才后悔,我有什么资格问别人的事。

"水虾，"女主人说，"客人你看看，不是很好么？人老实，又能干，家境也不错。客人，你来说说。"

我迟疑了一下，脑袋里迅速掠过水虾的形象。"不错，"我说，"人挺不错的。"小水的哭声更响了。

出了老金家，我直奔神经七的茅草屋，走到半路觉得就这么冒冒失失地闯过去不合适，应该带点礼物才对。为了打听到商店在哪里，我在周围的巷子里转了好几圈，好在鹅桥的巷子幽深长远的就那么直楞楞的几条，记住个大方向就不会迷路，但是没遇到一个可问的人。他们总是在我走到身边之前就已经离开。没办法，只好敲开一家院子，向在井台边洗衣服的一个老太太问清了商店的位置。老太太简练地告诉我，就在靠河边的村镇的最东头，金二家的杂货铺。说完就匆匆关了院门。

金二杂货铺的门面不小，三间屋大的地方，乱七八糟地摆满杂货。货架上是些小巧贵重的物品，地上摊放的则是粗笨的耐摔打的东西，菜刀、塑料脸盆、坛坛罐罐之类的。油腻腻的柜台上一溜摆着几个大坛子，散发出酱油、醋和白酒的味道；再过去，是摆放在几个盒子里的冷菜和调好的肉类熟食。店里人不多，一个五十来岁的秃顶男人守在柜台里面，柜台外面的凳子上坐着两个老酒鬼，每人一碗白酒，一只手捏着一条小咸鱼。

"老板，给两瓶白酒。"我说。

"没有瓶装白酒，只有这个。"老板拍拍酒坛盖子，面无表情地说，"散装的老烧。"

"那就老烧，给五斤。还有，这几样熟食每样一斤，冷菜都给来上一份。"

我以为这样慷慨利落能把他们给镇住，没想到他们根本不吃这一套。老板仍旧面无表情,熟练地打开坛子向一个大塑料桶里装酒。另外两个酒鬼斜着眼睛看我,各自举起碗咕咚咕咚喝光剩下的半碗酒,抹抹嘴出了杂货铺,一脸的空白,连个招呼也没和老板打。

　　离开杂货铺天已经不是很早了,在巷子里可以看到起床的小孩到处乱跑。他们同样对我感兴趣,歪着头抓着衣角躲在墙角处看我,跟在身后的比昨天少多了,看他们的眼神就知道,只有胆子大的才敢远远地随着我走。他们几个身后是几条狗,跟着我是因为闻到了我纸包里的肉香。我停下来,打开一个猪头肉的纸包向那几个孩子招手,他们也停下来,远远地看着我。我向他们展示提在手里的一块硕大的肉片,希望他们能够走过来。过了半天,终于有一个个头大的孩子跑过来,到我面前又怯生生地慢下来,然后突然抓到那块肉,转身就跑。我看到他兴奋地舞动另一只胳膊,对面的小孩也兴奋地向他奔凑过去。我把那包猪头肉放到地上,对着那个抓到肉又盯着我看的小孩说:

　　"都给你们了,拿回去分给大家吃吧。"

　　然后提着酒肉去神经七的茅屋。

　　神经七正在收拾屋檐下用剩下的苫草,房屋昨天傍晚已经修好了。他一定是先闻到酒香才看到我的,因为我进了院子后,他下意识地去摸腰间的军用水壶,晃荡了半天也听不到一点酒响,然后抬头看到了我。

　　"什么酒?"神经七响亮地抽动鼻子,翻着白眼看我,嘴角流出一串口水,"你是谁?"

　　"七爷,我是专门送酒给您喝的,来看看您。"

　　神经七嘿嘿地笑起来,口水流得更多了,一跳一跳地跑过来,一把抱住酒桶,拧开盖子就喝,像喝水一样,那么大的桶口竟一滴也没洒出来。放下酒桶时直喘粗气,又嘿嘿地笑,满脸都是眼泪。神经七拍拍酒桶说：

"嗯，好酒，好酒。你是谁家的孙子？坐下来陪七爷一块儿喝。"

他让我坐到那堆散乱的苴草上。我和他坐下来，把几样菜摆在地上。

"七爷，您老边吃边喝。"

神经七说："好，边吃边喝。"又喝了一大口，抓起一块肉塞进嘴里，"你也吃，呵呵，你也喝。"

我想让他尽了兴再提我父亲的事，谁知道他吃喝起来竟没完没了，不仅如此，还逼着我也跟着吃喝。我们俩就这样坐在院子里，像一对真正的酒鬼那样吃吃喝喝。神经七喝酒的时候嘴里念念有词，不知道在咕哝什么。当我觉得他差不多该尽兴了时，问题又来了，他竟然喝着喝着歪倒在泥墙上，一块肉送到半路上又掉下来，手也跟着垂到地上。我吓了一跳，怎么突然没动静了，眼睛都闭上了。

"七爷，七爷。"

神经七吧嗒着油腻腻的嘴，打起了沉重的呼噜。他睡着了。我看一看酒桶，已经下去了五分之二，他也该睡了。那会已经上午十点多了，阳光有点烤人，我又拖又抱把他弄到了屋子里的床上。那张床脏乱不堪，他满身尘土地躺到了被子底下。

只好等他醒来再说了。我找了张四条腿长短不齐的竹椅子躺下，感觉酒开始上头了。我记得我喝得不多的，的确不多，可是我还是睡着了。醒来时已经十二点多了，神经七还在被窝里吧唧着嘴，说喝，一块儿喝。我晃动几下吱哟作响的竹椅，神经七睁开了眼，打过呵欠他坐起来，惊讶地看着我：

"你是谁？怎么坐在我家里？"

"七爷，上午我还陪您喝酒的呢，"我指着转移到桌子上的酒，"您不记得了？"

"噢，"他拍拍脑袋，和正常人没什么两样，"喝酒，对，喝酒，呵呵。你是个外乡人，找我这个孤老头子有事？"

"七爷，我想向您打听一个人，叫穆馨如，天生大头，浓黑眉毛。"

神经七从床上下来，赤着脚在地上走来走去。"大头，浓黑眉毛。穆馨如？他是你什么人？"

"我父亲。"

"年龄有多大？"

"六十四了，不过两个月前已经过世了。"

"六十四？穆？大头！你爸是大头！"神经七突然两眼放光，"你是大头的儿子？"

"您认识我父亲？"

"大头啊大头，我的小兄弟！你十九岁来鹅桥，二十二岁离开，还拐跑了一个鹅桥的姑娘，那可是河两岸第一号的天仙哪。嘿嘿，你小子跑哪去了这些年？老哥我替你守着这三间茅草屋，天天修，年年补，就是等你回来的。你小子说死就死了！四十二年了，大头你说死就死了。我金老七还守着这破草房子干什么呀？"

我上前扶住鼻子嘴角乱动准备大哭的神经七，"七爷，七爷，你真的认识我父亲？"

神经七突然又糊涂了，抓着我的胳膊大叫大头大头。"大头，大头，你怎么说走就走，说变就变了？带跑秀水不算，你还戴上了眼镜。"神经七老泪纵横，"你跟我说，大头，我金老七都不戴眼镜你凭什么戴？你说好房子让我只住三年的，你竟然让我住了四十年！你知不知道我都给住老啦，都住成瘸子啦，我金老七都住成神经七啦！"

不知道神经七哪来那么大的力气，把我又推又搡地推到了院子里，他的大喊大叫引来了很多邻居站在篱笆外观看。他又犯病了，喋喋不休地喊叫，说得越多越让我糊涂，他到底认不认识我父亲？我父亲是否就是他说的那个大头？我不知道，我从没听过谁叫过父亲大头。他们在冷眼旁观，人越聚越多，这让我受不了。我很想从这个破落的小院子里逃掉，可是神经七两只手把我抓得紧紧的，酒气和唾沫源源不断地喷到我脸上，避之不及。那么多的人，我都不知道怎么摆脱神经七。

　　幸亏老金及时赶到了。看到人群里挤出一个人时，我立刻高兴起来，救星到了。老金进了院子，抓着神经七的胳膊猛地一拽，神经七松开了我的胳膊后退两步，右手里抓着半截我衬衫的衣袖。

　　"七叔，你干什么！喝两口猫尿就撒酒疯，回屋睡觉去！"

　　"大侄子，"神经七说，"他是大头，我不能让他走啊。"

　　"什么大头大头？我让你回屋去，有话跟你的酒壶说！"

　　神经七像个委屈的孩子，哭哭啼啼地看着我，念叨着大头大头，低着头一瘸一拐地回屋去了。

　　老金脸色很不好看，"你怎么又过来了？回去吃午饭。小水妈到处找你。我就知道你会来。我就没听过什么穆罄如，鹅桥人哪个听过了？他一个疯子，你能问出什么道道来？神经病的话你也能信？回去！回去！"老金走在前头，对着篱笆外围观的人挥着手，"你们也回去，回家去，有什么好看的？没见过人是怎么的？"

8

　　老金家的牛棚失火大约是在晚上十点半钟，那时候整个鹅桥都睡了。我的生物钟一时半会调整不过来,十点来钟正是精神大好的时候。我在黑皮本上记下白天发生的事,突然听到老金的变了调的喊声:

"救火呀,快救火呀,失火啦!"

我赶紧推开门,院子外面的牛棚处火苗已经蹿过了围墙。火势不是很大,因为老金家的牛棚就不大,但是此起彼伏一丛丛的火焰在黑暗的鹅桥上空依然有惊心动魄的效果,半个天空都跟着躁动起来。老金已经打开院门,正站在院外向左邻右舍求救。小水和她母亲正在井台边打水,急得小水一直咿咿呀呀地叫个不停。我穿着拖鞋跑下楼,要帮她们拎水,小水母亲说:

"客人你还没睡?"

"没有,我不习惯早睡。"我说,拎着小桶就往外边跑。

牛已经被老金换了地方,拴在邻居家门前的槐树上。此刻他还在喊着救火,邻居们的院门相继打开,一只只小桶晃晃荡荡地从门里出来。大约二十来桶水就把火浇灭了,我前后拎了五桶。灭火的时间也不长,大约半个小时。仅仅烧了一个牛棚,没有殃及旁边的树木和柴草。那个晚上没有风,树梢一动不动。

火灭了以后,老金家的门前黑水流成一片。闻讯赶来的水虾和其他几个小伙子正帮着把牛棚拆掉,苫盖棚顶的苫草和芦苇被草叉挑到地上,冒出一股股焦味浓重的熏烟。老金卷着裤腿站在水洼里一遍又一遍地说:

"这三更半夜的,怎么会失火呢?"

小水的母亲好像火灭掉了以后才被吓着,在女儿的搀扶下眼泪都流出来了,"这可怎么办?你说这可怎么办?"她对小水说,"好好的怎么就起火了呢?"

失火的原因成了讨论的中心。牛棚自己着火肯定是不可能的,可是谁会来点上一把火呢。都快半夜了,鹅桥人都做完了一两个梦了,谁还在深更半夜不睡觉呢。我拎着空桶站在老金旁边,就着院子里的昏暗的灯光,我发现他们都在看着我。这让我很尴尬,好像火是我放的。

一堆草落到我面前,溅了我一身的水,水虾站在墙头上握着草叉,不用说这叉草是他扔下来的。

"这场火灾真不巧,把客人的好觉都给搅了,"水虾说,"真过意不去。"

他的声音有点怪。不过我还是如实回答了他:"没什么,我还没睡。"

"都快半夜了,客人怎么还不睡?客人真是好精神哪。"

小水冲着水虾喊:"水虾,你瞎说什么?赶快把草挑下来。"

"烧都烧过了,挑下来急个什么?"水虾说,抡起草叉又挑起了一叉草。

还是对着我的方向。我及时地后退几步,烧得半焦的草落到我刚刚站的地方。我没说话,拎着空桶转身进了院子,小水跟在我后面也进了院子。我知道,他们都在看着我。

9

在第二天的早饭桌上,我告诉老金一家,吃过饭我就离开鹅桥。小水对我的决定有点吃惊,说你不是要在这里多玩几天的吗?我的确说过,但是现在我想离开了。我只告诉她,回去还有些事情要处理,该看也看了，不能耽搁太多时间。小水还想说什么，被老金制止了。老金说那也好，早点回去能做更多的事，他就不留我了，免得误了大事，吃过饭他会让水虾送我过河。我谢过他，拿出两百块钱递给小水母亲，算作这几天住宿和伙食费用。她坚决不收，老金和小水也拒绝接受。我说这是应该的，几天来多有打扰，只是表示一点心意，如果不收下，我会过意不去的。她就收下了，一边对老金说着，那怎么好，那怎么好。

小水陪着我来到石码头，水虾的船还没到。我们面对面坐在两块石头上瞎聊着，她让我继续给她讲城里的事，那些对她来说无限遥远的景象。我意识到再给她讲虚无缥缈的东西未必是件好事，便说些漫无边际的玩笑话。然后看见一个人不规则地跑过来，是神经七，跑得气喘吁吁的，其实速度慢得要命。难为这么一个老人了。

"大头，大头，你走了又不跟我说一声，"神经七说，咳嗽声把一句话分割得支离破碎，"老哥我到管事的家找你，才知道你小子又要走了。这次又把小水带走？"

"不是，七爷，小水是来送我的。"

小水嗔怒地捶着神经七的胳膊，"七爷又胡说，小水以后再也不理你了。"

神经七嘿嘿地笑起来，说："谁知道大头脑袋瓜子里想些什么。大头，"他从怀里摸出一张折了好多道的发黄的白纸，递给我，"我住了你的茅草屋几十年了，我给你钱。这是我的条子，你到信用社去取，老哥我钱多着哪，你想拿多少拿多少。"

我接过白纸一看，上面七零八落地写着几行字，弯弯绕绕的，我一个也不认识。我递给小水看，小水就笑了，说："这是什么？一个都没见过，七爷又犯病了。"

"小丫头瞎说，七爷犯什么病？噢，对了，"神经七又去口袋里乱摸，摸出来半截萝卜和一个盛红水的小铁盒子，"大头，这条子要你老哥盖了章才能拿到钱。你看，这是我金老七的印章。"

他把纸条从小水手里夺过去，把半截萝卜蘸上红水，郑重地摁到纸上，半天才松开。纸条下方多了一个圆形的红印子，上面刻的是什么字我同样不认识，一团歪歪扭扭的线条。小水又笑了，说七爷这次病可犯得不轻。

神经七把纸条认真折叠好，小心地塞进我的上衣口袋里。"大头，盖过章了，这些年的房钱我金老七可还清了。"他动情地拍拍我的肩膀，说，"船来了，大头，你要走就走。快走，天黑了找不到路。"

水虾的小船快速地划过来，靠到码头边上。我跳上船，对岸上说："七爷，谢谢您，您多保重。小水，你也回去吧。"

神经七和小水向我挥手。神经七说："大头，你什么时候回来？是不是又要过四十年以后？"

我说："再说吧。您看我的影子在水里是直的还是弯的？"

神经七愣愣地看着我，没听明白我在说什么。这时船已经离开了码头。

2003 年 7 月 26 日　淮安
原载《山花》2006 年第 8 期

日月山

从西宁出来,一路往高处走。天高地迥,阳光也好,出门前朋友建议我涂上效果最好的防晒霜。他不用,他长住西宁,习惯了高原上的紫外线,脸上有两团微微的红。"有反应吗?"他问。我们坐在车里,五月初的青海植被刚刚绿起来,高速路边的树叶子小得谨慎。"心跳稍有点快。"我说。

"乍来都这样。到日月山你反应会更明显。"

朋友开车,把一首叫《鸿雁》的歌声音开得很大。我喜欢在世界屋脊上听见辽远的大声歌唱。日月山海拔四千米,内地来的人基本上都觉得氧气不够用,会心慌。我有点心慌,但不是因为缺氧。我想此刻我妹妹一定有点心动过速,我感到了她的那种心慌。我们是孪生兄妹。她在北京,正准备嫁人。她让我来日月山看一个人。我该对那个叫扎西的藏族小伙子说点啥呢?

"你想说什么就说什么。"我妹妹说,"你要什么都不想说,就说,你是我哥。他会明白。"

　　我见过那个叫扎西的藏族小伙子的照片。他和我妹妹站在西宁街头，坐在青海湖边，站在布达拉宫脚下，坐在大昭寺前，每个人跷起一只脚独立于八角街边的大风里。在这些照片上，我妹妹吊在扎西的脖子上，她张大嘴开心地笑，露出了好看的牙齿。在这些照片上，扎西的确是个帅小伙，他笑得比较节制，像个康巴汉子。

　　"哥，你记着，他是长头发。"

　　我没理她。在这个问题上我大致站在父母一边，谁让我是当哥哥的呢。早出生一个半小时那也是哥哥。我不喜欢她在嫁人之前还想到一个叫什么扎西的男人。他们俩不可能有戏。旅游结个伴儿还可以，结婚过日子，我爸妈说：肯定不行！事实上也如此，她不可能一辈子都在缺氧的拉萨、西宁和日月山生活，她的心肺功能先天不好，还吃不了羊肉。"你要跟着他牵一辈子牦牛，在跑几天都看不见一个人的地方放牧？"爸妈说。我妹妹哭了。

　　"哭了就赶快回来。"我接过电话。

　　那是两年前，我妹妹还住在日月山下扎西家的小平房里。

　　我妹妹回来了，拉杆箱里的一部分行李还舍不得全拿出来。

　　"还想走？"我妈把她的心电图报告抖得哗哗响，指着窗外的中关村大街，"走了你就不用再回来了！"

　　我来的时候，没让爸妈知道。到机场妹妹又给我发了条短信，说："哥，他是长头发。"

　　"他是长头发。"我跟朋友说。

　　"管他头发长短，"朋友说，"日月山上牵牦牛的没几个。你看这天，阴了。"

　　阳光不见了。天低下来，几乎就在天垂下来的同时，落下了雪。

"这可是五月了!"

"谁说雪就得在正月里下?"朋友点上一根烟,递给我一个酒壶。我不开车,拧开盖子,喝了一小口青稞酒,一道尖锐的火线直入肺腑。"你要待这里,会发现六月照样下雪。"

青藏高原六月里的确会下雪。我妹妹最初就是听说六月里青海下了雪,才急匆匆地想来看一看。她到西宁时,雪已经化了,但在水井巷里遇到扎西。在西宁市那条著名的美食街上,我妹妹突然对烤羊肠有了兴趣。她站在烧烤摊子前有点迈不开步。她不太吃羊肉,怕膻味,更少吃动物的内脏,但那个傍晚鬼迷心窍就想尝尝烤羊肠。她对烤串上一截截硕大的羊肠正犹豫,一个长头发的藏族小伙子走过来,买了两串,一串递给她。

"谢谢,我吃不完。"我妹妹说。

"吃多少我请多少,"长头发的藏族小伙子说,"剩下的我吃。"

我妹妹只吃了一截烤羊肠。然后两人就分手了。第二天她才知道那人叫扎西,她在日月山上又见到了他。三个牦牛客都想让我妹妹坐他们的牦牛,骑上去照张相也行,照一张十块钱。一头牦牛叫了一声,我妹妹吓得赶紧跑,缺氧了,她立马觉得心跳异常。一个男声说:

"上来吧,一分钱不要,想去哪儿都行。"

我妹妹转身看见了扎西。

"烤羊肠"扎西笑了,牙很白,像日月山顶峰上的雪。他牵的白牦牛有两只优雅地弯曲的角,牦牛的脑门上顶着一朵大红绸子扎成的花。

雪越下越大,天地一片苍茫。我在车里都感到了气温在一寸寸下降。初夏走了,春天也走了,冬天跟着一场大雪杀了一个回马枪。

"这种天气他会不会牵着牦牛回去了?"

朋友说:"你见过哪个藏族兄弟怕过雪?"

车在世界屋脊上继续跑,以一种缓慢的角度往更高的高原上爬升。因为下雪的缘故,路上的车好像突然都躲起来了,半天才能见到一辆。黑的羊白的羊,黑的牦牛和白的牦牛,在路边的铁丝围栏里贴着地皮啃还没来及大面积绿起来的草。放牧的人骑着马在往营地跑。雪纷纷扬扬,高速公路像腰带一样打起了弯。"喏,"朋友说,"那就是日月山。"

我把日月山想高了。我以为日月山一定壁立千仞险峻高拔,应该是奇峰迭起般的十万大山,事实上她就是比高原更高的隆起、隆起、再隆起,她的隆起和攀升安静、从容、柔和,有种风起云涌但又漫不经心的升高的力量。她是高原上的高原。我知道她是圣山、神山,尚未被大雪覆盖的日月山裸露着赤红色的沙土山坡。我们的越野车沿山道蜿蜒前行,车窗紧闭,但我能感到车外大风正紧,如朋友所说,我的呼吸出现了一点小问题。朋友宽慰我,别紧张,日月山也是山,大风雪天当地人呼吸也不会顺溜。我用抽取式纸巾擦车窗上雾气,有两个藏族同胞正牵着披挂鲜艳的牦牛从山上下来,还好,来得及看清他们的脸,都在四十开外,而且不是长发。

从接受妹妹的嘱托开始,我其实暗暗希望只是来一趟而已,见不着最好。那个叫扎西的男人走亲戚了,云游四海了,或者干脆下落不明。抱歉,我丝毫没有咒他的意思。我只是想,日月山之行对我妹妹、对我,最好还是把它局限为一个仪式。既然是仪式,走完了就完了,如此而已。但在这个大雪天,我在希望白跑一趟的同时,隐隐地又担心见不到人。我把车前的挡风玻璃擦了擦,舒了一口气,雪帘后面还有牦牛和人的影子。

停车场上只有一辆车，很可能是工作人员的。卖藏饰和旅游纪念品的摊子全撤了。有一个摊主正往箱子里装他的假古董，一边装一边用带口音的普通话问我：

"兄弟，要狼牙吗？便宜了。"

我侧着身子对他摇摇头。顶着风雪说话根本喘不过来气。买了票，朋友让我把所有的衣服都穿上，风帽戴好，他就待车里了，日月山他来几十回了。看，那是日亭，那是月亭。当年文成公主赴吐蕃和亲，走到日月山，思乡心切，回望长安，把皇后送给她的日月宝镜拿出来照，竟在镜子里看见了京城长安的繁华盛景，且惊且喜且悲，情不自胜，宝镜脱手，摔成了两半。一半为日，一半为月，日月山就这么来的。你看那雕像，就是文成公主；还有那块石头，对，就那块，"回望石"，文成公主就是在那地方回头望长安，可怜无数山。朋友相当于把旅游指南简要地背诵了一遍，就关上车窗抽烟了。

不知道文成公主嫁给松赞干布以后，是否习惯粗粝动荡的游牧生活。她喝得惯吐蕃的酒么？吃得惯带膻味的牛羊肉么？从长安到这里，千万里也，车辚辚，马萧萧，文成公主硬是走过来了。我用围巾围住鼻子和嘴，只剩下一双眼睛看世界。好像整个日月山就我一个游客。此外就是一个磕长头的藏族老人，走几步扑通跪倒，舒展开身体匍匐在雪地上，起身，走几步，再跪倒，匍匐。他的脸是一块静默的黑石头。

经幡在远处的山坡上被风拉成了一张张满弓，艳丽的红白黄绿蓝在浑浊的雪雾中也没那么抢眼了。我沿台阶往日亭上走，因为亭子旁边有一头可供观光的白牦牛，看不见牦牛的主人。上两个台阶我就停一下，调整好呼吸的节奏再走。这个节奏是妹妹告诉我的，她说是扎西总结的经验，要不她那样的内地女孩，在青藏高原上早歇菜了。扎西的节奏很管用。我登上了日亭,牦牛客躲在背风的地方搓着两只手。五月天手伸到风里,没准也能结上冰。那人五十多岁,也可能四十多,长头发,胡子也不短。衣服很久没洗了。

"照个相吧,天不好,五块钱。"他说,"你看山东边,那是农业区;山西边,畜牧业区,一边照一张,十块钱,有纪念意义。日月山是分界呢。"

我站在日亭边上往四周看了看,大雪飘扬。除了风雪,整个世界像日月山一样安稳不动。

"兄弟,照一个吧,"牦牛客说,"除了我这个,没第二头牦牛啦。"

月亭在西,比日亭低。一个人影没有。

"您认识一个叫扎西的人吗?"

"叫扎西的人多得很。我就叫扎西。"

"我说的是叫扎西的年轻人,也在日月山上牵牦牛。"

"照个相吧。今天还没开张呢。"

我掏出十块钱递给他,我不想照相。

"那不行,"他笑眯眯地收了钱,把我往牦牛身边拉,"一定要照,不照我哪能要你钱。"我告诉他,手机没电了,照不了。他就让我骑到牦牛身上,他自己退两步,用两只手冻僵了的大拇指和食指拼成一个取景框,对我说,"看这里,笑一笑。笑得好。咔嚓。好啦,照完啦。"

我根本就没笑,就算笑他也看不见,围巾之外只剩下两只眼。但从牦牛背上下来我就笑了。

"谢谢你啊,小兄弟,"他说,"今天开张了,回家老太婆不会骂我了。我走啦。"他牵着牦牛真往山下走了,"对了,你要找那个小扎西?你看那边的山道上有没有。他不喜欢让他的牦牛站着给人照相,他喜欢让你骑在牛背上,他牵着满山道走。再见啦!"

我从日亭上下来,爬到月亭上,一路留意山道上的活物。早上我给扎西家里打电话,应该是他妈妈接的电话,说一早扎西就牵着牦牛上山了,带了干粮,通常傍晚才会回来。藏族的兄弟是不怕雪的。扎西喜欢在外面跑。我妹妹说,扎西散步能散出去二十里地。

站在月亭边上,我才看见另一边的山道上站着一头牦牛。雪还在下,要不是牛头上的红绸子和牛背上色彩鲜艳的坐垫,那头白牦牛就被大雪遮蔽了。因为牦牛在,我费力地在它周围看了半天,才看见一个坐在地上的人,他衣服的颜色像沙土,身上的落雪也在隐藏他的形状。他是最后的希望。日月山上不会再有第二个扎西了。

在我走到他面前的十几分钟里,牦牛摇了两下头,甩了三次尾巴,他像文成公主雕像一样动都没动。

我说:"兄弟,走两圈?"

他抬起头,光头,没戴帽子。就算他头茬顶多五毫米,我也知道他就是扎西。他比在我妹妹照片里的时候黑了一点,也老了一些,脸上出现干燥的皱纹。扎西的身上落满了雪。他没说话,从盘腿的坐姿直接双腿交叉站起来,站起来的一瞬间两腮的咬肌动了动。依然像个康巴汉子。他调整好牦牛位置,掸去坐垫上的雪。

"怎么走?"他问。

"随便。走你最喜欢走的那条线。"

我骑在牦牛上,看着他在左前方牵着缰绳。他穿一双靴子,可能是出于习惯,因为一大早出门时天很好,而他的衣服在风雪里看上去有点单。腰间缀着个老黄铜做的阴刻雕花铜环,直径两个半厘米,铜环下肯定不会有流苏。这是我妹妹的风格。

"能介绍一下日月山吗？"我说。

"你想知道什么？"他没回头。

"随便。挑你喜欢说的。"

"哦。"他摸了摸牛头，抖落红绸子上的雪，"您肯定听说过文成公主的故事。她的日月宝镜掉到地上，碎成了两半，东边的半块朝西，映着落日余晖，西边的半块朝东，照着初升的月光，所以，这里叫日月山。"

然后是沉默。牦牛的四只蹄子和他的两只脚踩得山路上的雪咯吱咯吱响。一头牛，两个人，我们孤零零地走在日月山的风雪里。

"你是本地人？"

"嗯。睁开眼看见的就是日月山。"

"没想过去西宁？"我说的是到西宁生活。

"过去想过。"

"现在呢？"

"不想了。"

"为什么？"

"日月山好。"

"那，北京呢？"

他停下来，扭了半个头看我，也可能根本没看到我就把脑袋转回去了。好像我说的是外语。"北京？"他用方言说了这个词，笑了一声，"太远了。"

沉默。

"这么大雪你怎么还不回家？"

"这么大雪你不也来了么？"他说，"不需要的时候，牦牛没用；需要的时候，没它可能会出人命。"

"其他人都走了。"

"那是他们。"

"干这个，够吃么？"

"看怎么吃。"

雪还在下，不像要停的样子。他的头上落了一层雪。我们围着山路绕了一圈，把该看的景点都看了，回到原地。"还走吗？"他问。

"你还愿意走？"

"你是客人，你说了算。再走一圈也没问题，不加钱。"

"那再走一圈。不用往景点绕了。"

他牵着牦牛继续走。我想在新的一圈里决定，是否该跟他说点啥。走了半圈我也没想到该怎么开口。我就盯着他的光头看，雪簌簌地落，仿佛日月山的雪全落他一个人的身上了。这一圈也快到头了。我觉得浑身发冷，我把自己包裹得严严实实，风还是有办法往身体里钻。朋友在车里应该很暖和，他可以开足空调的暖风。我看了一下停车场，我们的越野车只剩下一个被雪覆盖的车的轮廓。传来三声喇叭响，朋友已经等急了。

"冷么？"我问。

"还行。习惯了。"

他说话让你无可奈何，你必须不停地找一个新话头才能把交谈进行下去。

"日月山好在哪儿？"我还是问出了这个问题。

他停下来，想了想，说："地老天荒。"

终点到了。我不能再在牛背上待下去了。跳下牛背的时候我拉下围巾，露出完整的一张脸。按照扎西式节奏调整了呼吸以后，我才说："你看我长得像谁？"

"你自己啊。"

"我的意思,你知道我是谁么?"

他笑了笑,"一个游客。"

2014 年 5 月 22 日　知春里

原载《收获》2016 年第 1 期

逆时针

1

周围的人都坐着或蹲着，段总的父母站在电子大屏幕底下，显得很高。段总母亲说，这是为了让儿子好辨认。火车提前二十分钟到站，他们出了站发现广场上人多得像赶集，就找了这人少的地方站着。屏幕上在播新闻，有个国家着了火，半边领土都烧红了。段总的父亲刚抽完烟，丢烟头时对儿子说，地方小就是没办法，一把火都扛不住。说话时左边的嘴角往上拽，好像说句话花了他不少力气。段总跟父母介绍我："秦端阳，跟你们说过的。"

"嗯嗯，端阳，好名字。"老爷子郑重地要跟我握手。

我放下那只破旧的藤条箱子，伸出手："伯父好。"

"别，"老爷子摆摆手，左嘴角又往上拽，"叫老段。"

我看看段总，平常我都称他老段。咱俩一个系毕业，他是高我四届的师兄，别人都叫他段总，我不习惯，当面从来都是老段。现在来了个更老的老段。段总说："就老段吧，别跟他争。"路上他就跟我说，他爸拧，得顺着。那就老段吧。

段总又说："妈，房子就是端阳帮找的。"

我赶在老太太要夸我之前就说："伯母好。"

老太太没来及说话，老爷子的左嘴角又扯上去："叫老庞。姓庞。"

"就老庞，"老太太说，"都这么叫。给你添麻烦了。"

我说哪里，应该的。好么，一个老段，一个老庞。这老两口。

上了段总的车，老段坚持把藤条箱放座位上，要让它也看看窗外的北京。这是老段第三次来北京，也是藤条箱第三次来。最早是"大串联"的时候，年轻的老段拎着新买的藤条箱挤上火车，转了大半个中国到了北京，看见伟大领袖站在天安门城楼上向半空里挥手，激动得藤条箱跟着一块抖。第二次是送儿子来北京念大学，一心想把藤条箱推销给儿子，革命传统不能丢，但当时的段总不答应，坚决又让他带回去了。那时候已经九十年代中期，不是所有的传统都能让人喜欢的。拿不出手。老段就拎着空荡荡的藤条箱从长安街上走了一趟，怀完旧就回家了。现在是二十一世纪的北京，老段把脑袋伸到车窗外，语重心长地说：

"真他妈大。来三次了它还大。"

老庞让他赶快把车窗关上，马路上汽油味太重，她犯晕。又让老段别瞎感叹，看什么都要插上一嘴，当老师都当出后遗症了。老段是光荣的人民教师，在小镇上撅着屁股干了三十年，教过的学生数以万计，还培养出了一个在首都念大学又在首都工作的好儿子。在那个小镇上，空前的，至今也还是绝后的。老段笑眯眯地接受老伴的批评，多少年了，他早把这批评当成私密的夸奖。谁能教三十年的书又培养出一个好儿子？全镇找不出第二个。再说，北京的确他妈的很大，来三次了照样大。所以老段又重复一遍："就是大。"

车在四环上都跑不动，堵得不像样。辅路上的车头挨着屁股，慢得像一动不动，这条路如同一个狭长的停车场。老庞有点急，也有点怕，她没见过这么多的车，过两分钟问一句到没到，她要看儿媳妇。段总的老婆快生了，老两口来伺候月子，帮忙带孩子。段总说，再拐两个弯就到。两个弯很漫长。出了四环，我指了一条近道斜插过去，车子又兜了几个圈子停在一片平房前。

老段说："不是住二十一层么？"

"这是您和妈住的，"段总关上车门开始拿行李，"租的。"

老庞掐了老段一把，说："平房好，踏实。住高了害怕，都到天上去了。"

我赶紧跟他们解释，这地方环境其实不错，旁边就是一个小公园，平常可以散散步锻炼身体，周末晚上天要好，还会放两场露天电影。买东西吃饭都方便，离段总的住处也不远。段总那栋楼二十四层，步行过去一刻钟。我得拣好的说，这房子是我帮着租的。段总前些日子说，爹妈要过来，有合适的帮他留意一下。正好院子里有一对小两口要搬走，简单的一居，我伸着脑袋瞅了一圈，还不错，起码比我住的要好。段总说，你说好就好，拿下，多少钱都拿下。就拿下了。和我一个院子，我租的房子在柿子树右边，左边的就是这个。段总的心思我明白，老两口人生地不熟，靠我近，他照应不过来还有我呢。

铺盖和日用品新买的，整齐地码在床上，人到了就能开始生活。放下行李老庞又急了，要看儿媳妇。来这里不是为了过日子的，天底下没有比看儿媳妇更大的事。

段总只好说："她在医院呢。"

老庞以为生了，眼都大了。这可是早产哪。这么大的事竟不早说，这孩子。要是胳肢窝里长出翅膀，她现在就要往医院飞。"娘儿俩都好?"老庞问。

"还半个月,保胎呢。"

老庞把翅膀收起来,出了一口气,然后觉得现在就在医院保,有点早了。最主要的,在那个地方保,她使不上劲儿,那地方医生说了算。来之前她让老段把能搜集到所有针对孕妇的方子都写下来,煲汤的、进补的,当然还有保胎的。十六开大白纸整整六张。白折腾了。

"他们家人要求的,反正也花不了几个钱。"

段总的老丈人和老丈母娘在澳大利亚,帮定居在那里的儿子看孩子。段总说,他大舅子生了个大鼻子深眼睛黑头发的小杂种,长得还不让人讨厌。岳父岳母顾不上女儿了,但是坚决要把爱心遥控过来,电话里通知女婿,今天该干啥啥啥,明天该干啥啥啥,后天又该干啥啥啥。日程在南半球已经定好了,去医院保胎即为其中之一。

既然是人家要求的,他们就没法多嘴了。老庞看见老段正在点烟,一把将香烟从他嘴上揪下来,说:"就知道烧你的白纸棍!把鸡蛋拿出来!"老段把嘴角往上拽拽,从包里拎出一塑料袋挤扁了的煮鸡蛋,起码有十个,屋子里一下子充满了刚刚变质的煮熟的鸡蛋黄味。

2

老段戴着老花眼镜歪着头在院子里到处看。没住过这种大杂院的人都会觉得新鲜,屁大点地方竟然能住七家。户主其实只有两家,他们尽量把自家人都塞在一两间屋里,空出来的房间租出去。这还不算,我租的那家还在旁边自己动手盖了一间,单砖跑到顶,压两块楼板,再苦上石棉瓦,就算房子了。一样能租出去。在北京,你把猪圈弄敞亮了也能租个不错的价钱。不过老段老庞住的房子还是好的,几十年前正正规规盖起来的,青砖黑碎瓦,敦厚结实,屋子里空间也大。段总有钱,让老子住太差他没面子。贴着墙房东又盖了一间小屋,分成两个格子,一个做厨房另一个做洗手间,有电热水器,可以冲澡。所以是按一居室的价钱租给段总的。我租的没这些,只是一间光秃秃的屋子,十三个平米,和房东共用一个露天的水龙头,要洗澡得自己找澡堂,上厕所只能去巷头的公共厕所。夏天还好,到了冬天,半夜里北风跟逛大街似的没遮没拦地吹,撒泡尿需要相当大的勇气,所以我养成了坚决不起夜的好习惯。

老段歪着头一直看到我屋里。我跷着脚丫子在看小说,我老婆占据了我们唯一的一张桌子在校对一本书。她刚在一家出版社找到工作,编辑兼校对。有好选题就编书,没好选题就校对,这样她就能保证没活干的时候也能赚到钱。那张可以折叠的方桌既是书桌也是饭桌。在十三平米的空间里,我们要最大限度地把生活化繁为简。

"忙呢,"老段说,"我就过来看看。"

"别啊,您进来坐。"我把屁股底下那张像样的椅子腾出来递给他,我从床底下拿出个小马扎。我指着我老婆,"我媳妇,文小米。"

我老婆站起来说:"段伯伯好,我给您沏茶。"

"小——米,"老段把两个字中间的距离拉得很大,右手食指像教鞭一样漫长地点一下,长辈的意思就出来了,"端阳说你很听话,好。叫我老段。"

后来我老婆说,这老段,说我"听话"是啥意思?是不是觉得我傻,一心一意跟你到北京来混,苦日子也过得下去?我说你可不能这么想,他们那地方夸女孩子都这么夸,那意思是乖,贤惠,可爱,能吃苦耐劳。我老婆哼了一声,又给我灌迷魂汤,我也就剩这点美德了。我就继续安抚说,我老婆觉悟高,听话。不管这"听话"作何解,放在我老婆身上基本不算离谱。本来我们俩在苏北的一个小城里过得还不赖,有固定工作,前年我头脑一热,辞了工作来北京,把她也给鼓动来了。只能租这种小房子了。有半年的时间我们俩都找不到工作,眼看口袋越来越瘪,手中没粮我心里发慌,肠子慢慢就青了,有点后悔来这鬼地方。真他妈没事找抽型的。我老婆倒镇定了,既来之则安之,就不信还能饿死在首都?后来我做了记者,正好碰上师兄段总当头儿,日子才稍稍安定下来。

那天老段来串门,坚持让我老婆叫他老段。我老婆也不客气,就给"老段"沏茶,然后问他和老庞住这里是否习惯。老段说得相当艺术,"北京太大,这里太小","睡着了都不敢大声磨牙",还有,"老庞说了,没事别往人家门口站"。老段说,没法不往人家门口站啊,出了自己门就到别人门前了。这么说时他笑了,他不但站过了我们家门口,还坐进了屋里。老段说:"跟我说说,公园在哪?"他有点憋得慌。

我决定带他过去看看,问要不要叫上老庞一起去。他说不用了,他找到了老庞也就找到了,她还收拾呢。我就让小米去老庞那里认认门,看能否帮上点忙,然后去了公园。

那公园不要门票,附近的居民都喜欢去散步和锻炼,尤其老头老太太。空气好,有树木和草坪,方圆几里,只有那里才能看到规模大一点的绿色。老段抽了一下鼻子,说应该让老庞来,她对北京的空气过敏,觉得到处都在泄漏汽油。又说,再好的公园也没法跟他家比。他的小镇是山城,漫山遍野都绿,野草深得都能埋人,像个巨大的氧气罐。家在半山腰的一块平地上,栽什么长什么,种什么结什么,退休了他没事干,在屋檐底下养了三十六盆花。"不知道现在怎么样了。"他惆怅地说,"屋后是片竹林,天没亮鸟就叫,比闹钟还准时。风吹竹林你听过没有?像弹琵琶,《十面埋伏》。"

我记不起来《十面埋伏》是什么样的声音。"医院去了?"

"去了,帮不上忙。人家都弄好了,吃的喝的都记在本子上,叫营养配餐。医生护士一会儿一趟,一会儿一趟,晃得我眼晕。我跟老庞老碍人家的事,只好往墙角躲。晾那儿也招人烦。"

老段很失落。没事干,又人生地不熟的。儿子忙,他不在医院他们俩也没法去,儿媳妇的确是自己的,可不熟,来北京之前也就见过两次,跟见北京次数一样。人家跟你亲不起来,叫你爹妈也亲不起来,一句话嫌少两句话嫌多,大眼瞪小眼最后都不会说话了。都难受。还有儿媳妇的朋友、同事来探视,嘻嘻哈哈说私房话,听也不是不听也不是,只好在一边看着人家笑,因为总是微笑,脸上的肉都僵硬板结了,像两个头脑出问题的老傻子。老段还好点儿,可以隔三岔五躲进洗手间抽根烟缓口气,老庞连这点爱好都没有,只能守在那里干挨。

"多见几次就熟了,"我宽慰老段,"有了孙子就更熟了,那跟爷爷奶奶生来就亲的。"

听到"孙子"老段立马眉开眼笑了,幸福从心底里往上泛,哗地就铺满了一脸。就冲这小东西来的。老段说:"孙子好啊。个小狗日的!"

老段其实不算老,才六十,除了左嘴角说话会往上歪斜地拽,整个人都是直的,状态好时眉毛都打算立起来,一看就是好身板。时值黄昏,公园里的人多起来。狗也多起来,跟人一块遛弯。你想象不出竟有那么多的狗,而且一个比一个长得不像狗,有像猫的,有像熊的,有像熊猫的,有像狐狸的,还有像耗子的。正儿八经长一张狗脸的很稀罕。有只狗蹭着老段的腿要挨着他撒尿，吓老段一跳。他不是被突如其来的狗吓着了，而是被它那副尊容吓着了，又黑又瘦，肋巴骨一根根摆着，真不比耗子大多少，一把捏死问题应该不大。长得跟耗子还有点距离，具体像什么我看了半天也没看出门道。老段跳一下，让狗主人有点不好意思，大叫："三郎，往哪撒呢！"是个四十岁左右的女人，也穿一身黑衣服，说句话浑身的肉都颤颤巍巍地抖，肚子上起码堆了三个救生圈。我怀疑她克扣了小狗的口粮。那狗接受了批评，立刻把后腿夹紧了，不尿了，却兜着圈子开始咬自己的尾巴。我头一次见到如此短的狗尾巴，几乎可以忽略不计，在尾骨那地方幅度极小地跳一下，又跳一下，像扑扇一只小耳朵。小狗够不着尾巴。越够不着越要够，整个身子就在原地转圈，像个推磨虫。老段一定也没见过，比我兴趣还大，脖子越伸越长。主人说："三郎，还咬！"三郎翻了一下小眼，意犹未尽地正常走路了。

"狗也长变了，"老段说，"原来不是这样的。我在北京住了好几天，要么狗，要么狼狗，顶多是哈巴狗。"

他可能又想起大串联了。我说："这些年不是日子好过了么，进化得快了。"

"那也不能往耗子方向进化啊，"老段十分不理解，半天了又嘟囔一句，"长变样了你说。"

经过居民健身器材那一块，我问他要不要动一动。老头老太太都爱往那里集中，慢悠悠地聊天、运动、过日子，玩什么器材都像在打太极。老段看看表，说还是先回去吧，老庞该等急了。他退休以后，老两口从来没有哪次分开超过两个小时的。我们就往回走，刚出公园大门，看见小米领着老庞正往这边走。人家说多年的夫妻成兄妹，他们俩是多年的夫妻成一个人。

老庞递给老段一粒含片,说:"怕你咽炎又犯了,就送过来了。"够含蓄啊。

老段幸福又诡秘地对我笑笑:"我有慢性咽炎呢。老毛病。"然后对老庞说,"还是公园空气好,你要不要去吸两口?"

"还母园呢,"老庞说,"哪来那闲情!我倒是惦记了我那两只老母鸡。"

回到院子里,我们各做各的饭。段总提前把炊具都给配置齐了。

小米炒菜我打下手。没有厨房,到做饭时就把电炒锅端到门外做,阴天下雨就在屋里凑合着糊弄一下。小米倒上油,小声跟我说,你猜段总他妈过去是干什么的?我哪知道,家庭妇女?业余接生婆!小米说得很隆重,跟说希拉里要竞选美国总统似的。他们镇上医院的妇产科忙不过来,经常把她请去。我还看见她收拾那套家伙了呢,大刀子小刀子,还有剪刀,磨得明晃晃的亮,一点锈都没有。真的。她说了,带过来就为了应急,怕来不及到医院。她还说,别看东西土,使起来顺手,接生自己孙子,她心里有数。

这老庞,真敢想啊。那剪刀还不知道是不是做裁缝用的。这要让段总老婆听见了,没怀上孩子也吓得跑医院去了。

"你听见她说那俩母鸡了没?"小米说,"就刚才。老庞特地给儿媳妇准备的,单喂。要么到山上捉虫子给它们吃,要么在饲料里拌中药喂,老中医配好的方子。大补,既能保胎,又能下奶。"

"那怎么不带来?"

"火车上哪让你带两只大活鸡呀?段总担心他们坐车累,托过去的同学提前给他们订了卧铺票。没办法。老庞本来想坐大巴来的,私人承包的车,想带什么带什么,赶头猪上去都行,只要你付足够的钱。"

"扔家里不是白喂了？"

"邻居给照顾着。等着想办法弄过来。来之前老庞把药饲料都调好了。"

我扭头往他们那边看，老庞正端着一锅东西从厨房出来，矮小精悍的一个老太太。老段背着一只手站在门外抽烟，两眼望天。

小米抱怨说："你妈要能像老庞那样对我就好了。"

"我妈要是也那样，不是她抽风就是你抽风。你不怕我还怕呢。"

3

老段老庞去过三次医院，连着三天。第四天，正硬着头皮收拾要去，段总来了，让他们今天就别去了，在家歇着吧，医院里挺好的。老两口当然知道这不是儿子的意思，"医院里"的，儿子只是替人家绕了弯子。这就是说，"医院里"也不喜欢来来往往的。可是，"来"就为了"往"的，不"往"谁没事千里迢迢"来"北京干吗。儿子建议，要不去圆明园、颐和园转转，离这不远，好容易来一趟。老庞说，当我们旅游呢。

段总说："要不，帮我把家里收拾收拾？自从她进了医院，就乱着。"

老庞说："好。"总算找到事做了。这是给儿子打扫房间呢。

那天老两口在儿子的二十一层里一直干到了天黑。看上去哪个地方都清清亮亮，一抹布下去还是脏。都说北京风沙大，一点儿都没错，大到一定程度门窗都挡不住，该怎么进来还怎么进来。都收拾好，老两口子坐在沙发里相互看看对方，迅速达成了两个共识：

一、这是个好家；

　　二、看样子儿子的确闹大了。

　　如果说他们还有第三个共识，那就是：好，真他妈好。"他妈的"是老段加上的。段总的家我去过几次。一百六十平米，卫生间就两个。有时我里里外外看我十三平米的小屋，想如果再大十二倍会是啥样。想不出来。我念书时数学就不好，平面几何立体几何都差。没概念。回到家我从来没跟小米说过。这是朋友们传授的经验，在北京，千万别拿大房子刺激老婆，要出人命的。

　　段总的房子不仅大，还豪华。这其实根本都不用想。不豪华要那么大干吗？段总这几年发了，虽说只是报社的部门老总，那也是老总，我们报社的薪水从来不相互公开。段总老婆也有钱，家底子好，陪过来的嫁妆差不多就是一套房子。这没办法，先天的。现在她还在一家休闲的媒体上班。据段总的玩笑，她上班也就是个聚在一起聊天的由头。从去年开始，上班不只为了聊天，还为了炒股，一办公室的人都盯着电脑屏幕，不管哪个数字蹦一下，都会有人大呼小叫。然后大家相互讨论，论证之后再决定是继续攥着还是出手，或者是再进别的。段总的老婆在弄钱上很有一手，直觉好，别人赔了她赚，别人赚了她继续赚。因为遵从父母的越洋之命，提前住进医院，依然不忘炒股，一闲下来就用手机上网，看又涨了多少。

　　我东拉西扯这些的意思是，段总有钱是正常的，房子弄得豪华也是正常的。

　　那天傍晚老两口干完了活，要出门的时候才发现一直没换鞋，赶紧换上拖鞋把木地板又重擦了一遍。然后相互提醒对方，以后记着换鞋，人家不叫换也得想着换。

　　第二天下大雨，从早到晚就没停下。气温一下子就降下来，穿长袖T恤在外面走都有点冷。我在郊区折腾了一天，冒雨采访一个新闻。昨天傍晚报社得到消息，该地一小领导升官，更小的领导们集体为他送行，在饭店门口放了一挂三万头的鞭炮，响了一半突然停下了，半天没动静，一个看热闹的小孩跑上去看，鞭炮又开始炸了，那孩子大叫一声，左眼没了。这事在当地影响相当大，但是见到记者他们什么都不肯说，要么是没看见，要么是不清楚。我在医院见到了那孩子，除了鼻孔和嘴，整张脸都裹在纱布里。孩子问我："叔叔，我还能看见吗？"我说："能。"搞得我很难受。出了医院重新去找拒绝接受采访的主要当事人，要升官的领导，他手下的小领导，以及饭店的老板，总算从其中两个人的嘴里撬到了一点东西。采访完了才感觉到冷，回到市区已经晚上八点多了，正在一家拉面馆里边吃热乎的拉面边写报道，段总打我电话。

"跟我爸妈说一声，"段总的声音很急，他在医院，"可能要生了，已经进手术室了。"

我想不对啊，没到日子啊。我收拾笔记本就往家赶。老段和老庞正坐在我屋里说雨。因为儿子在北京，他们习惯了每天晚上看北京的天气预报，对北京气候跟气象局局长一样有发言权。老段说，两年了北京没下过这么大的雨。老庞看见我湿漉漉地回来，心疼地说，大城市活人就是不容易，你看端阳才回来，也不知道林子回来没有。林子是段总的小名。他们老两口刚刚去过段总的楼，站在雨地里数到二十一层的窗户，是黑的。他们坐在我的小屋里，加上小米，满满当当的，我进了屋转个身都困难。看老两口情绪还不错，我才说：

"段总在医院，可能要生了。"

老庞噌地站起来："这么早？"老段还茫然地看着我，被老庞一把拽起来，"快，把我东西拿着，去医院！"

老庞到底是见过世面的，这时候还不忘把她的那套家伙带上。只是她没想到这里的妇产科跟他们镇上不一样，来多少产妇医生都够用。除此之外，还让老段从藤条箱子里拿出一个包，那里面有她在家时一针一线缝出来的几件小衣服。我们四个打一辆车，都去了。雨小了一点，马路上的水排不掉，车跑起来像船。老两口一个劲儿地催司机，快，快。司机说，那我也不能飞啊。

段总正在走廊里这头转到那头，手里捏着根烟捻来捻去，这地方禁止抽烟。请的二十四小时护工看雇主站着，也不好意思坐，半倚在墙上。她一点都不紧张，尽管只有十九岁，但生孩子的事她见多了。她跟段总说，没事，生出来就好了。说得像"肚子疼时，上趟厕所就好了"一样清淡。段总的一颗心哪放得下来，自己的老婆和孩子呢。我们四个人并排冲进走廊，段总也没觉得有多隆重，只是心不在焉地说一句：

"都来了？"

我说："过来陪你抽根烟。"

老庞说："人呢？"

段总指指里面。肃静。医院这种环境，看起来白得像一无所有，其实重得压死人，哪个想在这地方大声喧哗。老庞习惯性地要冲进手术室，被老段拦住了。这是北京的妇产科，别跑顺腿了。段总说："妈，别担心，主刀的大夫是这里最好的。"

老庞掂量掂量手里的家伙，好像对"最好的"大夫也不是很放心。她问："怎么会这样？"

"下午她到医院门口去，遭了点雨，受了凉。"

老庞立马严厉了，指着护工："你怎么让她往雨里跑？这都几了！"

"我是不让的，"小护工打着手势辩解，"可她非要去网吧。我去个厕所她就下楼了。"

"什么网吧?"老庞不懂。

"就是上网的地方。"老段说,"用电脑上网查东西。是吧端阳?"

我说是。我正背着笔记本,做好了持久战的准备,如果段总的老婆迟迟生不出来,我可能得陪他们一夜,我得赶在天亮之前把稿子写出来。

段总说,跟护工没关系,是他老婆自己的问题。不仅是淋雨着了凉,还有个原因是受了刺激,股票今天大跌,掉下去的速度有点惨不忍睹。他老婆买的两支股都赶上了。本来她午饭后躺床上迷迷糊糊要睡着了,一个同事给她电话,说完了,跌了;跌了,完了。跌之后的数字让她一直凉到脚心。她赶紧打开手机上网查,刚拨溜几下手机没电了。关键时候掉链子,她一定要出去找个网吧亲自看两眼。怎么可能跌成这样,简直没天理。小护工不让去,那也不行,一分一秒都是钱呢。钱是什么?他妈的血和汗,还有过日子的信心和平衡感。换了衣服就出去了,雨下得正酣。肚子挺出去太多,一把伞管不了全身,再加上风吹过来再吹过去,除了头发还算干的,其他地方都湿了。这问题还不大,关键是电脑上显示的股票曲线,一点儿弧度都没有,完全是九十度垂直往下掉,跟谁照着直尺画的悬崖似的,血淋淋的绿,能听到咣当一声掼峡谷底的声音。当时她身边上网的人就听到有人惨叫一声,而她自己则是听见肚子里有人惨叫一声。她抱着肚子就不行了。

老庞不明白:"炒什么股?股怎么炒?"

老段继续充当解说:"就是把钱放到电脑上给人花,再下小钱。"

"自家的钱为什么给人花?还能下小钱?"

"人家花你的,你也花人家的嘛。你多花点不就赚了?"

老庞更糊涂了。老段因果关系也连不上去,干脆说:"不说了,说了你也不懂。"左嘴角拽得更厉害了。

老庞也就不再问。她安慰儿子说:"林子你放心,不会有问题的,妈在这里。"

小米在身后掐了我一把,我知道她想笑,于是我回掐了她一把。不该笑的别乱笑。

六个人突然都没声音了,安静得有点怪异,都伸头跐脚往手术室里看,看来看去还是那扇门。段总走到我面前,在我耳边小声说:"其实也就十来万。女人哪,就是扛不住个事。"

我不知道他这话是啥意思,也许是因为紧张,所以我建议一块儿去洗手间抽根烟。这是眼下放松神经的唯一方法。

段总的老婆在手术室里折腾一夜,想生,感觉总是不能完整地找到。要是剖腹产早就完事了,但她不,提前跟段总商量过了,不到万不得已不切一刀,怕肚皮上留道疤。她看见过女同事小肚子上的那道生命之门,打开容易,关上也容易,但你想关得不留门缝不容易。后来医生累了,她也累了,只好切了。那会儿天都亮了。

在这之前,我跟段总和老段去了洗手间好几次,抽烟。三个男人躲在厕所里抽烟还是挺有意思的,像三个黑手党。都为了等孩子,但对孩子其实知之甚少。老段也是外行,有老庞那样能干的老婆,我不用猜都知道老段在家就是个甩手掌柜。他只是半天问儿子一句:"男孩?说定了?"段总只好一再重复:"B超说的。"除此之外,说的最多的就是股票。也就是涨涨落落的事。段总不炒股,不是他不关心这事,而是没时间,报社的事情实在太多。到了凌晨,他们爷儿俩出了洗手间,我留下来,坐在马桶盖上打开笔记本,得把报道写完。

小米和护工陪着老庞坐在椅子上,到了后半夜两个年轻人蔫了,下巴开始往下挂,过几分钟就要点两次头。老庞依然精神抖擞,一直握着她的那套家伙跃跃欲试,一脸革命前的表情。直到护士面无表情地推开门说:

"女孩。五斤四两。大人小孩都正常。"

老段、老庞和段总几乎同时跳起来。

老段绝望地说:"三代单传哪!"然后小声咕哝一句,"完了!"

老庞狐疑地看着护士的背影:"没生错吧?"她的意思是,是不是产妇多了,给弄错了。可是今夜分明只有儿媳妇一个人在生。

段总一直希望要女孩,我怀疑他说男孩是骗父母的。现在他显然很高兴,胳膊一挥,大喊:"五四,耶!"跟当年参加新文化运动的大学生一样兴奋。

我们进了病房看段总老婆。伟大的母亲现在很虚弱,麻药还没有退干净,只扑扇两下眼对大家表示:看见你们了。除了段总,其他人都不敢太靠前。段总握着她的手,耳语了一句。后来,他让我猜当时他在说啥,我说你们两口子的耳边风我哪知道。段总就义正词严地交代了:

"我对老婆说:你是我们段家历史的终结者。"

4

生完孩子两天,我和小米去看段总老婆和孩子,当然段总和他爹妈都在。小家伙小脸还没舒展开,眼睛拼命地闭,整个世界就在眼前,她不看。我找了一些常用又保险的词句赞美了一下,只能这样,当时我实在看不出小老头似的有什么好。我老婆煞有介事地说,额头、耳朵和下巴像爹,鼻子、嘴巴和眼睛像妈,所以长大了一定很漂亮,把段总老婆乐坏了。不知道她从哪里看出来的,反正我是没看出来,都没长开呢。要我说,只像她自己。

段总老婆好受多了,刚喝完老庞在家熬的萝卜丝鸽子汤,脸明显大了一圈。剖腹产之后要把肚子里的气排掉,萝卜和鸽子汤都是治这个的。段总老婆躺着跟我们聊天,小米不懂事,冒冒失失问她有奶了没有?段总老婆赶紧摇头说:

"我才不要有呢!"

"没奶孩子吃啥?"

"奶粉啊。"段总老婆说,"朋友们早告诫我了,千万别母乳喂养,不好断;最重要的,"她顺手拍了一下小米的乳房,"喂完孩子就不成个样子。难看死了。以后你可得小心啊。"

我老婆脸唰地就红了,结结巴巴地说:"那不都浪费了?"

"农民想法!肉烂在锅里,慢慢就没了。"段总老婆说,然后转脸对段总说,"说好了啊,喂奶粉。你订了没有?"

段总说:"还真订啊?都说母乳对孩子好。"

"还有都说不好的呢!"段总老婆撒娇了,听声音我就知道撒得不小,"你说话不算数!我就要你订!"

段总眼看着就软了:"好,订订订。过会儿我就打电话。就按大夫说的?好,没问题。"

老庞不同意,她也算半个妇科专家。"还是母乳好,孩子聪明。奶粉里面你知道他们塞了啥东西,没准吃出毛病来。吃奶粉的小孩都黑。"

段总老婆没说话,只是对段总递了一下下巴。看来他们分工很明确。果然段总说话了："妈，你说的是那些国产的劣质奶粉，我们要订的是进口的，按配方生产，缺什么补什么，比母乳营养还全面。"

"也是营养配餐？"老段说。

老庞用脚后跟磕了他一下，老段不吭声了。这种事老公公插嘴不合适。老庞不死心，说："再好的奶粉也是奶粉，我就不相信，牛身上出来的能比自己亲妈身上出来的好？"

段总老婆只好亲自出马了。她说："一袋奶粉上千呢，人家更科学。"

段总也说："越科学越好。"

老庞就不好再说了。不是被庞大的"科学"吓着了。人家做爹娘的都共识了，做奶奶的这一杠子不能插得太过头，远了一辈呢。但她明显不乐意。晚上回到住处，在院子里转了好几圈最后还是进了我们的小屋，扯完半天咸淡，终于忍不住了。

"你们年轻人到底都是怎么想的？"她忧心忡忡地说，"还科学，牛能比人更科学？祖祖辈辈都是吃娘奶长大的，有点钱倒变天了，改随畜生了。"开了头老庞有点打不住，也不避讳了，"女人不喂奶，长那两个大泡泡袋子干吗？留着看？叽里咕噜乱晃荡，干活都碍事，有什么好看的！"我老婆脖子都红了，老庞视若无睹，继续发牢骚，"林子当年要不是吃我的奶，哪能长成这样？我们邻居，建军他妈，生下孩子就没奶，建军吃奶粉你看给吃的，黑不溜秋跟从小煤窑里爬出来的，学习也不好。没办法好啊，头脑跟不上。跟林子一个班念的，林子考来北京念大学，建军呢，给人家开大卡车，还三天两头出事，今天压死只鸡，明天碰断棵树。他妈天天在家给菩萨烧香，求老天爷保佑别撞上人。你说糟不糟心。"

小米看这架势三两分钟是解决不了的，索性放下手里的校稿，向她请教点育儿经验。我们俩眼看着就三十了，提前学学没坏处。你没看见段总他老婆,自从决定要孩子,又是逛书店又是上网搜索,还去听专家讲座,床头一摞书,《育儿宝典》《新妈妈手册》《健康宝宝快乐妈》《你想做天才儿童的父母吗?》,等等,每晚睡觉前都要钻研半小时。

小米问:"母乳喂养到孩子几岁合适?"

"只要孩子爱吃,多大都行。"

"那段总,吃到几岁?"我问的时候完全是一脸坏笑。

"三岁啊,"老庞自豪地说,"那段时间我老生病,怕传染林子,就一咬牙一狠心,决定掐掉。林子不习惯,还要吃,奶水好吃啊。我就在上面抹鱼胆。"

三岁的段总一试味道不对,苦啊,撒嘴了,再试,又撒嘴了。就说:有东西。问是什么?年轻的老庞为了速战速决,干脆恶心恶心儿子,说:屎。三岁的段总果然就不再吃了。在这之前,段总想起来就往老庞怀里钻,哪怕正在和伙伴们玩,想起奶味也会撒腿就往家里跑。

"就那会儿断了。"老庞说,"过些天我又问林子,还吃不吃?这孩子说,不吃,有喜。他小时候说话不清楚,把屎都说成喜。"

把我和老婆给笑歪了。我心想,不是母乳好么,段总三岁了还说不清楚一个屎字。

老庞也就对我们发发牢骚,段总两口子最后还是决定给孩子喂进口奶粉。又过了两天,段总老婆有奶了,胀得难受,老庞企图趁机再游说一下,段总老婆根本不搭茬,让大夫开了药水,几针下去乳汁又回去了。

段总老婆在医院住了半个月才回家。这段时间老庞和老段尽心照料,只要能做的都做,只要能想起来觉得有必要的,也做。虽然是个孙女,终结了段家漫长的男丁时代,但她还是姓段,还是自己儿子的骨肉，来不得半点马虎。儿媳妇虽说也不怎么太听话，总有让老两口参不透的仙点子，但还是儿媳妇，该怎么好还是怎么好，这点道理老两口还是明白的。人家不听你的也正常，你是来帮忙干活的，不是来替人拿主张的。

但是，该拿的主张不拿也不对。比如孙女的名字，爷爷那是理所当然要拿主张的。不拿是不对的。不能总宝宝、贝贝、宝贝贝地叫。孩子刚生出来老段就焦虑了，跟我借《汉语大字典》《唐诗宋词选》和《古文观止》。本来以为生男孩是板上钉钉的事，突然改生丫头了，老段在家琢磨了大半年的一堆名字都没用了，只好连夜翻书。起码翻了三夜，老段眼珠子红得不行，把一堆书还给我了，说齐了。不仅找到了名字，而且还用他业余研习的阴阳八卦推算了一番，那是相当好的好名字。跟我们不能透露，要见到孩子再说。

老两口颠儿颠儿地把名字送到医院，段总告诉他们，名字已经取好了，叫段郑悉尼。老段当时就叫了，怎么成日本人了！听起来也不对味啊，段郑悉尼，猛一听像"端住稀泥"，这哪是个名字啊，不行。老庞见儿媳妇躺在病床上不吭声，本能地觉得有猫腻。她又问儿子一遍："叫什么？"

"段郑悉尼。"

老庞反应过来了。刚才懵懂是因为不懂地理。她早听说亲家现在澳大利亚的一个啥地方，悉尼，就是这儿。明摆着，这专利亲家已经提前申请了。她跟老段说，挺好，就悉尼吧。她把两个字咬得相当重，老段只要不是突然老年痴呆不可能听不懂。老段嘴张开一半，果然不说话了。儿媳妇笑眯眯地说："爸，妈，别站着，坐啊。段，给爸妈拿葡萄吃。"老段和老庞坐下来，一颗葡萄吃了好几分钟。儿媳妇又说，"爸，妈，你们别生气，名字不就一个代号嘛，跟阿猫阿狗没区别。

我爸妈就是想,我哥不是在澳大利亚么,生个孩子叫北京;我和段在国内,孩子叫悉尼,又有咱俩的姓,不是一家人亲上加亲嘛。"

"是啊,是啊,"老庞说,"应该的,有纪念意义。"

"纪念意义"这样文绉绉的词在老庞平常是绝对说不出口的,尽管舌头打结她还是坚持给说出来了。她觉得鸡皮疙瘩也跟着出来了。没办法。跟亲家不高兴就是跟媳妇不高兴,跟媳妇不高兴就是跟儿子不高兴。咱们是为了高兴来的。

老段却在心里嘀咕,何止纪念,等于上了保险,一个北京,一个悉尼,丢了都好找,直接进大使馆要人就行了。大名人家占了,小名总该能轮上吧。"这样一说,倒也有点意思,"老段站起来,一讲重要的事他就不爱坐着,职业病,"我和她奶奶就给取个小名吧。咱俩合计了一下,觉得还是土点好,就叫臭臭吧。要是男孩,就叫臭蛋了。"

儿媳妇的两只大眼慢慢变小了,鼻子眼都往一块挤,吃了辣椒似的。"爸,是不是,太土了点吧?"

"不土,一点都不土。大俗大雅。贱名好养活,一准大富大贵。"

"爸,要不再想想?"儿子打圆场,"叫牛顿怎么样?"

"嗯,叫牛顿好,"儿媳妇在床上拍手,"咱俩理科都不行,让闺女好好学,当院士去!"

老段刚想说,女孩子家叫牛顿,太不着调了!儿子及时总结发言:"爸,妈,那就叫牛顿吧。听说名字对性格和能力的塑造有很大影响,不能让悉尼跟我们一样偏科了。"老段几乎要挥起拳头抗议了,老庞踢了他一脚。肯定是人家两个专利一块申请了。一把年纪了怎么还那么不懂事呢?怪不得退了休也没熬成个副校长。该!

老庞倒无所谓,老段放不下,好歹几十年的知识分子,不仅是面子问题。怎么说丫头的"段"也在"郑"前头。老段就跟我嘀咕。我跟老庞想法一样，一定是澳大利亚那边有统一部署。上班时见到段总，我就说我们段郑悉尼的小名取得好啊。段总说，好什么，硬邦邦的，我倒是喜欢她哥家那小杂种的小名，歌德。听得我一愣一愣的，靠，那个是学文科的，叫莎士比亚不是更酷。

"没办法，"段总说，"有孩子你就知道了，烦着哪。我爸妈是不是不高兴了？"

"段伯很生气，后果很严重。"

"抽空替我说说，我也不容易啊。想把两头都摆平，怎么就他妈这么难呢。"

"比当老总还难？"

"难太多了。哪天你能把三个家都摆平，你做我老总。你看，她生孩子，非常时期，你让她一天不高兴，她可能就像慈禧似的，让你一辈子不高兴。再说，别扭起来对身体也不好，也搞得大家更生分。只好委屈自己爹妈了。你说是不是？"

5

段总老婆出院那天我没去，陪小米去另一家医院复查了。前几天她们单位体检，查出她卵巢有问题，片子上有两个阴影，是囊肿还是囊腺瘤医生也不敢肯定，而且有节结。建议换家医院再查。我对瘤这个东西一直很敏感，总在想象里认为那是阴险邪恶的花朵要盛开，所以赶紧托人找北京最好的几家医院去查。在北京，像样点的医院就跟火车站一样挤，挂个号队伍要绕好几圈一直排到露天地里。我从别人手里买了个号。很多人靠这个吃饭，跟倒黄牛票一样，排上了就卖，再排。靠山吃山，靠医院吃医院。去了两家医院，大夫说法不同，一个认为是巧克力囊肿，一个认为是囊腺瘤。但结论相同：剥离掉。理由是，我们结婚不久，阴影妨碍我们要孩子。那当然得剥离。

为确保万无一失，我带老婆去了第三家医院。大夫说，要想要孩子，还是尽早做了好。不管囊肿还是囊腺瘤，问题都不大，这病发病率挺高。腹腔镜，小手术，就在肚子上打几个眼，仪器钻进肚子里，电脑上操作。

"不过，也不好说，"大夫说，"究竟病情如何，还得手术的时候才能看清楚。"

"不过"很要命。我都结巴了，问："可能出现哪些情况？"

"最坏的可能是，切除卵巢。"

就是没法要孩子了。我手脚唰地就凉了，跟静脉注射了冰块一样。小米的脸也白了，两只手死死地掐住我胳膊，眼泪哗哗地流。我们俩都喜欢孩子，活蹦乱跳的那么个小东西，肉滚滚的。前些天小米看见段总的女儿，回家路上就跟我叨叨，我们是不是也来一个？我说不来，生出来扔大路上养啊。我的意思是，再混两年，等有了房子，从从容容地再来。看来还是盲目乐观了。

"大夫，"我说，要声泪俱下了，"大夫。"

"年轻人，想开点，"大夫边往外走边说，"没孩子不照样过！人家丁克，追着赶着都不要。要做，我们尽量帮你保住卵巢。"

我还想再咨询，人已经没影了。我突然觉得这大夫挺可恨，女的，五十岁左右，戴冰凉的银白色金属边眼镜，薄嘴唇，嘴角下垂，不会笑。朋友说，她是这家医院里该领域最牛的大夫。我照样恨她。

"怎么办？"小米说。

"回家。"

"我是说,没孩子怎么办?"

"回家。"

我握着小米的手,软软的,还凉。老婆,我们回家。

小米没心思做晚饭,我们就在外面随便吃了点。我尽力开通她,没孩子掺和正好,咱好好过二人世界,郎情妾意,举案齐眉,听着都诗情画意,人家想多过几天还没机会呢。再说也未必就没有,当医生的从来都是相对主义者,就喜欢这也可能那也可能,主要是用来逃脱责任。小米说,能生不要是一回事,生不了又是一回事。到时候我们还是喜欢孩子怎么办?

"领养一个。还有挑拣的余地,五官不标准的不要,智商低于一百三的,不要。"

"要是领养的孩子跟咱们不亲怎么办?"

"咱们对他好,就亲了。"

"要是孩子长大了找到亲生父母了怎么办?"

如果这问题我还能回答,小米会永无止境地问下去。她受的刺激的确不小,头脑已经不会拐弯了。我说你看那是谁,在我们院门口转来转去。那时候天已经黑透了。其实我已经看出来了,是老段,背着手跟看学生晚自修似的。见到我们,像亲人一样迎上来。

"复查怎么样?"老段问。

哪壶不开提哪壶。"没大事,"我说,"段总那边挺好的?"

"挺好,"老段搓着手说,"院出得很成功。老庞在那照顾。"

"哦,是应该照顾一下。"走进院子,我开了门。

"今晚不回来了。"老段跟着我们进了屋,"闲着没事,有闲书我看一本。"

我指指书架让他自己挑。小米情绪还没缓过来，头有点疼，我让她收拾一下早点睡，睡一觉啥事都没了。老段挑了一本章回小说、一本政治八卦，犹豫该看哪本。我让他都拿着，一块去他屋里抽根烟。出了门我就开始点烟。老段从老花镜上面看我：

"端阳，你有事。瞒不了我。复查有问题？"

进了他的屋我才说："小问题。可能对生孩子有点影响。"

"你是说，可能生不了？"

"也没那么严重，大夫就是猜测，就那么一说。"

老段一屁股坐到床上。"我就说嘛，年头坏了，"他忧心忡忡地说，"看看你们大城市，年轻人跑过来，好好的生孩子都有问题了。没问题的，B超说好是男孩，临生了变样了！"他还在为没抱成孙子遗憾，随即声音小下来，"这样看，有个孙女已经不错了。"然后嗓门又抬起来，"我就说嘛，你看公园里到处走的，狗都赶上人多了！刚刚我还去了趟公园，你猜我看见什么了？一条狗，坐在婴儿车里，一个女人推着。那狗一只前腿搭在栏杆上，另一只举在耳朵边，过几秒叫一声，跟领导检阅部队似的，说同志们，辛苦了。"老段手也跟着比画，学那只长毛的京巴敬礼，乐得我差点给烟呛着。

"说正经的，"老段也点上烟，"大城市问题大到天上去了，当年我来北京的时候，五更头大马路上没几个人，更别说汽车，拖拉机都没有。现在好了，车挤人，人挤车，一个个忙得像抢银行。大街上哪还有个氧气，都是他妈的二郎八蛋，就是二氧化碳啊。"

老段到底是个老语文教师，懂得修辞。他严肃地认为，一定有问题。要说好，还是他们那地方好，山清水秀，草木丰茂，随便抓一把都是氧气。年轻人啥毛病也没有，只会担心生多了国家罚款，那家伙，一黑灯就一个，一黑灯就一个。"你猜猜我们家老庞生完林子之后，又怀了几次？"老段把嘴凑过来，神秘兮兮地问我。

我哪猜得出来，也没啥意义。我敷衍地晃了晃右手。

"五个？"老段得意地笑了，"再加一半，还多。八个！"他做出一个"八"的手势。然后神情黯淡下来，"八个啊。"都流掉了。

居然没把老庞折腾垮，真是奇迹，现在还这么利索能干。可是，他跟我说这些有什么用？我觉得挺烦，大夫的话没法像烟一样，说吐掉就吐掉，吸进去了就出不来。我的烦躁体现我一根接一根地抽烟上，不用打火机，直接续着了。老段也看出我的心不在焉了，就叹口气说："其实我就想让你放松放松，事再大装心里也不解决问题。我也是。老庞突然不回来了，我还真有点不习惯，就想找人说会儿话。人老了，比你们年轻人还怕事。"

他把老花镜拿下来，我看见了他的两个沉重的眼袋。然后是夹着香烟的手，手背显出光亮泛黄的老人的痕迹。从眼袋和两只手，你一定看不出老段年轻时如何风华正茂、如何意气风发，但是，你一定能看见他现在老了，在这个晚上没着没落，孤单一人。我突然就想通了，该怎么样就怎么样，担心和猜测都是多余的，既然大夫都不能确切知道，我们知道什么？

手术了再说。

6

那一夜没睡好，一直说话到下半夜。我开导她。女人此刻的心情你要理解。多余的东西长在她身上，直接关系到有无下一代的问题，她有相当的压力。最后小米咬牙切齿地说,好,明天手术。

去了医院才发现手不手术我们说了不算,要大夫和病房拍板。首先是主刀大夫有没有时间。那位不会笑的大夫姓陆,在医学院兼教授,博士生导师,只能没课的时候上手术台,还得把之前已经挂过号的病人先解决了才行。然后是病房。病床跟火车座位一样紧俏,也得排队。护士长说,今天满员,回家等着吧,空下来就通知你们。小米积蓄了半夜的勇气一下子散了,说要不就算了吧,怕挨那一刀。我说不是刀,几个小洞而已。都站了队了。其实我也怕,想想在肚子上钻几个洞,那也够瘆人的。

那两天碰巧我不忙,很多小新闻我在一两个小时内基本都能搞定,待在家的时间比较多。白天陪小米,晚上陪老段。老段很孤单。

段总老婆一个人照顾不了牛顿,尤其是半夜,喂孩子换尿不湿她就忙了前爪,老庞得坐镇。白天再帮着做饭,洗洗衣服,中间照看下牛顿,一天就很充实。老庞忙得开心,来就是干这个的,说明自己还有用,不是吃闲饭添累赘的。相比之下老段用处就小了,只能帮着买买菜,然后擦家具。这两项工作花的时间都不多,待在二十一楼上他又不好意思干坐着,只好拿起抹布再擦一遍。因为里里外外都得照顾到,那段时间就看到他一个人的影子四处闪现,老庞实在不好意思再不开口了,就说:"老段啊,家具擦坏了。你能不能坐在沙发不动呢?看看书也行。晃得我眼晕。"儿媳妇也说:"爸,没事您看看电视。"老段哪好意思。因为儿媳妇在说这话时,顺手把自己的房门关上了。她忙自己的事。一是坐月子;二是继续研究育儿宝典,原来只是理论,现在实践也跟进了,得重新认识;三是想起来就到电脑上看看基金。炒股导致牛顿提前来到这个世界上,为此她后悔得都想给别人几个耳光。在她看来这相当于早产,所以时刻担心牛顿会留下什么后遗症,谁都知道早产容易出问题。她请教了很多医生和朋友,各说各的理。有的说才提前十天,没问题,人家拿破仑是七个月的早产儿,照样做皇帝打到俄罗斯;有的说那不行,有一天算一天,要是没影响谁还愿意足月子再生?拿破仑,你看他那个头,明显吃了早产的亏。最贴心的朋友说,木已成舟,眼下最可行的是,好好养活,各方面齐头并进,增加营养,增强体质,把亏牛顿的都给补回来。她想,就这意思。为了专心致志补偿牛顿,她把股票都抛了,买基金,赚一点算一点。大多数基金都善解人意,只涨不跌,不过涨得慢了点。过去她嫌基金赚得不过瘾、不刺激,不屑去玩。

别人都在忙,他一个大闲人坐在客厅里神仙似的看电视,老段干不来。所以他觉得很难受,宁愿早早回到平房里来,孤单是没错,那也是自由的孤单。除了看书,他把大部分时间都耗在公园里,看看风景,在健身器材上活动几下,然后回来告诉我又看到几条稀奇古怪的狗。有一条他远看认为是小绵羊,近看还认为是小绵羊:头和尾巴长了一团蓬松的小卷毛,两只垂下来的肥厚大耳朵上毛最长,四只小蹄子上方各留着一圈长毛,像女孩子穿的低筒矮靴靴筒上的一圈人造毛。这还不算,不知道是天生的还是人工染发,两只耳朵是粉红,尾巴是黄。完全是只楚楚动人的小绵羊,主人却说那是狗,还报了一个怪异的名字,他没记住。

老段不厌其烦地跟我讲这些,希望我也能对那条莫名其妙的狗感兴趣。然后又跟我说,他发现公园里有圈鹅卵石小道,很多人穿着薄底鞋或者袜子或者干脆光脚在上面走,按摩脚底穴位。旁边还竖了一块大牌子,画了两只大脚掌,标明穴位在哪里。好玩的在于,所有在小道上按脚的人都是逆时针倒着走。后脑勺上没长眼,一个个走得小心谨慎,不免跌跌撞撞。为什么不正着走?为什么不顺时针?老段问我。

我也不明白。但这事我知道,当初我也纳闷。还问过几个正在走的老人,他们也不知道。他们说,他们开始走的时候,大家已经这样走了,就成了不成文的规矩。开始不习惯,慢慢就习惯了,感觉还挺好。你只能理解为,这样走对身体更有好处。所以我跟老段说:"多走几次,您就习惯了。"

老段夜晚的孤单没有持续几天,老庞回来了。儿子请了一个年轻的保姆,就把老庞解放出来了。但是老庞被"解放"得很不舒服。开始儿子啥都没说,突然带回来一个三十岁左右的女人。那女人到了家里,儿媳妇把她带到房间里秘谈,不到四十分钟,那女人就灰着脸离开了。儿媳妇对儿子说:"这哪行!文化水平太低,意识也跟不上,土了。"老庞不知道他们在干吗,又不便多嘴,只管闷头干活。第二天又来了一个,更年轻,长得也不错,时髦的衣服一穿,完全是个大城市里的小少妇。秘谈完了,儿媳妇陪着她笑眯眯地出了房间。

"定了吧,"儿媳妇说,"今晚就住这儿。"

老庞没弄懂,问儿子:"来亲戚了?"

段总说:"请的保姆。我和小郑怕您累着。"

老庞当然知道保姆是干什么的,但她还是纳闷,难道自己不是保姆?难道自己还做不好保姆?"不就这点活儿么?我一人也干得了,"老庞说,"你妈还没老成那样。"

段总说:"您来之前我们也请的,是钟点工,做做饭打扫卫生什么的。"

"过去我不管,现在不是我来了么。"老庞的第一反应是,小两口觉得自己不尽心。

新来的保姆赶紧去了厨房,开始擦洗煤气灶。刚动手,牛顿醒了,张开嘴就哭。老庞往围裙上抹着手上的肥皂泡就要跑过去，嘴里嘀咕小乖乖这才睡多会儿，保姆已经冲到牛顿旁边了。儿媳妇站在客厅走道里说："妈，让小王来吧。她女儿刚五岁，她懂。书上说，年轻人带孩子对婴儿有好处。"儿媳妇说完就进屋继续研究育儿宝典了，牛顿被保姆摆弄两下果然不哭了。老庞愣了。她知道儿媳妇说这话不是有意的，但她还是心里一沉，那也就相当于书上说：老年人带孩子对婴儿不利。大概是暮气太重，不能让孩子活泼。那个新来的小王正咿咿呀呀地逗牛顿，声音欢快悦耳，情绪高昂，如果牛顿现在就会笑，一定笑得咯咯的。老庞一下子觉得自己老了，习惯性地摸一下脸，无数道皱纹汹涌而至。

段总发现母亲一直站在原地，问："妈，您不舒服？"

"舒服，"她说，"小王歌唱得真好听。"

"小郑就想找个能说会唱的保姆，"段总说，"她现在都不让我在家唱歌，怕弄坏了咱们牛顿的审美感受力。"

平心而论，段总的确喜欢唱歌；平心而论，段总的歌唱得实在很不咋地，跑调不说，声音还像铁钉划过玻璃，一首歌听下来，你感觉到的就是一颗喝醉酒的钉子没头没脑地在一块巨大的玻璃上乱窜。老庞对"审美感受力"这个术语有点陌生，但意思她肯定自己已经听懂了。

"妈，您怎么了？"

"墙上那幅画歪了，"老庞说，"你脚上的袜子要不要洗？"

"下午洗完澡刚换的，您忘了？"

想起来了。儿子出差刚回来，然后洗澡换衣服，脏袜子现在洗衣盆里。老庞回到洗衣盆前坐下，听儿子搬动椅子去调整歪掉的油画。本来家里挂了很多奇怪的油画，人不像人，树不像树，老段跟她说那叫抽象画。抽成那样当然不像了,老庞不喜欢。前天段总又买了几幅新的换上,人是人,山是山,水是水,比照相机照出来的还要好看。牛顿妈让换的,要让牛顿睁眼就能看见优美的图画。这也是育儿宝典上说的,对孩子好。凡是对孩子好的,都是对的;凡是对孩子成长有利的,都要去做。老庞有一搭没一搭地搓袜子。儿媳妇从屋里出来说:

"段,过两天我还得去美容。书上说了,母亲的形象对孩子影响最大。"

老庞伸长脖子看洗手池上方的镜子,看见一张衰老的脸。老庞想,怎么就没想到自己早已经抽象了呢,真是越老越不自知了。

晚饭时老庞说:"林子,我想回去住。"

"为什么?在这边不是好好的么?"段总不明白。

"我怕你爸一个人睡不好,孤魂野鬼似的。再说,有小王在,丫头也省心。"她总是不愿意说"牛顿"两个字,觉得难为情,像外语。

段总老婆用筷子捅一下段总的胳膊,意味深长地说:"笨死了!妈不是怕爸爸孤单嘛。"

老段连忙摆手说:"我不孤单。我真不孤单。"

"我在这儿也没什么事,"老庞说,"明天做早饭我再来。"

"妈,您就别着急过来,"段总老婆说,"有小王呢。她饭烧得也挺好。"

老庞就回来了。她知道儿媳妇没有恶意,也不是那号小肚鸡肠的人,但她还是觉得儿媳妇的大大咧咧其实也挺伤人的。老庞回到平房老段很开心,重新找到组织了。他把左嘴角一个劲儿地往上拽,跟我说:

"还是平房好啊,平房好。林子想得就是周到。"

7

午饭后我在报社正开会，小米打我手机，说医院通知她，今晚就住院，病床腾出来了。我说这么急？一点儿准备没有。小米说，护士说了，过这村就没这店，那就不知道什么时候才能轮上了。那就住，你先收拾一下，我马上回。跟段总请了假，挤上公交车就往家跑。

带了几样简单的日常用品去了医院。小米紧张，说怕。我说还没做呢。手续不复杂。主要是交钱。押金一万。幸亏我把银行卡都带来了，三张卡才凑出一万来。病房在十二楼，8床。刚把东西放好，护士在门外喊："8床，检查。"

病房里三张床。6床，7床，8床。6床是个清瘦的姑娘，马上出院，她妈正帮她收拾。7床四十多岁，密云人，一家小私营企业的老板，昨天刚手术，正躺着，床的右侧垂着一个塑料袋，里面有半袋血水，塑料袋上的导流管一直插到她的肚子里。为的是把手术后的废血排出体外。她也是腹腔镜，肚子上钻了几个洞。

半个小时，小米缩着脖子回来了，说："大夫说，明天上午手术。"她怕，看到7床渗出来的半袋子血更怕了，抓着我的手要回家。她的手冰凉又哆嗦。

7床笑了，让她老公把帘子拉上，别让渗血袋露出来。"没事，就看着吓人，"她说，"麻药一打你啥都不知道了，想疼都疼不了。"然后6床母女跟我们告别，7床说，"回去好好养几天，消停了给我作报告啊。"

6床一挥手:"没问题。"

"知道她什么病么?"6床走后,7床对我们说,"子宫癌。切了。刚化完疗。你看人家那精气神。三十岁。知道自己是绝症,好不了。就是一个状态好,没辙。"

"那她,"小米说,"不怕啊?"

"开始怕。要死的事,谁不怕?刚进来绝望啊,拒绝治,还没结婚呢,年轻,漂亮,多好的时候啊。晚上也不睡觉,就埋头哭,护士换了三个枕头还湿。"

"后来怎么这样的?"这种事在故事和传说中常见,觉得没啥,真人站跟前就好奇了。

"8床,"7床指指小米的病床,"你之前的8床,刚走。也是癌。化疗九次了。五年前就说晚期,不行了,自己坚持要治,她说她不能死,要等儿子考上大学再死。"

"考上了?"

"明年考。她很乐观,觉得等到明年没问题。6床,小顾,活活被感动回来了,整个人一下子变了。你们看见了,哪像个癌症病人。"

7床的老公给我们两个苹果,"多大的事,别怕。我公司前年赔了两百万,一滴眼泪没掉。吃苹果。"

真是看不出来。6床收拾东西时还唱着:"让我们荡起双桨,小船儿推开波浪。"

晚饭之前,6床来了新人,一个超级大胖子,胳膊根子赶上小米腰粗,上床一个人上不去,得她妈和她姐又搀又搬才弄上去。刚二十三岁。后来我们一直叫她胖丫。急诊,腹痛。大夫检查之后说,住吧,明天手术。也是腹腔镜,比小米的严重多了。上了床就哼哼,要吃肯德基。她妈气呼呼地说,肯德鸭你吃不吃?胖丫就说,不给吃我就哭。她姐说，你哭啊，哭就把你扔床上，自己下来。胖丫噘着嘴说，那好吧，不哭了。大家都乐了。

出了医院大门，我还是紧张，不由人。这地方是医院，不是游乐场。这么想越发佩服前8床和前6床，两个患绝症的女人。今晚不让病人家属陪床，手术后才行。大夫嘱咐我，明天早点到，要家属签署手术协议。这是我头一次被赋予"家属"的身份，因为一个手术，我是家属。大夫说，他们尽量帮我保住卵巢。我们的孩子。

回到家我坐在床上发呆，抽烟，说不清楚，心里乱糟糟的，觉得拥挤的十三平米的小屋很荒凉。来北京以后，除了出差，我和小米还没有分开过，现在她住院了。掐掉烟我开始洗衣服，平常都是小米洗，生活突然落到了我的肩膀上。在这之前，我还真没有仔细琢磨过"生活"这两个字。洗了一半，老段和老庞过来了。老庞说：

"怎么你洗了？小米呢？"

"在医院。"

"定下来手术？"老段问。

"明天上午。"

"走，"老段拍拍我肩膀，"进屋抽根烟，说说话。"

我们到屋里坐下来。他开始安慰我，问题不大，首都的医生我们还是应该充分信任的。我跟老庞交换过意见，她认为没问题，小米这么年轻，该有的孩子一个都不会少，放心。来，再抽一根，抽我的。我觉得老段突然不啰唆了。过一会儿老庞拿着空盆进来，说，衣服已经晾了。让我很过意不去，竟然让她老人家帮我洗衣服。

"洗件衣服有什么，这孩子，"老庞说，"我给儿子儿媳妇天天洗呢。"

可我不是她儿子。只好说谢谢。继续说手术。他们提出明天陪我一起去，我说不用，忙得过来。

"想忙也没得忙，医生在张罗。"老庞说，"你们都大了，再大也是孩子，这种事头一回碰上，父母又不在身边。信姨一句话，多个人多分精神，陪你们说说话也好。"

我坚持说不用。他们还得去段总那边。

"端阳，别争，"老段说，"听老庞的，她懂。"

我还是不想惊动他们。

第二天早上六点我就出门，他们的门还没开。我想早点去陪陪小米，这一夜不知道她睡得好不好。刚进住院楼就看见老段和老庞坐在门边的椅子上，他们竟然早到了。我说："这，你们怎么来了？"

老段颇为得意，说："我跟老庞走来的。走了一个半钟头。"

"人老了，觉少，赶点早汽油味也小。"老庞说，"就当锻炼身体了，一路问到这里。"

当时我感动坏了。从住处到医院，拐了十八道弯也不止。老庞一直不愿意到处溜达的，北京太大，车水马龙的，还有环线和立交桥，想起来她都头晕，何况还有晕车的毛病。

"那起得也太早了。"我实在过意不去。

"早点车少，汽油味小。"老段说。

进病房的入口有值班人员守着，必须拿到通行证才能上楼。我去窗口要证，工作人员说探望家属每次只能去两个人，只给我两个证。我说我们三个人，我老婆今天做手术。

"大夫，不能通融一下？"

"都是病人至亲？"窗口里面问。

"都是。"

"什么关系？"

我一下子愣了,什么关系呢?

"我是他爸,"老段拍自己胸口说,又拍拍老庞肩膀,"这孩子他妈。我们是病人的公婆。"

窗口里面伸出个圆圆的胖脑袋,四十多岁的女人,看了看我们三个。"不像啊。"她说。

老庞说:"我儿子随他舅,单眼皮,头大。"

胖脑袋说:"头是不小。"给了三个通行证。

老段乐呵呵地说:"端阳,可不是老头老太要占你的便宜啊。"

病房里都起了,没进门就听见6床的胖丫在哼哼,今天她也手术。小米赤着脚坐在床上,松松垮垮的病号服显得她小而清瘦。她没想到老段和老庞会来,赶紧跳下床。

"小米,还说爹妈不来,这不来了。"7床性格外向,跟谁都能说上话,让他老公给"叔叔阿姨"搬椅子。她说,"叔叔阿姨,你们坐了一夜的火车吧?我就说呢,爹妈知道了现长翅膀也会飞过来的。"

老段说:"是啊,这么大的事,能不来么。"

老庞也顺着说:"这俩孩子,还不让来呢。"

上了十二层楼,他们就从我父母变成我岳父岳母了。我和小米也不好挑明,虽然不叫爹妈,但那排场完全是爹妈的排场。7床一个劲儿地跟老段和老庞夸小米,您女儿很勇敢,不怕了,昨晚还抖呢。老庞说,这孩子胆小,给你们添麻烦了。

陆大夫的助手让我去签字。她说手术不大,接着又把可能出现的最坏情况详细地跟我说明,不只是卵巢能否保住,还有,基本上大家都能想到,最坏的可能。然后问,签不签?小米被推进手术室之前,麻醉师也来这一套,全麻,可能会休克、昏厥,甚至停止呼吸,签不签?明知道我不得不签,还拼命地刺激你,简直折磨人。

小米和 6 床一起推出病房。我们去楼下家属等候区待命。大夫嘱咐我不要随便乱走，一旦手术出现意外，比如腹腔镜搞不定，得动刀子，或者卵巢必须切除，在这些重大决定之前都得和我交换意见。这栋楼上有好多间手术室，很多种手术同时都在做，所以家属等候区坐满了人。旁边有个小喇叭和几部电话，手术室有事需要通知家属，电话就来了，然后值班人员对着小喇叭叫：某某某的家属在吗？速来几楼手术室。或者，手术已经结束，病人已进病房。等等。我和很多家属一样，眼睛和耳朵都盯着那个小喇叭。

我不想坐，椅子冰凉。那天有点阴，温度明显低下来，我有点冷，手脚都在出冷汗。我在大厅和楼门前之间走来走去。我担心喇叭里突然喊"文小米的家属"。时间走得很慢。老段和老庞也站着，偶尔跟在我身后。他们只是默默地跟着我走，老段想起来会按一下我的肩膀。喇叭过一会儿打开一次，每次开关一响我就停下来竖起耳朵，心跳往脖子上跑。不是找我。不是找我。还不是找我。老庞攥了一下我的手说："相信姨，没问题的。"我说嗯。后来老段不见了，我也没在意，十分钟后他回来，买了豆浆、油条和包子，他们知道我一定没吃早饭。等我磨磨蹭蹭地吃完，那个时间上手术应该已经完成了一半。老庞说：

"一切顺利，不会再有事了，跟老段出去抽根烟吧。我盯着。"

然后她找了张椅子坐下。这段时间里她和我一样心里没底，但她不说。我的一颗心咯噔落了地，跟着眼泪哗地就出来了。内心里充满了感激，我穿着旧 T 恤，身无长物，真想把手机和手表一起送给他们。好像是因为他们在这里，手术才没有出现异常一样。我到口袋里找烟，忘带了。老段说：

"走，抽我的。"

连抽了三根烟。老段说，昨晚回去老庞就说，一定要来。这人遭事了,都脆弱,身边就是有个哑巴,也能跟你说说话。我直点头。我说手术结束了你们就回去吧,段总那里还等着呢,来之前也没打声招呼。

"没事,多陪一会儿,"老段说,"你和小米跟林子不一样,你们俩更不容易。"

在北京两年多,很多人对我说过你们不容易,我都一笑置之,没啥感觉。老段这句话让我有了感觉。我爸妈,小米的爸妈,他们不知道小米现在正在手术室里,很可能永远也不会知道。对两头父母,我们俩向来报喜不报忧,不想让他们担心,担心也使不上劲儿,反倒把他们的生活弄得一团糟;此外,也是虚荣吧,不想让他们知道我们"不容易",很多时候我们也并没有觉得有多不容易,很多年轻人在北京都这么过,甚至还不如我们。我和小米一次次和父母说,不错,挺好,一切都好,很好,相当好,你们就别操心了。我一直认为,我们应该有能力过上一种不需要父母操心的生活。

"对我们做父母的来说,"老段吐一口烟,忧伤地说,"帮不上忙更操心。等你们做了爹娘就明白了。"

外面开始下雨,我和老段进楼。喇叭里在叫胖丫的家属,手术已经结束。接着叫我。老庞对着我松开她的左手,满手心的汗。老庞长出了一口气,说:

"你们男人不知道,女人要生不了孩子有多要命。"

刚做完手术的小米很虚弱,嘴唇焦干,病床的一侧垂着渗血袋,另一侧挂着导尿管。她尽力睁开眼睛对我们笑。护士说,都认识吗?小米点点头。护士又说,病人的麻药还没彻底消散,别让睡着了,十二个小时之内不能饮食。陆大夫此刻正在进行下一个手术,护士转述她的话:手术很成功,卵巢几乎完好地保存下来。她们说话像白大褂一样简洁干净。

7床说:"全麻劲儿大,跟小米说说话,让她醒着。按摩一下腿脚,恢复得快。"

小米的手脚冰凉,我帮她按摩。老庞坐在床头跟她说话,说她这么多年里对女人的经验,还有孩子,以及补养身体的方法。对术后女人的休养,老庞很有一套。可惜段总老婆不听她的,只认白纸黑字,认为那才是科学。老段帮不上忙,坐在一边,不时替老庞补充几句。

三个小时之后麻药才逐渐散掉,已经是下午,小米感到了伤口的疼。能忍受。段总打我手机,说他爸妈不见了,我说在医院呢,正帮我照看小米。段总上班早,新来的保姆小王把家里收拾得也妥帖,小郑就把公婆的事忘了,午饭后才发现不对,老两口今天没过来,赶紧给段总打电话。段总开车就往平房跑,没找到才找我。老段接的电话,说:

"小米刚做手术,你妈说,看完了就回去。"

我让他们现在就回去,老庞不答应,要看小米打完这两瓶点滴再说,回去也没啥事。一直拖到傍晚,段总带了些水果、营养品和一个花篮来到病房。他抱怨父母不和他通个气,也怪我不跟他说手术的事。昨天请假我只简单地说去医院。段总给老段带来一个新手机,让老段以后随身带着,免得找不到人。他跟小米说了会话,就开车把老段和老庞接走了。

7床说:"咦,不是小米爹妈么?我怎么看不明白了?"

"看不明白就对了,"我说,"小米爸妈在老家呢。"

"你们这邻居倒好,跟亲爹亲妈似的。"

"比亲爹亲妈还好,"胖丫恢复了精神,饿得肚子咕噜咕噜直叫唤,"我要吃肯德基。"

她妈不理她:"那你就哭吧。大夫说了,坚决不能让你吃。"

胖丫说:"那我要听摇滚,我要上网跟朋友聊天。"

"你就作吧你。"

8

小王做饭也是一把好手。她在北京待久了,饭菜的口味跟段总老婆很对路子,因此,如果不是特殊情况,老庞只能降为替补,需要的时候也可以打打下手。她的口味离北京太远。这样一来,老庞的活动范围就小了。她在二十一楼的工作主要是:买菜(一般和老段合作);打扫卫生(一般与老段合作);洗衣服;做饭和带孩子那要视小王的情况而定。此外,这是后来才慢慢争取到的工作,洗尿布。老庞绝非为了抢工作才坚持让牛顿用尿布,她不喜欢像大三角裤衩一样的尿不湿,任何加工过的东西在她看来都不可能有棉布来得舒服,自然,吸水,透气,保护牛顿的小屁屁。至于环保,老庞是不关心的。

开始段总老婆不同意,尿不湿是科学的产物,理应是最好的,而且他们的确也是买的最贵的尿不湿。后来她在一篇文章里偶然看到,科学认为,尿布还是棉布的好,才勉强同意,而且只答应白天给牛顿用。做尿布也费了不少事,先买来最好的棉布,然后裁剪成大小合宜的十来块,老庞担心自己的针线活儿做出来糙,不好看,就找裁缝来做,每一块尿布编上号才开始用。

尿布由老庞洗,老段认为这是她自作自受。但老庞很乐意,只要是为孙女好,她甘愿一天到晚洗尿布。为了让儿媳妇早点把身子养好,老庞把搜集好的食补方子私下里交给小王,让她按照方子上的说明来。小王当然没问题,她的确也想不出如此多的好方子。段总老婆每次喝完小王炖的汤,都要夸赞一番。小王也坦然地替老庞领受了。

这样老庞和老段其实并不忙,一大早步行去早市买菜,挑最新鲜的,很快就能回来。然后老庞开始洗衣服,老段开始打扫卫生,拖地,擦家具。也很快。如果想离开就可以离开,老段可以一天不再过来,老庞也只需要在傍晚来一趟,把积累一天的尿布洗干净。

开始干完活儿就离开,是因为闲下来实在没事做,只能像两个老白痴一样坐在沙发上看电视,或者远远地看着孙女的小脸,仔细地体会做爷爷奶奶的美好感觉。老两口都觉得这样不好,咱们不是来养老的。牛顿贪睡,哭两声蠕动两下又睡着了。老庞对小王带孩子的水平还是由衷佩服的。小王在段总老婆的监督下,很快就养成了极其良好的习惯,能够根据牛顿的面部表情和发出的各种细小的声音判断出她可能要干什么。比如说,牛顿正睡着突然哭了,那一定是需要奶嘴伺候;如果躺在那里不安分,乱动,那一定是该换尿布了。牛顿很小,生活简单,只需要几个动作就能把自己表达清楚。掌握了规律,小王也不忙了,她没有平房,所以必须待在那里;老庞和老段不行,赖这不走就有点乐不思蜀的嫌疑了,尽管房子很大,足够好几个闲人相互对视一直坐下去。他们能回平房就回平房。

有一天老段问我:"你看,我和老庞是不是像你们城里人说的钟点工?"

"可千万不能这么说,"我说,"您是段总的爹,老庞是段总的妈。钟点工怎么能跟你们比呢,太开玩笑了。"

老段幽怨地说:"其实钟点工也挺好。"

要说段总老婆不孝顺,那也是冤枉,她跟公婆的理解完全弄拧了。

她觉得把老两口解放出来多好啊，闲着比累着强。他们没事了就离开，随他们去，来一趟不容易，在我们首都的土地上走一走、看一看，也算没白来。至于饭菜，她的确是更习惯小王的手艺，她是个直肠子，喜欢啥说啥而已。在自己公婆面前说真话是罪过么。她是为老两口考虑过的，给老段配手机就是她的主意，租平房也是，她担心老人住半空里不习惯。电梯速度也快，上天入地的，心脏不好的年轻人一般都不敢坐，何况老人。她一说段总就觉得对，的确没错，你挑不出毛病。段总在工作上挺认真，也敬业，生活里多少有点马虎，自己亲爹亲妈还能有什么，随便他们就是了。

　　有一天老婆跟他说，爸妈来好多天了，故宫都没去过，抽空带他们去看看吧。段总觉得可行，硬是说服老两口，开车把他们送到天安门附近。老庞是不愿意去的，没兴趣，另外觉得不干活儿还让儿子花钱带着游山玩水到处看景，不合适。刚停好车准备下去，报社急事找他回去，他就硬塞给老段五百块钱，让他们自己买票进去，下了班他过来接。老两口在广场上转了一圈，穿过天安门来到故宫前。老庞一看门票太贵，不要看了，不就几间屋么，电视上看得多了。老段倒是好奇，男人心底里多少都有个皇帝的梦，做不上看看也好。但一个人进去也没意思，干脆都不进。就在城外护城河边坐下来，喝了两瓶水，吃了两个煮玉米，一直等到傍晚段总的车来，屁股都坐麻了。

　　我劝过老段和老庞，没用。他们啥都知道，就是心里头别扭。来了不干活儿，走了又不对，多难受人。他们就来看小米，从段总家出来就往医院走。我一般只能晚上陪床，从护士那里借个躺椅，放在小米床边睡。夜里她要翻身、喝水或者睡不着，叫我一声就行。白天我要跑新闻去单位，只好请了个护工，我不在的时候帮着照看。老段和老庞一来，护工小袁就轻松多了，有时候把午饭都省了。老庞常常在平房里做好午饭、熬好汤带过来,呼啦啦一起吃。她的食补艺术在儿媳妇那里施展不了,全用到小米身上了。他们俩买菜都两份,一份给二十一楼,一份做好了送十二楼。

  小米住了四天就出院了。伤口差不多了,我们也没那么多钱。出院那天,我从单位赶过去,老段和老庞已经帮着把所有东西都收拾好了,就等着我去结账走人。胖丫恢复得慢一点,和7床都是明天才能出院。分别时还颇动了一番感情,胖丫让小米一定记住她的QQ号,她可以陪小米一天聊二十四小时的天。7床说,只要小米不嫌弃,想跳槽就往她的槽里跳,绝对高薪聘请。病友相当于战友,也算同生共死过的。相互说了一大堆体己话。

  上了出租车,老段得意地跟我说,他和老庞去找陆大夫了,详细地咨询了小米的情况,大夫说,不会有任何问题,只要你们不怕违反计划生育,完全可以生出一支足球队来。然后他说:"你猜陆大夫为什么不笑?牙大。一张嘴就亮出一大排石碑。"

  有点损。但我们没有批评他。小米出院了。照陆大夫说的,比进去时更好。

9

  小米出院之后不能剧烈运动,也不能躺着不动,要慢慢走,小范围活动,以免产生新的结节。洗衣服、打扫卫生我没问题,但我不在家她的吃饭成了问题。老庞说,她包了。我要付伙食费,死活不要,我只好隔三岔五去菜场,一次多买些菜回来,连他们老两口的一起。

还买了乌鸡、黄芩、红枣、枸杞，麻烦老庞帮着煲汤。老庞很高兴，每次都做出不一样的味道来。我也跟着沾光，心想这口味多好啊，不知道段总老婆的味蕾是怎么长的。

因为我要照顾小米，段总那段时间不再给我安排出差，傍晚我基本上都能按时回家。吃过饭，我就搀着小米和老段老庞一起去公园散步。老两口看人家在鹅卵石小路上倒退着走好玩，也跟上去走。开始不习惯，老要往后张望，怕跌倒，走两次就慢慢习惯了，也说好，按着脚底下舒坦。干脆去早市买了两双薄底的运动鞋，每天晚上都要逆时针倒退上几十圈。老段就是玩个新鲜，他让我帮他到图书大厦买本有关足疗的书，没事就戴着老花镜盯着看，看看书上的脚板示意图，再看看自己和老庞的脚底，指指戳戳说下次再走得如何用力，使了劲儿会对身体哪个相应的部位有好处。

逆时针倒走一定程度上改变了老段的某些想法。除了天伦之乐，他在北京终于找到了另外的一点乐趣，无所事事的感觉让他很难受。在医院的时候，我和7床的老公聊起"京漂"，老段小声问我："端阳，你说我算不算'京漂'？"我想都没想，当然不算。老段自言自语："我看算。"过一会儿又嘀咕，"我他妈比漂还漂。"现在，傍晚的几十圈倒退让他有了点奔头，他又跟我说："其实北京也是不错的，过日子嘛，静下来哪都一样。"

不到一周又变了。因为老庞的情绪不对了。

首先是"珍宝蟹事件"。

段总老婆突发奇想，要吃珍宝蟹。珍宝蟹是什么蟹，说实话之前我没见过，只知道这东西很贵。老庞和老段都没听说过。既然想吃老庞就得去买，兜里装着儿媳妇刚给的一千块钱菜金。到早市老两口直奔海鲜棚，问了好几家才问到珍宝蟹。的确是够贵的，一只就要他妈的几百块钱，简直是明火执仗地打劫。老两口倒吸一口凉气。

"便宜点呢？"老庞心虚地问。

老板打眼就知道这不像吃珍宝蟹的人。外地口音，老头老太太，买菜的小包都捂得严严实实。他随口说："一个子儿都不能少。新鲜的活蟹，没有低过这价的。"

老庞听出来了，老板的意思是，死蟹才能便宜。她巡视一圈大盆里张牙舞爪的珍宝蟹，眼睛突然亮起来，有只蟹正轻飘飘地伸直它的很多条腿，动作相当苍白。凭经验，老庞知道它快了。她碰碰老段的手，小声说："看见没？就那只。"老段半天才找到，点头。老庞说："走。"老段稀里糊涂就被拽走了。

出了海鲜棚，老段问："啥意思？"

老庞说："等它死。"

别的菜都买完了，老庞说："去看看，死了没？"

老段回来说："还动着。"

"先抽根烟，"老庞说。她看着老段把烟抽完，"再去看看。"

老段跑过去又跑回来："好像还没死透。"

"那你再抽一根。"

这根烟抽完了，老庞说："走。"

那只蟹依然没死透。老庞伸手把它抓起来，说："跟死了没两样。挺不了一个钟头，我知道的。"

老板也知道。与其一个钟头之后当成死的卖，不如现在卖。讨价还价之后，六十成交。

"就买一只？"老段问。

"你还想开养殖场啊？"老庞说，"就你那胃，吃这么贵的东西消化得了？"

"人家给你可是一千块钱啊。"

"你头脑坏了？哪有拿一千块钱来买菜的！你当咱们儿子开银行啊。再说，小郑月子还没出彻底，这东西吃多了伤人。"

老段想也对，这东西寒气大。回到二十一楼才发现把儿媳妇的精神领会错了。儿媳妇说，怎么就一只？老庞说，太贵了。不是给你们钱了么。那也不够买几只的。能买几只买几只啊。不是想给你们省点钱嘛。那也不能从嘴里省啊。

"哎呀，"儿媳妇突然叫道，"怎么还是只死的？"

老庞说："买的时候还活着，不信问你爸。"

儿媳妇说："这帮奸商，我打电话给工商局，举报他们！"伸手就要摁手机。

老庞赶紧拦住了，这事不怪人家卖蟹的。"是我，想便宜点，"老庞难堪坏了，半辈子活过来还从来没这么丢过人，"买了只半死的。"

"死了还有什么好吃的！"儿媳妇哭笑不得，又觉得不能伤老人的面子，赶紧往回拉，"没事了妈。我也就心里馋，也想让您和爸爸尝尝，真蒸出来可能又不想吃了。"

儿媳妇留面子了，老庞懂，但她还是窝心。当爹娘的谁不想替孩子省一点呢。省错了。要是儿子，她大可以发一通牢骚接着再教育一顿，关键人家是儿媳妇，生活在大城市，从小过的跟你就不是一样的日子。老庞有点灰心和无所适从，为自己的农民气，小家子气。老庞不高兴老段也没法一个人单独高兴，老庞垂下头，他的头只会垂得更低。晚上散步他吞吞吐吐地问我：

"北京的父母都是怎么过的？"

"不知道。"

"那，像我和老庞这样，子女在北京，父母过来了，是怎么过的？"

我依然不知道。其实这不是外不外地、父不父母的问题，而是生活观念的问题，然后是交流沟通的问题。当然，骨子里的东西可能一辈子也沟不通，那就没办法了。我现在就没办法，跟老段老庞说不清楚。再说了，我他妈的算哪根葱啊。

过了些日子，"珍宝蟹事件"差不多了，"两只鸡事件"又来了。就是老庞在家兢兢业业养了大半年的两只母鸡，老家有人来北京走亲戚，帮着捎来了。坐长途大客，两只鸡往蛇皮口袋里一塞，扎上口一路带到北京。老段跟邻居打电话，操心他的花花草草和老庞的两只鸡，顺便表达一下思乡之情。邻居说正好有邻居去北京，带上不？老庞在一边说，带，当然带。两只鸡到北京，正赶上段总出差，老段"麻烦"我带他们俩去莲花池汽车站。他们想见见邻居。

那真是邻居相见，分外眼红，老庞眼泪吧嗒吧嗒往下掉。邻居是和老庞年纪差不多的老太太，多少年都在一起聊天，她为老庞的激动感到难为情。"哭什么？"她说，"好像儿子儿媳妇让你受多大委屈似的！"老庞心里嘀咕，委屈大了，但嘴上硬气得很，自己儿媳妇，没的说，对她和老段那个好啊，比儿子都贴心。这个面子得要。老段着急问他的几十盆花草，邻居说，大部分都活着吧，谁有你那些闲心去伺候这东西。老段心疼得左嘴角直往上拽。那花花草草这些年耗了他多少精力。老段忍不住踢了一脚蛇皮袋，两只鸡清清嗓子在北京各叫了两声。

这两只鸡的用途很明确。在院子里先杀一只，按照最精妙的配方煲出了一锅鸡汤，象征性地盛了一碗给小米，余下的老庞用砂锅端到了二十一楼。进了房间老庞就喊小郑，快喝掉，还热着呢。因为珍宝蟹的事，小郑这些天发现公婆有点不对劲儿，就想刻意表现得好一点，听见名字就热情回应，捏着一张表格出了房间。她正按照网上提供的最新资料，在给女儿设计两个月后的营养配餐，哪一天该加苹果汁，哪一天该补充西瓜汁，哪一天该增添胡萝卜素。清清楚楚的一笔账。

"香，"老庞打开砂锅盖，热气冒出来，"真香。刚做好的。"

小郑抽了抽鼻子，说："妈，什么味？感觉不对。"

"我用药材喂了大半年，味道当然跟一般的鸡不一样。"

"妈，是鸡汤？"

"是啊，邻居帮我从老家带过来的。"

"妈，"小郑无奈地说，"您知道的，我从不吃鸡。"

老庞慢慢抬起头，看着儿媳妇无辜的脸，可是我比她还无辜啊。"你不吃鸡？我不知道啊。"

"哦，忘了跟您说了。"小郑歪着头想了一下，的确没跟婆婆声明过，可是，"您该知道的，您看我从来没让您买过鸡。"

老庞感觉脸上的皱纹在一根根往下挂，如果对面有镜子，她相信镜子里一定会出现一张难看的苦瓜脸。老庞在那一刻绝望极了，儿媳妇没有错，毛病都出在自己身上。

小郑发现情况不妙，赶紧补救，说："妈，我的意思是，您喝吧。"

老庞从众多的皱纹里挤出两个嘴角的笑，说："我喝。我喝。"

当然她不可能一个人喝，段总不在家，她和老段和小王把鸡汤喝了，把鸡肉吃了。看着老段和小王勤奋地咀嚼大口喝汤，吃得虎虎生风，老庞眼泪都快出来了，自己一口都吃不下。大半年哪。

那天老两口早早就回了平房。我嫌屋里闷，坐在院子里写一个新闻稿，看见老庞蹲在门口看剩下的那只鸡，足有一个钟头。那只鸡腿上拴着红布条，系在一块砖头上，围着砖头像拉磨的驴一样转圈子，眼睛始终也不离老庞。它没想到从蛇皮袋里再露出脑袋，就到了如此陌生的地方，它对这里充满好奇和恐惧。它不知道自己还认不认识对面的老太太。

第二天清早,我迷迷糊糊听见梦里有只鸡在凄厉地叫喊。就几声,消失了,我继续睡。我和小米起床时已经上午八点。不赶着上班我们通常都睡懒觉。脸对脸发一阵呆,刷牙洗脸,坐到桌子边想早饭到底该吃点什么。老段端着砂锅进来了,身后跟着老庞。

老段说:"来,小米,快喝,刚出锅。"

他打开砂锅盖,一股很多年都没闻到过的香味直往我鼻子里钻。我最先做的不是推让,也不是感谢,而是跑到门外找那块砖头。还在。红布条也在,但是像一条射线,另外一头空空荡荡。我说梦里的鸡叫怎么如此逼真。

"喝!"老庞简直像一个可怕的监工,指着砂锅声色俱厉地对小米说,"都把它喝了!"

小米看看我,胆怯地往碗里盛汤,被迫喝毒药似的。烫,小米喝得很慢,老庞就站在一边看着。等她喝完那一碗,老庞慢慢坐到床沿上,两行眼泪掉下来。

她和老段让小米把鸡汤都喝了,一顿喝不了两顿,两顿喝不了三顿。反正是她的活儿了。小米说,她伤口都愈合了,恢复得挺好。老庞说:

"喝!恢复好了也要喝!"

等于花了大半年时间替陌生人喂了一只鸡,我十分过意不去。老段一挥手,把我的歉意抹掉了。"老庞心里难受,"他说,声音平静而又忧伤,仿佛在说他的慢性咽炎,"你们别在意。"

我们只有感激和不安。

"我想回去了,"老段又说,眯缝着眼看天上的太阳,"北京的太阳让人犯晕。"他把我递过去的中南海牌香烟叼在嘴上,点上,说话的时候烟卷上上下下地抖，"更要命的是，落下去还会再升起来。"

其实那会儿北京的太阳已经是大而无当，看起来挺亮，早就不热了。

老段不是随口说说。他的确想回去了。可能与花草有关；可能与帮不上忙有关，现在偶尔抱抱牛顿都有心理障碍；也可能与老庞有关。老庞心情不好，他也好不了。此外，他觉得自己无所事事也就罢了，还拖累了老庞分一份心来照顾自己，二十一楼的活儿也不能全身心投入，越这样越容易出问题。有个晚上他拎着一瓶二锅头来找我喝酒，下得有点猛，舌头很快就大了。小米担心他喝醉，让我带他去公园醒一醒。在假山旁边遇到一条雄壮的德国黑背，老段蹲下来向狗招手，拽着舌头说："你过来，咱俩说说话。"我赶紧把他拉起来，那东西您也敢惹。

10

在北大附近采访，结束后直接回家，大约下午两点半。老庞慌慌张张跑到我们小屋，说老段不见了。上午他们都在二十一楼，十点多他说出去走走，午饭时回来。饭都吃完了也没回，打手机关机。老庞以为在平房睡着了，回来找，不在。又去公园找，还是没有。老庞担心出事，她记得老段出门之前还去看了牛顿。牛顿睡着了，看不见他的老脸。房间里播放轻柔的曲子，为了陶冶牛顿的情操。老段还碰了碰牛顿的小脸。老庞回过头想，怎么想怎么觉得那像告别。我一听也紧张，骑上我的破自行车就往外跑。老段的活动范围我基本清楚，公园，小酒馆，旧书店，最远可能去图书大厦。

后三个地方我都找过了，没有。图书大厦人多，我让服务台用喇叭广告了三遍，还给他们留了联系方式。一圈下来跑了一身汗。回来经过公园，死马当活马医又进去。我骑着车子边边角角都转了一遍。那会儿人少，只有风吹草木和阳光播洒的声音。东南角背阴处有人叫一声，我骑过去，一群老头围在那里下象棋。没有老段。我掉转车头要走，看见树荫里有个人蹲在地上逗一只小狗，竟是老段。我骑过去，小狗看见一个大家伙冲过来，吓得尾巴夹到肚子底下扭头就跑。

老段招手喊："别跑！你跑什么！"回头看见我，"就这条还像个狗样，你又把它吓跑了。"

那条狗的确长得最像狗，有点脏。已经跑出了公园。下棋的老头里没人上去追。我经常在附近见到流浪猫，流浪狗倒是头一回见。我说老段同志，您快把老庞急出心脏病了，还有闲情逸致跟小狗玩。老段看看手表，哦，都下午了。然后摸肚子，是有点饿了。

"手机呢？"

他从口袋里摸出手机，摁了几下说："他妈的，没电了也不跟我说一声。"

看来老段的状态还不错，我们虚惊了一场。

但是当天傍晚就出事了。

一起去公园散步。我和小米在平坦水泥路上慢慢走，老两口去逆时针倒退。分手也就十分钟，小米歪着头说，好像有人叫你。我找了找，没听见。小米又说，好像有，你再听。我竖直耳朵，果然有。"端——阳！端阳——！"老庞的声音，都不像了，尖细，惊恐。我想一定出事了，撒腿就往鹅卵石小道上跑。老远就看见一团人围在那里，我扒开人群，老段像只大虾似的躺在路边一动不动。老庞抓着老段的手，脑袋转来转去在喊我。老庞说，走着走着突然就摔倒了。我背起老段就往医院跑。最近的一家医院离公园跑起来也就十分钟。有叫120的工夫我都到了。

老段看起来不胖，背上身才发现并不轻，一百四绝对打不住。到急诊室把他放下，我都快瘫了。老庞竟然也跟上了我的速度。她跟大夫重复了刚才的情况，倒退时，可能被绊着了，也可能是一脚踩虚了，反正就倒了。她没拉住。

"头着地了吗？"大夫一边听心脏一边问。

"没有吧，"老庞一脸的汗，"歪倒在地的。好像也碰了一下。"

手机响了，我到外面接电话，是小米。她回家把我们所剩无几的现金和银行卡都拿来了，正在半道上，问我老段怎么样了。我说不清楚，大夫正诊断。挂了电话我突然想起得把这事告诉段总，他是老段的儿子。段总刚下飞机，在轮盘前拿托运的行李，接到电话声音也有点变，说马上就来。

段总从机场直接打车到医院。那会儿老段已经没事了，正躺在病床上输液。诊断结果是短暂休克。老年人常会有的现象。有人咳嗽一声都会短暂休克。我也短暂休克过。工作时跟一班人去黄山玩，回来时车翻了。当时晚上十一点左右，刚下过雨，正经过一个小县城。那地方在修路，路面和旁边的深沟落差足有一米五，路面落满碎石子。我们的金龙中巴为追赶前面那辆同来的大巴，司机一个劲儿地加速，后轮碾着碎石子猛地一滑，车屁股甩出了路面。屁股下坠，车头就往上扬，落到沟底后车头才跟着落下来。我睡得迷迷糊糊，感觉自己突然飞了起来，然后什么都不知道了。等睁开眼时，发现自己倒在车里，坐我旁边的女导游蜷在我身边。我对她说，你怎么睡成这样了？我要拉她起来，拉了两次她都没反应，然后我听见身后有人开始哭叫，意识到出事了。我抱着导游往车外走,发现车门突然变大了,相当宽敞,我从容地走了出去。清醒了才知道,车前巨大的挡风玻璃碎了,我从那里走出来的。出来了导游也醒了。后来大夫说,我和导游的情况都属短暂休克。

段总担心不仅短暂休克这么简单,想让老段在医院里多观察几天。老段不答应,现在就想拔掉点滴离开。他想回家。

"那也得打完了再回。"段总说。

"你爸是说回咱们自己家。"老庞说。

段总半天才反应过来老段的"自己家"和北京的自己家不是一回事。段总不让走,一家人在一块儿这才待上几天啊。他打算忙过这阵子,等小郑也方便了,一家人出去玩玩,让爹妈把北京好好看看。再说,老庞在这里,老段一个人回去他不放心。老段不说话,翻了个身把后背给了儿子。

老庞说:"就让他回吧,家里没个人你爸也操心。"

段总说:"妈,是不是我和小郑哪个地方做得不对?"

"没有没有,你们做得都很好,"老庞拽拽老段的衣角,"你爸就是想家了。"

老段得到提示,扭过头来说:"林子,爸就是有点想家了。"然后又把脸转回去,眼圈就红了。

段总坐在椅子上抓了一会儿头发,说:"这样,要回您和妈一块儿回。"

"我就回去看看,"老段这回没扭头,鼻音出来了,"过两天说不定又回来了。你妈在这儿总还能帮你们点忙。"

老庞也说:"我不能走,小王一个人忙不过来。我还想多看看咱们牛顿呢。"

那天晚上一家三口一直商量到点滴打完。段总妥协了。老段铁了心要回。段总说好吧，我帮您订车票，过几天可得回来啊。老段说好，尽快回。

11

两天以后的车票，老段早早就收拾好了。要回去他其实也高兴不起来，老庞也是。这些年可能从来没分开过这么久。也许一个月，也许两个月，也许好几个月。那两天我和小米常常看到老两口坐在院子里，不说话，也不干别的。有时候太阳很好也会去公园，随便找个地方，还是坐着，他们不会像城里的老头老太太那样亲昵地拉手，甚至坐着的时候身体都不接触。就坐着，在大太阳底下，身后两个一动不动的圆影子。

分别的前夜，他们依然什么都没说。后来老庞跟我说，那夜里她老是醒，说不出来由。醒来了她就用手指去碰老段的额头，一点一点碰，当她把手指变为手心时，老段在黑暗里睁开了明亮的眼。

第二天早上老庞按时醒来，老段还在睡。她和往常一样，给老段冲一杯鸡蛋花生奶。具体做法是，把鸡蛋打碎搅匀，用少量开水冲熟，然后倒入一杯已经冲好的花生奶。多少年都这样。区别在于，过去用的麦乳精，这东西逐渐稀少了之后，改用花生奶了。老段不喜欢喝纯牛奶，只有加了花生味才喝。冲好后，她把杯子放进热水里炖着，等老段起来喝。然后找来一张纸，把做法和用量写清楚，折好了放进藤条箱的夹层里。她希望自己不在的时候，老段每天早上也能喝到鸡蛋花生奶。

早饭也做好了，老段还没起。老庞想，男人就是男人，心再重也就那么回事，该怎么睡还怎么睡。她想叫醒他，又想老段接下来要坐十几个小时的火车，肯定睡不好，就让他多睡会儿。于是搬了凳子坐到门口。这感觉像在家里一样，多少年了她都习惯于没事的时候坐在院子里，看看山，看看树和草，听鸟在看不见的地方叫。老庞鼻子一酸。然后听见屋里有玻璃摔碎的声音。

老庞急忙跑进屋，看见老段拼命地对她挥动右手，右腿也在动。左侧睡姿，左胳膊左腿都压在身底下。老段的表情和动作都有点怪异，枕头上流了一摊口水。他碰掉了床头柜上的玻璃杯。不太像老两口之间的撒娇，也不像开玩笑。老庞问，怎么了你？老段喔喔喔地说：

"我，动，不，了。"

老庞头脑里闪过一个黑色的词。她赶紧过去扶老段，果然是半个身子不利索了。老段被扶起来坐在床沿上，右手搭上老庞的肩膀，左胳膊只能弯，左手像僵硬的鸡爪一样毫无规律地乱抖。老段的右嘴角开始往上拽，舌头也不灵光了，老段说："我，的，左，脸，是，不，是，没，了？"一串口水掉下来。老庞看着他的脸，左半边基本上像木瓜一样板着，偶尔逃跑似的哆嗦一下，相比之下右半边脸上的动作和表情就显得极其夸张。老段的脸上仿佛藏着两个人。

老庞又想起那个黑色的词：中风。然后在屋子里就凄厉地喊我的名字。当时我在做一个分成两半的莫名其妙的梦：一半的梦中出现一条小路，越走越窄，让人担忧；另一半梦里，很多人像瓶塞一样挤在电梯口要进去，电梯门却迟迟不开。我就醒了。

段总联系的是北京治疗这方面疾病最牛的一家医院。老段住进去了。问题不是很大，但家肯定是没法回了。火车票作废。老段还是不死心，哆哆嗦嗦地说，他想回家治。

"都这样了您还回？"段总说，然后转向老庞，"妈，全中国最好的大夫在这里。"

老庞一声不吭，只是抹眼泪。她不知道该听谁的。

一直忙到下午三点才吃午饭。我和段总坐在医院门口的小饭馆里，段总无奈地说，人老了，你弄不清他在想什么。待得好好的你说你回什么家嘛，你看出事了。一点办法都没有。

2007年9月11日　海淀南路
原载《当代》2009年第4期

小城市

1

凌晨五点零二分,火车到站。半个天灰着,站外落着小雨,星星点点,打伞有点隆重了,不打伞雨掉进脖子里又有点凉,要不是树叶子都绿得娇嫩,彭泽感觉就是在秋天。现在是四月底,因为之前没完没了的倒春寒,树叶子都憋坏了,绿得毫无节制。从昨天下午坐上火车,从北到南这一条线看过来,彭泽认为这是一个罕见的大跃进,春天在做三级跳。空气很好,彭泽拖着行李箱站在广场上,掏出一根烟又塞回去,做了个深呼吸,他能想象无数清凉的负氧离子欢快地在他的肺里上蹿下跳。这是我老家,他想,还是点上了烟。站在故乡的大地上把中南海的烟雾吐出来,怎么看都像个意味深长的仪式。

城市只醒来五分之一。虽然车站广场上乱成一团,这些早起的人,开着出租车、骑着三轮车和电动自行车、推着卖早点的简易餐车,从城市的各个角落汇集到这里,还有大小宾馆的老板和服务员,叫卖,拉客,如果你要特殊服务可以私下里谈,但是因为天不好和客人太少,他们普遍心情烦躁，无端地就要跺脚，跺得广场上低洼地方汪着的水一处处溅起来。彭泽挑了一辆蓝色的出租车。司机是个二十出头的小伙子，正伏在车窗上打瞌睡，垫着脑袋的右胳膊伸到窗外，五指自然下垂，雨滴从手面滚到指头上，半天掉下来一串。当年彭泽从这里去北京，等车的时候睡着了，也是这姿势，胳膊垫在膝盖上，醒来时膝盖、胳膊和半张脸都麻了。

去黄海大酒店。小伙子的车开得很野，跑起来像换了个人，两眼直放光。他说，当司机是他的这辈子唯一的理想。城市只醒来五分之一，马路上只有三两个早起的老人和一辆车。打扫卫生的清洁工刚刚站到马路边。出租车没打表，车程在起步价内。小伙子在所有红灯前都没停车。

"警察还在做梦。"他说，"回家还是出差？"

彭泽说："出差。"

"来过我们这里吗？"

"这是第三次。"

"那要好好看看。我们有山有海，要是没有痛风，你可以吃海鲜喝啤酒。你看，马路都这么宽，从来不堵车。"

彭泽说："嗯，空气真好。"

这是他第二次由衷地觉得空气好。空荡荡的马路看着真是舒心，有多少干净的空气啊，都是从山上和海上来的。黄海大酒店的女服务员睡在四张椅子上，站起来时头发蓬乱，打了一个微小的哈欠，她说噢，预订的，姓彭，初教授拿走了一张门卡。彭泽坐电梯上五楼，打开房门时闻到一股陈旧的地毯味。电卡槽里插着卡，他顺手开了廊灯，床上噌地坐起一个人，说：

"谁？"

吓他一跳。他看见老初光溜溜的肥白的上半身从被子里袒露出来，老初的背头完全没了章法，大胡子也乱糟糟的。彭泽赶紧退到卫生间门口，说："不好意思，我先回避。"

"回个屁避，"老初说，"没第三个人。"

彭泽伸头看看他的床，不像藏有另外一个身体的样子；另外一张床没动过。他才放心地把箱子放到行李架上。老初睁着半只眼在床头柜上找眼镜。他的眼袋很大，一个大黑圈，像无框的树脂眼镜后面又戴了一副黑框眼镜。

"老初，你这张脸纵欲过度。"

"纵个鸟欲！"老初拍拍两个腮帮子，皮肉松垮垮地挂在颧骨上。"我都为中国的教育事业操碎了心。昨晚备课，备到他妈的凌晨两点，又失了一个多小时的眠。操，才睡了两个小时。吃早饭去！"

说话这么生猛，说明老初的精神头还不错。他向来以精力旺盛著称。彭泽在火车上从来都睡不好，但此刻睡意全无，除了填饱肚子好像也没有其他事情可做。一进酒店和宾馆就这样，除了睡觉他不知道该干什么好。雨停了，隔酒店两条路是小吃街。街两边政府统一搭建的早点帐篷都开张了，老板多过客人，忙着提前备下烙饼、烧饼、油条、豆浆、煎饼、水煎包子、豆腐卷、鸡蛋饼、稀饭和豆腐脑。这些早点彭泽在北京大部分都吃过，但看着还是眼热心动，肚子乱叫，口水风发泉涌。这可是老家的味道，锅里飘出来的油烟都跟北京不一样。

老初做主，每人两碗豆腐脑，五个豆腐卷。"男人哪，就是好这口豆腐，"他跟彭泽说，"你们老家这豆腐卷简直一绝，一天不吃我心里就难受。"

"小心点儿，豆制品助长雌性荷尔蒙。"

"爱长长去，这么好的东西，吃了再说。"

"前列腺倒是用得上，你还真得多吃点儿。"那煎得金黄的豆腐卷香味扑鼻，他觉得老初的前列腺作为世界上最忙的前列腺之一，应该善待一下。在火车他乱翻报纸，"生活百科"栏目里介绍，豆制品对前列腺是个好东西。

"有这事？那是吃对了。彭泽你别笑，男人的前列腺要一点毛病没有，那跟钱包瘪了一样，是耻辱。你都没地方用，怎么会坏？"

好吧，耻辱。彭泽心下嘀咕，他和老婆都忙，一周难得用上一回；他的钱包大部分时间也都是瘪的。好吧，双重耻辱。他一直过着双重耻辱的生活。这个老初，什么话都敢说，有种大大咧咧的真诚。这是他的可爱处，也是彭泽多年来当他作兄长和朋友的原因。说到前列腺，老初的思维就开始副教授式的发散，论证了一番男人到底应该怎样过好这一生。要点基本围绕在男女关系上，彭泽听得迷糊，可能是因为吃得过饱，大脑供血不足，困劲儿也直往脑门上翻。他觉得老初的逻辑有点儿乱，结论四处漏风，倒是记住了老初讲的一件事。昨晚老初是从十二点半才开始备课，之前和一帮朋友在酒店旁边的"巨轮海鲜馆"吃饭。饭桌上一群红男绿女，在这座城市里都算是有点儿头脸的，因为身份地位基本持平，不必端着拿着，很快就荤腥不忌。某公司副总，二十九岁的新婚之妇，提及她五十二岁的新婚老公，一脸娇媚的新嫁娘表情。她说人都以为她谢了顶的老公不行了，其实不然，二两酒之后上了床，她那叫个舒服啊，"好受！"必须把感叹号放在引号里面才能表达她的幸福和惊喜。该女副总普通话里夹着浓重的方言，"受"完全是个"秀"音。老初捏着嗓子学，"你们的方言哈，好——秀！"

彭泽的脸唰地就红了，好像那女副总跟他沾亲带故。他无法接受一个故乡的年轻女人用这种方式把自己的隐私摆到饭桌上。他能想象饭桌上堆满了各种海鲜的身体，饱满，平滑，欲望蓬勃，简直就是一出丰盛的性寓言，然后一个年轻女人把属于全城人的方言带进了自己的性生活。好秀。如果她用标准的普通话说出她朴素的快感会如何？也许感觉会完全不同。但现在，她和他对故乡的认识与想象格格不入。

"别拿老眼光看咱们小城市，"老初又要了两个豆腐卷。"北京的中产阶级是中产阶级，咱们的中产阶级也是中产阶级。彭泽我跟你说，这地方除了中南海和天安门，什么都不缺。"

彭泽不置可否。海边的城市从来都不会落后，这他知道，但他不希望类似"好受"这样的东西也跟最先进的地方接轨。他也知道这是偏见，即使到了索马里，照样有人在饭桌上谈性；谈最个人化的快感和高潮，照样是最年轻的女孩子在说。能在饭桌上谈，那是坦荡、从容、自然和百无禁忌，是有平常心，是高境界。他努力在情感上也说服自己。

"我们也在与时俱进。"老初嘎嘎嘎笑起来，"让中央领导受惊了？"

彭泽说："老板，再来两个豆腐卷！"

老初说："不就那点儿破事嘛。有空讲几个好段子给你听。"

话到了老初嘴里彭泽听着就顺耳，老初声色犬马惯了，表述此类事情从来都是大手笔，风轻云淡，让彭泽觉得再不堪启齿的也是人之常情，顶多是个人之常性。

回到酒店，老初让彭泽先洗个澡补一觉，他得去学校，偏赶上今天课多。中午他的研究生会过来，这几天老初抽不开身的时候，研究生就是全陪。彭泽是想趁这个机会，把故乡的城市好好看看，这的确是他第三次来市区。开始老初都不信，自己的地方怎么会只来过两次？

　　就是两次。第一次是彭泽七岁时，念小学二年级，因为牙疼半个脸肿得透亮，什么药都吃了还是治不好，刚出锅的馒头都咬不动，父亲带他来市里的一家军医院。全副武装的军队医生在他的上腭上割下一小块多余的肉，好像吃了药，但彭泽记得的只是那块肉，割掉了牙就不疼了。那是他人生的很多第一次：第一次做了一个小手术；第一次见军医和军医院；第一次听见有人和他说普通话，军医是四川人，从此他对所有四川人都有莫名的好感；第一次坐火车，火车的动静如此之小，父亲让他看窗外他才知道火车已经跑了很久，沿线的树木和低矮的房屋在火车拐弯处倾斜着后退；第一次看见故乡的海，能想起来的就是无边无际和蓝，一艘轮船像纸片一样在海上漂，看上去很小，他知道它必定很大。可能还有很多，但他长一路丢一路，不再记得了。第二次来市区，是坐火车去北京，只有从始发站才能买到一张卧铺票，那一次直奔火车站，那时候火车站没现在漂亮，他坐在行李上，像开出租车的小伙子那样枕着胳膊瞌睡，直到膝盖、胳膊和半边脸全麻了。

　　老初不相信有他的理由。彭泽这些年跑了不少地方，国内的，国外的，有时候一个月在家待不了一礼拜，但恰恰就是没再来过自己的城市。老初来这里也四年多，每次的电话、短信、邮件里都忘不了邀他过来玩，回老家时就多走两步的事。答应得好好的，总不凑巧，要么临时有事，要不他回来了老初又出去了。老初抱怨，你他妈的跟老子犯冲啊。这回终于逮到机会，他去河南出差，顺道回了趟老家。老初说，你就是我们中文系请的客人，泡妞的钱我也给你报。

2

门铃响得诡异,发出的是吞咽的声音。彭泽醒过来,意识到刚才在做梦,他梦见老家的土地干得裂了半尺长的口子,从他家门口开始,像蜘蛛网一般迅速向四周辐射,大地的线条粗大纵横,整个就是一个神经错乱的棋盘。细密的尘烟风一样从地面上升腾起来。所有人挤在一起,垂手而立,肩膀高低不齐,裤腿长短有别,伸长干枯的细脖子仰望苍天,盼望黄河之水天上来。天很好,万里无云,像西藏的天空一样令人心碎地蓝。要不是那蓝色本身也能解渴,让乡亲们舌口生津,那此刻所有人的细脖子早就跟黄瓜头似的耷拉下来了。半尺长的干裂口子把庄稼和野草从根上撕成两半,只有足够长足够高才能在尖尖处勉强连接在一起。如果那些人倒下去,瘦身板侧一侧正好可以掉进大地张开的嘴里。很热,知了喊哑了嗓子,天上好像有十三个太阳。然后突然就像神话故事开始了,天从东边迅速黑下来,那是大海的方向。黄海的水变成一条世界上最宽阔的舌头翻卷着扑过来,半个天被撕开了,十三个太阳全挡住,黄海之水天上来,灌进老家张口结舌的旱地里。巨大的气泡此起彼伏,吞咽声连绵不绝,不是咕咚咕咚声,而是撕扯的、痛快淋漓的尖叫声,仿佛喝下去的不是水,而是刀子和岩浆。吞咽声持续不断,但在他醒来的一瞬间,已经看见梦境里老家的大地上一片汪洋,洪水像阴影一样飞速地沿着邻居们的身体向上爬。有人在摁门铃。

老初派来的研究生是个女孩,研三,叫朱砂。这个名字有种斩钉截铁的残酷劲儿,但朱砂本人应当是娴淑柔和,笑起来会向右歪一歪头,有点儿羞涩。她说彭老师好,初老师让我带您去"汇贤居"用午餐。

"叫我彭泽就行了。"他不习惯别人称他老师,因为不能教给别人任何东西。在报社,跟着他实习的大学生也不叫老师,叫彭哥,或者老彭。"或者彭哥,老彭。"

"彭——还是叫彭老师吧,"朱砂站在走道里,双脚并拢,斜挎一个小背包,微笑时已经提前又歪下了头,"您还要给我们讲座呢。"

"讲什么座?这个老初没说啊。"

"初老师说,您是大才子,一定得跟我们传授一下秘诀。"

这个老初,当了副教授也改不了忽悠的毛病。讲就讲吧,吃人的嘴短,谁让吃喝拉撒的费用人家出呢。这样老初报销起来面子上也好看,请人家来的确是干了事的。

"这几天就由我陪着彭老师,"朱砂等彭泽进了电梯她再进,递给他一张纸片,"这是我的电话。如果方便,还想向彭老师请教很多事情呢。"

"请教我?有事只管说。"电梯关上时有点吱吱嘎嘎的响动,像梦里的吞咽声。现在上午十一点半,他沉沉地睡了三个小时,做了一个山海经式的怪诞的梦。奇了怪了,怎么会梦见老家如此水深火热呢。干旱从他家门前开始,但他在梦里并没看见父母和祖父母。他记得他还在垂手而立的人群里费力地寻找过,好像并没有看见,所有人都长着一张旧照片里的脸。彭泽不迷信,不拜菩萨不烧香,但这种腻歪兮兮的梦还是让他心里发毛,要是带电脑来就好了,可以上网搜搜周公解梦。他忍住没往家里打电话。

这么多年彭泽养成了好习惯,对家里从来报喜不报忧,只说宽心话。我很好；我们很好；不冷；不热；三餐正常；震感轻微，没有造成任何破坏；北京一切都好；勿念。每次回家，他也很少提前电话通知。祖父心重，老人家提前两天就睡不好觉，盼着他回来。祖父年近九十，头脑清明，一天有大半时间挂念远在北京的唯一的孙子。彭泽从小和祖父祖母一起生活。计划中他到家的那天，祖父一大早就拎个马扎坐到院门口，明知道他傍晚才能到，也坐着，过半小时到巷子头看一遍。谁劝都没用。一年四季，阴晴雨雪，都这样。有一年大雪，到了县城找不到车，他在同学家住了一晚；那时候家里还没装电话，让杂货店老板转告又嫌麻烦，没及时告诉家里；第二天一大早回到家，整个村庄白茫茫一片，他从中心路上就看见几行紧靠在一起的脚印一直通到他家的巷口，到巷口，发现脚印更加繁杂，脚印套在脚印里，来来回回一趟接着一趟。同一双脚在走。进了巷子，他看见祖父背着手正向这边来，火车头棉帽子的一只耳朵耷拉着，像一只早起的鸟在祖父头上飞。父亲说，祖父昨晚一个人走到半夜，拦不住，他抱着手电站在巷口把所有的方向都照遍了，天上也照，以为你会从天上掉下来呢。听得他眼泪吧嗒吧嗒往下掉，脚面上的雪啦啦地融化。

　　坐到"汇贤居"的红木椅子上，彭泽想起了梦的来由：这些天西南几十年不遇的大旱，庄稼草木死伤大半，饮水都成了问题。他在去火车站之前看了一本新闻周刊，上面印了很多特写照片，田地里干裂的口子纵横交错，仿如大地触目惊心的伤口。还有一个小姑娘穿着短了一截的花裤子站在镜头下，举着半碗浑浊的河水，她马上要喝下去。只能说，因为有所闻，因为有所思，所以有所梦。他在梦里把家搬到了西南，或者说，他把西南搬到了老家。

　　除了老初和朱砂，饭桌上全是陌生人。不过很快就会熟悉，老初介绍：这是中文系张主任，这是新闻系李教授，这是市委宣传部的马主任,这是市文联陈主席,这是市作协吴秘书长,这是驻我市部队的崔干事,这是晚报社的唐总编,这是本市最高产的散文家范老师,这是上地房产公司主董事长。这是谁?彭泽的眼神直了一下,老初和董事长同时看见了他的眼风。老初说:"主董事长,房地产大鳄!"主董事长递上名片:"免贵姓主,这姓少了点儿,对不住啦。"岂止少,彭泽头一回听说有这个姓,百家姓里有么?

最后老初再次隆重介绍彭泽:"彭泽,中国晚报的主编,京城一支笔,最俊的才,最才的俊。我的好兄弟。"

彭泽怀疑自己下半身都红了。哪跟哪呀。他赶紧站起来辟谣:"不敢才也不敢俊,就是个编副刊的。"

"久闻彭主编大名,果然英雄出少年!你是咱们海陵的骄傲!"

所有人的恭维话汇总、简化、重新排列组合之后,表达的都是这个意思。简直要人命,彭泽觉得他完全是撒谎撒到家门口了。什么主编、才俊、一支笔,他就是个副刊编辑,临时负责副刊的编排,顶多也就是个晚报的副刊的主编。

"小彭做记者那会儿我也在北京,"老初说,"我们俩没事就在北大承泽园门口喝啤酒、吃烤串和麻辣烫,忆往昔,峥嵘岁月稠啊。那时候小彭已经是京城名记了,相当于传说中的'天上人间'的那几大头牌,有今天,水到渠成。"

"初老师看着我长大的。"彭泽也只好自嘲地打哈哈,大庭广众之下被人不负责任地恭维,那难为情基本上等同于不要脸了。他小声问旁边的老初,"困不困?要不你去睡一会儿?"

"以为我铁打的?"老初用筷子点点牡蛎和海参,"隔三岔五没这点儿东西,老哥我站在讲台上也打呼噜了。"接近耳语,"我可跟你说,就是把你吹成一朵花,你也得受着。好——秀!哈哈。"接着声音扬起

243

来,"各位领导,咱们是不是敬一下中央来的首长?"

彭泽喝大了,来者不能拒,以尊敬、仰慕和老乡的名义。这样的酒场彭泽当然经历过不少,但他基本上不喝酒,那些事务性的、场面上的虚假的客套,离了酒桌你就会为肠胃喊冤抱屈,何苦来哉,把自己折腾成那样转眼谁都不认识谁。他当然也听过类似的夸奖和恭维,甚至更多的礼赞比这些还要肉麻和令人发指,但他礼节性地接受了,他知道这赞叹只到口舌为止,谁都没往心里去,跟说今天天气不错是一回事。可这是在故乡。这些年他在地球上跑来跑去,早觉得即便故乡,也失掉了认同,此心安处是吾乡,他自认为到哪里心都不安,所到之处皆为局外人,可是坐到这一群故乡人中,他还是感到了异样,如果他不能坦诚,不能以一张纸最初的空白那样面对所有人,不能从最朴素、最血缘的立场上去理解对方的热情,那他作为一个长养于此地的人就不能自洽。这是籍贯和源头赋予他的与生俱来的责任。所以他为那些宏大的赞词加倍地羞惭和自责,因为羞惭和自责加倍地喝酒,只有杯中之物才能让他稍微原谅自己。

他在醉眼蒙眬之际听见他们说,在北京生活是如何的风光,在北京能混得这样好是如何的不容易,首都,京城,精英荟萃,藏龙卧虎,咱们小地方只能在遥远的地方斜上四十五度去仰视。

他认真地说:"没你们想象的那么好。就是个城市,大得要命,忙得要死,对个人,没任何生活质量可言。我也就是碰巧在哪里混口饭吃。没准哪一天我就去了上海。"

"上海也好啊,大都会,十里洋场、外滩、黄浦江、东方明珠和世博会,"他们重复着繁华的常识和符号化的上海,"在中国,除了北京和上海,还有更好的地方吗?"

彭泽说:"有,咱们海陵。"

他们矜持地笑了。笑容飘飘忽忽，彭泽感到胃在往上走，捂住嘴，含混地问老初，洗手间在哪里？老初带他拐两个弯，进了洗手间。暴风骤雨式地吐，鼻涕眼泪都出来了。吐完了彭泽觉得没来由地悲伤，这是他吐酒后的习惯性反应，就想顺便大哭一场。

"好点儿了？"老初问。

彭泽扶着盥洗盆站直身，看着镜子里一只大龙虾长了张红通通的人脸，还戴着自己的黑框眼镜。"还好，身体空了，头变沉。我都想帮你把午觉睡了。"

老初拍了一下彭泽的肩膀。"兄弟，表现很好。再坚持十分钟，这个场子就圆了。这帮家伙凑一块儿不容易，你得替我长这个脸。"

"老哥，我的明白。相互长脸。"

"他们也就那么一说，轻了重了都别当回事。"

出了洗手间，朱砂等在外面，问："彭老师，没事吧？"

老初说："彭老师年轻体壮，干什么事都不会有事。"

彭泽软绵绵地对老初挥手："初老师，为人师表啊。"

朱砂不好意思地先歪下头，再笑了。想必她已经习惯了导师的说话方式。喝酒中间她想帮彭泽代酒，拿眼神看老初和彭泽，没被允许。这场合，老初和彭泽都不会同意女孩子顶上去的。一旦朱砂露了真容，这帮如狼似虎的中年男人会集体扑上来，不把她放倒绝不会罢休。

起床三个小时后，彭泽重新回到床上。躺下了反倒睡不着了，清醒着头疼，还有点儿酒后寒，他把被子裹了又裹。想到自己躺在故乡的城市里，感觉还是有点怪异。这些年，读书、工作、出差，躺在床上的时候他已经习惯了该地方跟自己没关系。比如这趟出差，他先去安徽，接着到河南，一个行李箱一个双肩包，出门对他来说就是在路上，停下来是为了再动身。很多年里他甚至把回老家也看成出差，因为只能和家人待上一两天，因为衣物和日常用品都来不及从行李箱里拿出来单独摆放，因为他都没时间细细体味他和支撑他睡觉的床的大地之间的关系。现在他是换一种方式逼近故乡，先在故乡的城市里住下，然后再回到自己的乡村。这个前所未有的过渡让他有机会意识到，从下了火车的那一瞬间起，这里所有的人和事和海上吹来的风，都和他息息相关。他从床上弹起来，决定去看海。

3

出租车这次打表了，因为到海边有段距离。彭泽没有麻烦朱砂，出了汇贤居就让她回学校了，一个人在这个城市跑跑也挺好。天放晴，太阳一出来就热起来，司机一路嘴都不闲着，一遍遍说今年夏天有得受了，冬天冷，夏天一定就热，他们家得提前买空调。在往年，根本不需要空调，到晚上海上风来，盖着个夏被还想怀里再抱个暖乎乎的人呢。

"大哥从哪来？"

"北京。"

"好地方啊，就是太干，脸上直掉皮。前年我去过，真去过。你不信？什刹海，就是后海，有这个水汪子没有？就你们北京人胆子才敢这么大，那也叫个海！看看咱们的海，浩浩荡荡。"他把两手从方向盘上拿开来，做巨浪滔天状。"别担心，我技术绝对过硬。咱这路宽敞，车少，不像你们那儿，有'鸟巢'的那是几环？对，四环。那哪是路啊，就是个停车场，要在那路上开车，我得给尿憋死。不过我跟我儿子说了,将来给你爹到北大读书去!"

"不怕被尿憋?"

"不当司机就行了嘛。北京钱好挣,没见着人人都往首都跑?我跟儿子说,哪天不小心被国家领导人握了一下手,我和你妈后半辈子就不用愁了!"

"你儿子多大?"

"八个月零十二天了。"

这个当爹的真有追求。彭泽用方言说:"师傅,麻烦你把车开到人少的海滩去。"

"人少的地方海滩不好看啊。咦,大哥,你不是北京人?"

"你听呢?"

"早说呀,这普通话说得我舌头都不会拐弯了。就这儿下吧,前面路窄我不好掉头。"

没有了对北京的敬畏,司机说话的兴趣都没了。但他把彭泽丢下来的理由很正当,沿路走下去,彭泽发现的确很难掉头,奇形怪状的石头太多。他沿沙滩上的泡沫往前走,最大限度地靠近涌上来的波浪但又不被打湿鞋。

二十五年之后,他再次来到故乡的海边,海依然很大,这次大得连艘轮船都看不见,除了碧海就是蓝天,泱泱大水看出去,既是空空荡荡的大有,又是实实在在的大无。这一段沙滩人迹罕至,只有三两个年轻人在几百米外,拎着鞋子追逐在海水里打闹。这地方气温比市区低好几度,穿短袖T恤还有点凉,凉爽助长了安宁。海浪虽然喧哗,但鸟鸣山更幽,渺远的海浪仿佛从世界尽头推送过来,它的连绵和缓慢把寂静也放大了,彭泽觉得这里不仅空间和时间辽阔无边,连安静也漫无尽头。在北京,每天他关上靠近马路的双层隔音玻璃窗时,就梦想有朝一日能在抬眼看到天高地远、安静得让人身心放松的地方生活，最好还能转身看到山势起伏、草木葱茏；当然这只能是梦想，他还是得待在北京，要工作、奔波和生活，每天看见多得碰破脸的人群，忍受两千多万人抢银行一样转动着巨大的城市沙盘发出无所不在的噪音，然后每天关上双层玻璃窗；双层玻璃也抵挡不了具有波粒二象性的喧嚣，他在书桌前坐下来，要花半个小时才能进入阅读和写作的状态，半个小时里，他觉得书桌旁挤满了人，整个北京满满当当地塞进了他的书房。彭泽在湿沙里走累了，找一块平整的白石头坐下，一转身，看见了草木葱茏的山。

这个城市有山有水，这是他耳闻已久的常识，真正看见，真正转过脸就在眼前，这是头一次。刚才坐车里竟然没看见。四月底水秀山青，绿色覆盖连绵的几座小山，海拔没一座能过千，但要那么高干什么呢？在彭泽的理解里，适合生活的山不能大，大得爬不上去只能算摆设；他希望的是能够看见绿色、呼吸到好空气和清静的山，爬上去又下来不至于累成残废。他决定往山上走。手机响了。

"彭老师起床了？"朱砂问。

"我在海边。"

"和朋友？"

"一个人。"

"对不起，我失职了。我这就赶快去陪您。"

"没必要，这地方没狼。"

"那，我想请教您一些问题呢。您等着我啊。"就挂了。

彭泽其实不希望她来，这时候一个人转悠很舒服，还可以随时在山水之间回归一下自然，随便弄出点怪声，或者撒泡野尿。在朱砂到来之前，彭泽的确在山上的树丛里吼了几嗓子，惊出了各种小鸟。他唱的是大半首变了调的《青藏高原》,最后的高音没爬上去,下山时候撒了一泡尿。

朱砂穿的是双凉鞋,光脚,从出租车上下来就脱了鞋直奔海水,海风吹乱了她头发,裙子裹在小腿上。她招手,彭老师,过来啊。彭泽想,我也就比她大六七岁,怎么觉得人家就那么年轻呢?我在沙滩上走了好几个来回了,愣是没想到光脚到海水里感受一下。他进了沙滩就开始脱鞋。

海水有点儿凉。"初老师说晚上你们还有局,我怕时间不多了。"朱砂说,"对不起,我是说,请教您的时间不多了。"

"我是个闲人,可是随时审问。"

"才不呢。您要讲座、见朋友、吃饭,可能初老师还会带您去唱歌。初老师说,您就在这边待两天。"

"你们初老师真把我弄成公差了。你有问题?"

"嗯。我想去北京。"

"你不是已经定下来留校了吗?"

"我不想一辈子就干那些没意义的杂事。学生处,现在听起来就觉得烦,每天就是开些无关紧要的会、写材料、收发文件,看看有没有学生头脑出了问题。"朱砂的一双白脚在海水里和沙滩上交换着走,"而且,这是行政岗,转教学岗都不行。"

"你可得想清楚了,现在进高校多难哪,盯着你这位子的眼球能装一麻袋,不夸张吧?我听说你们初老师可是花了不小的力气的。"

朱砂嘬着嘴低下头。"我知道对不起初老师。我也就是这么一想。可是,您当初不也是这样从大学里辞职的?而且还是教学岗!"

"哈,我那是上了你们初老师的当了。他在北京隔三岔五就给我打电话,说,来吧来吧,一块玩儿。我就过去了。"

"您后悔了？"

"那倒没有。"

"那不就是了！北京还是个好地方。"

这个还真没法跟她解释。当初他和这丫头一样，也是头尖着要往外跑的，老初的召唤不过是个药引子。和朱砂还有一处相同，北京到底有什么好，他当初其实一无所知，只知道众口一词的抽象的那个好：好啊，就是好。大都市，机会多，弯腰就能捡到钱，文艺和思想的前沿，理想主义者的大本营，波希米亚啊波希米亚；如果你想当官，那更方便，数不清的衙门，那些部级的单位，端茶送水倒垃圾的都是处级干部。处级是啥概念？相当于中文系主任。老初现在是副主任，照级别，也就是个倒垃圾的候补。当然，像他和老初这样半路往北京跑的，要冲着衙门去，除非是脑残。老初去北京，是没办法，把人家老婆肚子搞大了，不跑路菜刀就落脑门子上了。彭泽去北京，完全是因为在那个地方待腻了，差不多算是年轻人的不耐心吧，想透一口到世界去的理想主义的气。老初那会儿已经扎下了半个根，拍着胸口说："老弟，有我在！"他就给系里递了辞职信，拎着几大箱书回到老家，从海陵坐火车去了北京。那时候他总觉得浑身有使不完的劲儿。

那年他二十四岁。真是说来话长。

他们在另外一个小城市。那个城市有条运河穿城而过，沿街分布废弃的小码头，隋唐以降水就一直流，大大小小的传奇故事肯定不会少，不过这些是彭泽离开了以后才真正意识到的。当时老初就在史志办，任务是搜集整理史实和传说，实在搜集不到就几个人凑一块儿瞎编，反正是传说，再离谱也没人敢有疑问。那一年七月彭泽大学毕业，背着铺盖卷来中文系报到。手续办完，系主任说，年轻人要多锻炼，现在就给个任务，帮市史志办编本书。他很听话，顶着大太阳来到史志办，老初正在空调办公室里跟左隔壁团市委的一个女科长调情。被搞大肚子的不是这个科长，是右边隔两间办公室的文联杂志的女副主编。那几年老初在年轻的副主编身上花了不少精力，回报相当丰厚：杂志发了他不少瞎编的民间故事，这些日后成为他评二级作家的重要参照，不过那时候，已经不叫"民间故事"了，改叫"笔记小说"；人家帮他怀了个儿子，可惜最后做掉了，老初现在想起来就直嘬牙花子，他老婆只给他生了个女儿；第三个回报成为老初一生的转折点，副主编的老公扬言要拿菜刀剁了他，老初被迫远走北京，感谢那把菜刀，成就了眼下的初副教授和初副主任。

当时老初忙着与三个女人同时周旋，腾不出时间管这本书，润色和校对就成了彭泽的事。彭泽对这些半真半假的陈年旧事没什么兴趣，那会儿他还不知道如何把这些材料用在后来的写作中。史志办主任病得半退休，提前在家颐养天年，没人管老初。每天老初来点个卯，晃荡一下就没影了，很有点魏晋的范儿，彭泽替他坐了一个暑假的班。史志办清汤寡水，老初拿不出那么多钱付给彭泽，就三天两头掏腰包请他吃饭。好在饭也不贵，学校的大锅饭此时还决定着彭泽的饮食标准，所以随便一个小炒就把他打发得屁颠屁颠的。在饭桌上经常能碰见老初的相好，过去的，现在的，将来的，一概不避讳。老初就这点好，从来不把偷情搞得很难看。如果就他们俩，碰上老初情绪来了，还会向彭泽重温那些陈旧的情史和情事。为了教会彭泽谈恋爱，老初恨不得手把手传授，他当着彭泽的面给科长和副主编之外的一个相好打电话，那个肉麻和腻歪，让彭泽开了眼，情话竟然能说成那样，完全是一套前所未有的修辞。

男人的情谊很奇怪，一旦能够不藏着掖着谈老婆之外的女人，雷打不动的哥们关系就确立了。后来老初说，他认定了彭泽是个好兄弟才什么话都往外捅的,第一眼,直觉,对上了。他老初不是嘴大的人。也因为这份信任,和吊儿郎当的洒脱劲儿,彭泽把老初当老哥待。

老初刚到北京也是只没头苍蝇,北京真的很大,十年前就很大,老初吃了朋友两个月的救济才活下来。那人在出版社,因为出版老初他们的史志认识的,不管怎么说,能让他过去,又救济他两个月,还整天帮他出谋划策怎样在北京坚持下去,算相当哥们了。经朋友的朋友介绍,老初进了一家文学杂志当编辑。杂志不大,连会计加起来也就十个人,可但凡在北京的东西都给别人一个顶着"国字头"大帽子的印象,所以杂志在外省的作者眼里还是座殿堂。偶尔出个差,老初也常常被众星捧月。但杂志社工资不高,要过上每天能喝两瓶啤酒、一盘猪头肉的生活,还得弄点外快。

老初开始正儿八经写作,小说、散文、传奇故事,甚至论文,比如《论运河文化的衰落》《文学作品中的运河主题考辨》《运河文化的民间性和现代性》。老初完全是被生活逼成了个作家。有一天,经常过老初手发小说的一个省内作家巴结他,以初老师的成就,申报二级作家准上,他还可以帮老初在省作协活动一下。老初把长长短短的东西和一部由过于杜撰的传说故事改头换面而成的专著《大河传》(上下册)报到省作协,过了。当晚他给彭泽打电话,兄弟,过来喝两杯,老哥我副高了。二级作家是副高职称,相当于副教授,彭泽喝完酒才弄明白。那时候彭泽已经在北京好几年了。

彭泽去北京,老初的一句话给他垫了底。老初说:"兄弟,有我一口吃的,就不会让你饿死。"那时候彭泽有点儿烦,莫名其妙的烦,觉得这地方小,没几个说话的人,搞学问的不像搞学问的,教书的不像教书的,写东西的也没几个像样的。有个据说在八十年代暴得大名的小说家,牛皮哄哄的在这城市到处充当文学教父,其实也就给他争了脸的那一个短篇小说还行，即便这个短篇，彭泽也觉得如果是自己写出来的，一定羞于拿出来示人。他还慕名听过该教父在本校的讲座，整个阶梯教室挤满了文学爱好者，他也踮着脚尖在门外听，半小时后气愤地离开了，简直就是个骗子。他在电话里跟老初感叹，在八十年代，咱们这小城市要成名竟然如此容易。他开始明确地看不上小城市。后来到北京，他已经在副刊做编辑，收到那位教父寄来的几篇回忆八十年代的小散文，说不上好，但也没差到不能看，挑最好的一篇用了，写了封信客气地将其他几篇退回。写信的时候他在想，难道当年真认为教父不堪入目？很可能感情用事。他不过是觉得那地方太小，骑个自行车一天都能所有巷子都跑遍。他只是盲目地想到更大的地方去，恨不能跺跺脚就飞到天上，而他从各种报刊杂志得到的信息中知道：聪明有抱负的年轻人要到北京去，就像三四十年代年轻人去延安，就像海明威当年去巴黎。正好老初在电话里说：

"兄弟，有我一口吃的，就不会让你饿死。"

当然，这些都不能跟朱砂讲，如果她要知道，追根溯源老初是因为一把菜刀才成为她尊敬的导师，那老初还怎么混。此外，彭泽对战斗过的地方态度有极大的转变，现在他喜欢小城市。喜欢那座城市里有条悠久的河流，运货的单放和拖船缓慢地行驶在水上，码头残破，青苔爬上路面。生活保持自行车和步行的速度，你可以从容地穿过一条漫长的巷子，可以完整地看完一次日出和日落，可以随便在街头的椅子上坐下来，抽根烟或者打个瞌睡，不会有喇叭齐鸣来追赶你。现在他几乎每年都要回到那个城市，沿运河边走上一圈，和朋友们找一处茶楼和饭馆坐下，好好地说一会儿话。几年以后再回到那里，内心的安宁让他惊异。他不认为自己提前老了，而是，他终于能够沉下来，在这个不那么气急败坏的小城市里，看见时间和生命的流逝，以及镜子中的自己。小城市才可以成为一面镜子，北京不行，上海也不行，在那些慌张的都市里，镜子还没来及置起来就因为压迫和追赶，碎了一地。

朱砂和他当年一样年轻，道理要亲自体证才行。所以彭泽说："嗯，北京是个好地方。不过我更喜欢这里。"

"那你会和初老师一样回来吗？"

"现在不会。"

他知道此刻朱砂头脑里跳出来的一定会是个成语：叶公好龙。他不认为自己是叶公。但这事的确是个悖论，如果必须拿实际行动来证明你不是叶公。在朱砂看来，因果之间只有这一条最简洁的路径。质疑他的人事实上还有很多。有一次他和报社老总一起出差，在一个沿海小城市，晚上他们俩从酒店出来散步，彭泽就感叹该城市的整洁、安静和祥和，感叹夜空高远星星明亮，像洗过的一样。他说，要是能在这样的小城市生活就好了。老总不以为然：那你这么多年为什么还不从北京搬出来？吃着碗里看锅里的，虚伪！没准你还想打进二环以里呢！

老总用的就是"虚伪"这个词。

"我缺少连根拔起的能力。"彭泽说，"是我个人的问题。"

"初老师不是连根拔起，回来了么？"

"他的根不在那里。他只是选择了一个很好的时机离开了。"

当时老初的一个大学同学，上下铺的哥们，就是现在的大学副校长，当时还是人事处处长，去北京出差，喝酒的时候彭泽也在。开始完全是个玩笑。

处长：老初，行啊，首都都被你拿下了。

老初：上下铺一场，没这么挤对人的啊。

处长：全国人民都仰着脸看你，还穷装。

老初：穷是装不出来的，老兄。你说的那是天安门上的主席像，经过长安街我也仰脸去看。

处长：还装。你往天安门旁边一站，仰脸的时候顺便把你也看了。在我那小地方，圈子里都知道咱省有个作家在北京，混得人五人六的，我一打听，原来是你这个狗日的，当年一躺下我就盯着上铺看，咋就没看出来你屁股上有啥胎记呢？名作家了都！

老初：再损，这顿饭你用公款买单。我他妈都快流浪街头了，还刺激我，人道主义点儿行么？

处长：再装有公款我也不买。

老初：行行好吧，买了单你不嫌弃我跟你混。

处长：跟我混？真的假的？我可把这话当中央精神执行了啊。

老初：看大门都行。

处长：大作家要去看，那咱们大门哪扛得住。起码也得干个教授啥的，不是副高么？转个副教授问题不大。

老初：当真？

处长：你以为我千里迢迢来跟你磨牙？

老初：兄弟，这事要成了，我把你照片挂家里，三口人每顿饭前仰脸看一遍。

事情简单得像个传说。送走处长，老初抓着彭泽的胳膊问，这顿饭究竟吃了没有？我这样的倒霉蛋也他妈的会有好事？彭泽说，我也奇怪，可你的确是喝高了，走路都拧麻花了。老初去卫生间洗了把脸，悲观地说，那狗日的一定是高了，要不就头脑坏了。第二天，老初转来一条短信：老同学，我回去就办，勿念。顺理成章，老初成了副教授，一家人的户口和关系从编史志的城市进了彭泽故乡的这个城市。

老初的老婆很高兴，常年分居的局面结束了，流窜犯还当上了副教授。副教授，听上去挺诱人。

彭泽的情况和老初不同，在北京混了两年，然后考上了研究生，户口带进北京，毕业后进了报社。老婆的户口也在北京。彭泽每天坐一个小时地铁去上班，老初羡慕他，根扎下了。彭泽从不认为这样就是扎下了根，他不觉得自己是个北京人，他和当年老初的区别仅在于他的工作更稳定，可以在体制的游戏规则里按部就班地往前走，还有，他老婆也在这里，估计也不打算随便挪窝。他和老初一样都有漂浮感，无法让自己像一枚钉子揳入北京这块大木头上。老初这一招是为了这个家好，彭泽也得为这个家好，男人嘛。

朱砂说："如果我执意要去，您会有什么建议？"

彭泽从海水里走出来，看见一群海鸟从远处飞来，一共九只，像从沉稳的浪头里钻出来的。七岁那年看海，记不得是否看见过海鸟。但他记得当年惊叹海之大，比生活的村庄和需要耕种的田地加起来都大，在无穷远处海水就是地平线。他对那个地方充满恐惧和好奇。"如果你决定去，只要做好两件事：一是心无挂碍，把你的理想主义锻造成盔甲，让任何小麻烦小困难都伤不了你；二是平常心，如果最终败了，我是说，结果与预期悬殊，要提醒自己，这一切，值。"

"那最开始的两年，你的问题是什么？"

"很简单，开始就是一个衣食无着的异乡人可能遇到的问题：贫困，焦虑，孤独，住地下室，乡愁。"彭泽抓了抓脑袋，好像要把那些年重新找回来。其实不用，那感觉直到现在还在。对有些人来说，在北京可以获得巨大的成就感，但对彭泽来说，更多的是深重的失败感。失败感也许也不准确，而是某种虚无、厌倦和绝望感。"后来，变成了茫然，有迷失和严重的无力感，深刻的自我怀疑。"他对朱砂笑了笑,希望自己能显得年轻点儿,"所以我不断地给自己打精神鸡血。我说的只是那两年。"

"比如,哪些精神鸡血呢?"

"嗨,就是点儿精神胜利法和矫情的波希米亚。你完全可以想到的:和流浪歌手聊天;去798;看名人传记;和你们初老师喝酒;写不能示人的日记。挺管用。很多人都这么挺下来的。"

4

晚宴市文联做东,彭泽和老初迟到了。学校临时抓了老初去开会,六点了才夹着文件包满头大汗跑进彭泽的房间。不是热的,是一身虚汗,眼袋和腮帮子又往下挂了半厘米,胡子和脸也跟着变长了。洗了个脸,老初坐在沙发上揪着胡子直喘气。老初的胡子在和团市委的女科长调情之前就留起来了,日久年深成了招牌,看着很文艺,很可以唬一下人。这样的胡子如果不写写画画你会觉得糟蹋了;往课堂上一站,你也会觉得此人学问不广大绝不可能。女人喜欢有特点的男人,多年前老初就这样教导彭泽,丑不丑不重要。比如我的胡子,老初说,好几个女人问过,留着有啥用?我跟她们说,给情人擦背。她们就乐。经常她们中的一个会说,她后背痒,事就成了。现在老初胡子和脸都拉长了,看着沉郁顿挫,还有点儿忧世伤生。

"是不是很久没擦后背,胡子痒了?"

"鸟,快一个月不知女人长什么样了。出了点儿事,不过基本上摆平了,刚从副校长办公室出来。"

有点儿荒唐，数学系一个计算机老师竟然是个假博士。举报的材料相当齐全，老底被兜了个底朝天：本科是西南某大学数学系；研究生在南方某大学念了一半，因为参与经营色情网站被学校开除；在外面晃荡六年，造了个假计算机硕士和博士文凭进了老初的大学。这博士还是个洋的，美国佐治亚理工学院，在美国能排前四十位。胆够大，干脆造个麻省理工多拉风。刚收到匿名举报时学校还不相信，到数学系打听一圈，没一个说这家伙好话。学生抱怨水平太次，同事嘀咕做人有问题，隔三岔五向同事借钱，除了系主任，没一个落下。据纪委的粗略统计，他在数学系累计借到二十万，一笔账都没还。校方与佐治亚理工学院联系，档案里根本没这人。校长一口痰没上来，差点背过去，当初那家伙来求职，是他最后拍的板。那会儿他刚挪上正位，整天寻摸着找几把火烧，来了个留美的计算机博士；咱这小城市，能来这号人，只能理解为天上掉下来的馅饼，拿到了就是客观的政绩。校长手一挥，留下，多难都留下。破例给了套三居房子，从第一个月起就是副教授待遇。校长一激动，人事处和数学系也跟着兴奋，没人腾出来点儿脑子去履行基本的检查程序。

那家伙连国门都没出过，在来这城市之前都没见过大海。校方还以为能靠他撑撑门面，没想到倒是帮人家见了世面；听数学系的老师说，那家伙得空就往海边跑，吃起海鲜来简直不要命；吃海鲜喝啤酒，来了不到一年就得了痛风，痛起来只能在讲台上像鹭鸶一样单腿站立，就这样还见了海鲜就跟见到亲爹一样。如果没那个佐治亚的洋幌子，智商高过三十的人都会发现他在生活、教学和科研等各方面都很可疑，但他就是活生生行骗成功了。他所有反常的行为都被认为是佐治亚时代的后遗症，谁让人家喝过洋墨水呢。假使没这个举报，混到啥时候谁也说不好。不过可能不会太久，借了一堆钱，明摆着一有风吹草动就会拍屁股走人，等于又赚了二十万。

现在露馅了。学校很难看，校长的脸看上去接近面瘫，谁也不许声张。要做的是惩前毖后，学校的几个大头把各系的主任副主任召集起来，诡秘地碰了个头，责令对这两年新进的年轻教师严查，从根子上往外薅。纪委书记通报完假洋博士的情况后，校长表情僵硬得像花岗岩，只说了一句话，有点儿粗："从今天开始，谁请来的脏屁股，谁擦！"然后起身出去接电话，再没回来。

这个事情说到底和老初没关系，但校长离席后，接下来的讨论就把他连累了。

领导们的思维都很发散，因为视野很宽。从这两年说到此前的很多年，从新进的年轻教师说到了老同志，有些平常不宜表露的私愤也趁机在这个公开场合发泄出来了。历史系的田副主任说："这种事就得严查严办，决不姑息，不能大熊二猴都混进我们的队伍！高校教师，不是随便拿两篇文章就能进来，也不是乱七八糟的狗屁职称随便转一下就可以正高副高的；否则，我们小区门口的足疗师傅也能当教授，他捏脚捏到了高级职称！"他的声音铿锵，会议室回音也好，很有历史感，大家全哑巴了。不吭声不是因为都在自我检点，而是很多人在肚子里偷乐。田副主任的重点在同职称转聘，所以大家都比较安全。这是我们的习惯，只要自己侥幸撇清了，谁的笑话我们都高兴看，脸上还装出一副超然物外的无辜。心绞痛的是老初，呼吸都停了，怕声音大了招人注意；至少在场的诸位中，只有他一个人是从二级作家转成副教授的。姓田的一直看不上老初，他搞运河史，当初听说来了个懂运河的他还挺紧张，着急看了老初的运河研究，看完了用鼻子笑了两声："就几个段子嘛！"但老初还是作家，小说散文总比干巴巴的论文好看点儿，所以关于运河，老初在学生那里还是抢了他的风头。老田很生气，不同行也成了冤家，把老初恨上了。

不提没人在意，提了大家就开开心心地往那上面想，弄得老初很不爽，总觉得椭圆形的大会议桌底下，所有人的脚尖都指向自己。这次临时的秘密碰头会碰得他脸红脖粗，好像是个审判，假洋博士缺席，他顶了上去。

"小地方就是这毛病，"彭泽安慰他，"别当回事。除了蝇营狗苟，没几个干正事的。所以那假洋博士，才往这地方跑。吃得开啊，谁见了两个洋文都犯晕。"

老初挤出了两个笑，说："那小地方也有小地方的好啊。要不是小地方，我哪能顺顺当当做个副教授。"

这也是彭泽喜欢老初的原因之一：不装。老初从来都不避讳自己几斤几两。他很清楚，能混到现在就是因为在小城市，因为他从北京来。北京那边放个屁，到这里有可能变成惊雷，因为那是首都，大城市。北京帮你加了分。全国人民都仰脖往那里看，你只要能挤出一个头，露一下脸，那你就被十三亿人都看见了。登高而招，见者远；顺风而呼，闻者众。北京就是就是你脚底下的珠穆朗玛峰，给你送来了风。外来的和尚会念经，尤其北京这样的城市来的和尚，大家理所当然地认为念得更好。好像你把北京所有让人高山仰止的好东西都随身带来了。老初有个同事从上海某大学调过来，大家面对他时就很纠结：复旦毕业的博士，在上海都熬成了副教授，为什么还要到咱们这小地方来呢？没品行问题，不乱搞男女关系，那一定是水平有问题。大家暗地里免不了要蔑视一下。但真正讨论起问题，又没几个敢和他硬碰硬，因为心理上又先怯了下来，人家毕竟是复旦的博士，从上海来的。

"好像也不是势利眼那么简单，"彭泽说，"应该叫'大城市意识形态'。"

"没错,就是这玩意儿。能让你得济,也能让你遭罪。"

现在要说的是另一件事,老初想成立一个写作研究中心。现在他们出了酒店,走在去晚宴的路上。碰头会结束,老初磨磨蹭蹭最后一个出了会议室,站在副校长的门口时,他的老同学,前人事处处长立马心领神会,让他关上门。

"没人动得了你,"副校长说,坐在肥硕的老板椅里转了一圈,"别去管那些文学门外汉的偏见。这么多年,我遭过和你一样的罪,好像所有专业都可以对文学指手画脚;好像文学,尤其现当代文学,没学问好谈,更无价值可言。荒唐。"

老初递给老同学一根烟,帮他点上,坐到他旁边的沙发上。"有你在,我不担心谁敢动我。"老初吐了一串烟圈,这也是当年泡妞时练就的本领,据说很多女人喜欢看男人能把烟圈吐得坚硬饱满,"我只是在想,是否可以争取更好的局面。"

"你只需要做好一件事,局面自会大好。"

"哪一件?"

"写出好东西。学问做不做不要紧。"

"校长大人,我的那点儿货你还不清楚?一把年纪了,想突破谈何容易。"

副校长笑了笑。"关起门说体己话,我又何尝不是。天分如何,学问能做到哪一步,谁心里没个数?但它是个饭碗,是个饭碗总得端着。工作嘛。跟工人生产螺丝帽、清洁工扫马路、大师傅做清蒸鲈鱼,一个样,重要的是干下去。"

"我的意思是,趁这会儿还干得动,做点儿实事。"

"继续说。"

"我想弄个研究中心,跟写作有关的。搞出点儿动静来,学校里好看,我的腰杆挺直了,你也长脸。省得那姓田的逮着空就叽叽歪歪。"

副校长看看他,扔给老初一根烟,自己也点上一根。

"我调查过了,咱们这个层次的城市和大学里,好像还没有。做起来就是独一份。"

"可行?"

"过几天整份报告给你看。"

副校长不置可否,老初觉得他动心了。三赢的事,没理由不答应。现在的问题在于,真要上了虎背,下来就别想了,老初得慎重。他想听彭泽的意见。彭泽觉得不错,大学中文系的学生基本都不读小说了,写诗这种最浪漫的事也没人干了,隆重地把"写作"放在他们面前,是个正本清源的好事。去年报社招新,一道题难倒了好几个中文系研究生,《百年孤独》的作者是谁?最靠谱的一个答案是马克·吐温,难得他还记着了一个"马"字。还有一个学生答:老舍。现在有几个高校已经动起来,成立了创意写作的硕士点或者研究中心。北京和上海需要创意写作,咱们也需要。

"戏台子好搭,钱砸到位就行。"老初对彭泽说,"我要人。"

"我尽力。"

彭泽不善交际,这些年读书、工作和写作,还是认识了一些文学圈的朋友;因为不善交际,能成朋友的多半都真诚,找几个吨位大点儿的作家和批评家,并非不可能。而且此事功德无量,当年做学生,一听来了名作家,大家提前跑教室占位子,可惜去的作家没几个。他会跟他们说,就当做好事了,教育大计,人人有责。

"看,这就是待在北京的好处,找个人都方便。"老初说,他们到了"巨轮海鲜馆"门前,"以后别抱怨北京这不是那不是。说真话,如果能把老婆孩子安置好，你抽筋扒皮我也不会离开那儿。"

"你这是假设。在北京你有这些事需要帮么？"

老初不吭声了。咱们都是小人物，需要对付的唯一事情就是尽量活得像样一点儿，那些宏大的、闪闪发光的、立竿见影的、众口相传的事情跟你不沾边。两千多万人都在天安门广场上溜达，不出意外，大家都是那两千多万的分母之一，不是分子。这道理说起来谁都明白，但所有往北京跑的人，都是冲着那分子去的。

"妈的，都是人多闹的。"老初踩灭烟头，对着下水道吐了口痰，没头没脑地咕哝了一句，"吃海鲜去！"

5

文联和作协的领导，搞房地产的主总，四个彭泽故乡写作多年的文人，还有一个长得挺漂亮的女的，卷发披肩，栗色，她的饱满的少妇形象让彭泽感觉不错。但介绍之后，彭泽立马倒了胃口。他隐隐的担心被证实了，果然就是"好受"。老初介绍她，海陵大名鼎鼎的郭总，芳名郭格格，和她交朋友，你会很"舒服"。这次他没用"好秀"。大家都笑，看来这是个相对固定的"腐败"班子，熟悉典故。郭格格也笑，骂老初不着调，伸手和彭泽用力握了握手。"京城来的贵客，久仰，"她说，一张嘴就露了口音，"老初在我们面前至少提过二十次。"

海鲜已经摆了一桌。文联的陈主席致辞，故乡人吃故乡菜，咱不搞华而不实的那套，吃海鲜四脚朝天，怎么方便怎么来；今晚没有绅士也没有淑女,只有兄弟、哥们,格格你今晚算男的;好,咱们一起端一杯,算咱们文联和作协给彭老弟洗尘,欢迎常回家看看;干了;好,现在下手!

那四个作家和中午写散文的范老师一样,坐在这里是为了和彭泽建立联系。文联和作协的领导希望能够通过北京的报刊,把我们的文学推出去。彭泽很愿意帮忙,酒香也怕巷子深,故乡的文人大多实在,都凭自由投稿发表作品。彭泽对他们与文学的不离不弃深表敬意,每人敬了一杯酒。包括郭格格在内,余下诸位应该都是老初圈子里的朋友,彭泽也就不客气,在故乡头一回放开来吃海鲜。

他们去过很多次北京,对北京依然表现了一个外地人旺盛的好奇。任何有关方针政策的事情都要向彭泽求证,就跟他是国务院新闻发言人似的。比如房地产政策,主总在本地的房地产业可以翻云覆雨,但他想知道中南海调控房价的决心到底有多大;郭格格是做药材生意的,也想打听一下国家药监局的内部消息;陈主席在文学圈,对下届的茅盾文学奖表现出浓厚的兴趣,他问,真有内幕吗?彭泽只好一遍遍解释,他也就碰巧在北京混口饭吃,知道的不比他们其中任何一个人更多。他们便夸他谦逊,风度和涵养俱佳;不像有些人,在北京待了个把星期,回来就一副太子党的范儿,到了美国转一圈,跟你说话舌头怎么也捋不直,非得拐出几个英文字母才行。因为主要在被迫接受,彭泽把海鲜吃得慢慢就没了味道,报答老乡的厚谊也渐渐没了中午的热情。老初见了,在桌子底碰了他的腿。

"都是平常可以帮衬的朋友,忍忍吧。"他对彭泽小声说,"你来了大家都高兴嘛。"

彭泽点点头,扫兴的事不能干,于是能接上的话头都尽力接上几句。陈主席提到孩子的教育,他就讲了个在麦当劳里听到的即兴教育：父亲拿着香辣鸡腿堡对年幼的儿子说，知道"麦当劳"什么意思吗？就是要吃到麦当就应当付出劳动！一个写诗的抱怨现在用词都不讲究了，他就跟上一个在天桥上听到的母子对话：母亲对儿子说，虚位以待就是空下位置等着人家来；儿子就拍着肚子说，妈妈，都十二点多了，我的肚子虚位以待。郭格格叫服务员换面前的骨碟，服务员磨磨蹭蹭半天才过来，她就抱怨现在饭店的服务很差。彭泽跟上：他见过隔壁两家饭店竞争失态，双方员工打了起来，边打边唱《团结就是力量》。

"北京也有这种事？"郭格格问。

她做着样子好奇让彭泽倒扫兴了，他回答："北京不过是几个海陵拼在一起而已，干净的不干净，只会更多，不会更少。"

"那要在北京做药材生意，什么最好卖？"

"壮阳药。"

彭泽的回答把自己都吓着了。不是这种浑蛋话没说过，也不是惊讶第一次和人家见面就说出这种话，而是，在故乡的饭桌上，和故乡的朋友他竟然用了如此不真诚的态度说出如此揶揄的话。他得承认说这话的时候他的心态很不好。

满桌都在笑，海鲜卡在喉咙里。男人的笑里成分复杂，这无须解释。郭格格也在笑，笑得咯咯的。她的笑声里没有乡音，听上去纯粹、干净。彭泽很想问一下，她的原名是不是"郭咯咯"，但想到母鸡才"咯咯"，就把嘴闭上了。郭格格简直是天真地笑了长达三分半钟。

"彭老师，咱俩想到一块儿去了！"郭格格说，右手从老初面前伸过来，"握个手！"

彭泽握她的手时，老初自然地也把手放到她的光胳膊上捏了一把，还想捏第二把，被郭格格打掉了。"讨厌！"她白了老初一眼，"人家跟彭老师说正事呢。你说是不是彭老师？"

"叫我彭泽就行。"

"那叫彭哥。哥，你从大地方来，对形势和国情看得更清楚。你说，是不是女人之外的所有东西都得吃壮阳药？是不是得实实在在地壮一壮？你看这块料，"她指着老初，"眼袋都快挂到下巴上了。"

老初笑得稍嫌尴尬，他把胳膊搭到郭格格的椅背上，也许是一个搭到她肩上的替代动作？彭泽判断不好，他不敢肯定他们俩是否有一腿。如果有，目前这个颇具意味的场景应当就是两个人真实局面的写照。不管老初之前如何内心复杂而又惟妙惟肖地"好——秀"，彭泽还是陡然对这个女人刮目相看，她有一种肆无忌惮的爆发力，相当聪明，她知道"壮阳药"的弦外音，而且化解于无形，格调还不低。

彭泽把白酒很严肃地倒满了，举起杯："祝你生意越做越大。"

"好啊，谢谢。一定要做到首都去。"

老初的胳膊缩回来了，人还在刚才"壮阳"的语境里没出来。"谁说女人之外的东西都得吃壮阳药？"他指着主总，"房地产就不用吃。主总，你代表所有房地产老板，向全国人民坦白一下，你们吃不吃药？"

主总说："彭老弟在，我就透个底：别人吃不吃我不知道，反正我吃。"

"有钱人总是被迫学会谦虚。"陈主席说，"别怕主总，我们都是有窝的人，不会向你伸手。"

"你要伸手我就握住，哥俩好。陈主席一句话的事。"

"北京"之外的第二个议题就此开始。彭泽发现所有人谈起房子问题都苦大仇深，一头子劲儿，已然是老百姓最大的政治。没房子的要谈，有房子的更要谈；买房子的声嘶力竭，卖房子的也叫苦连天。

座中一个极内向的诗人也以前所未有的热情加入了讨论，在此之前他只说了彭主编好、我姓顾、写诗、我敬你、谢谢等，没超过二十个字。

因为房子，饭局的时间被拉长了。等大家都谈累了，郭格格问彭泽，以中央彭特派员的眼光看，咱们这一级城市的房价会降下来吗？

"别的城市可能会降，海陵不会降。"

大家都看他。

"这是个好地方。"

主总在隔着陈主席对他抱拳，呵呵地笑："谢谢啦。到底是中央来的，有远见。"

其实彭泽对房地产一无所知。他的确认为这是个好地方，想啥说啥。如果不上班，他希望自己能到这地方住下来，而不是待在北京。

"可以来老家度假嘛，"老初说，"兄弟们没事聚一聚，多好。"

"呵呵，等我有了房子再说吧。"

"主总，看你的啦，"郭格格挑了挑眉毛，"想多见见咱彭哥么？"

主总说："没问题。彭老弟你一句话，当哥的不会打一个磕绊。"

陈主席也说："彭主编，跟亿万富翁客气个锤子！"

"谢主总和各位美意，北京的房子我还背一屁股债没还完呢。"

饭桌上的话从来都是哪说哪了，要当真是你自己脑子进了水。但大家的热情很高，甚至为彭泽设计了未来的海陵生活，把聚会的馆子都按一三五和二四六日的顺序敲定了下来，大家可以诗文唱和，一块儿爬山、看海，去游泳和出海兜风，仿佛明天彭泽就要乔迁至此。关于彭泽的房子老初一直没吭声，但他在众人规划彭泽未来的生活蓝图时歪着脑袋跟他嘀咕："能拿就拿。创意写作研究中心还得靠你，你得常来。"他没代彭泽张口，不好张，他现在的房子就是从主总手里拿的，价钱低得你眼珠子都会往下掉。

彭泽笑笑，买一套用来享受的房子对他来说实在太遥远了。这时候手机响了，一个陌生的号。他在包间外面接了电话，是朱砂的男朋友，想和彭泽谈谈，但又不希望别人知道。如果可能，他可以在酒店大堂等彭泽饭局结束。彭泽说好。回到包间，大家决定了要撤，给彭泽一点可以支配的时间，回到故乡更需要自由。已经十点一刻了。

本来主总想请大伙儿去唱歌，觉得俗，还是算了，改个时间请客吃饭吧。老初决定回家睡，换了床睡眠质量总是上不去，坐郭格格的顺道车走了。不知道是他的借口还是新有了这么个娇气的毛病，过去经常直接睡到女人家里，也没见他有不良反应。老初临走时提醒，别忘了明天上午的讲座，他直接在教室等了，不想吃酒店的早点就去吃豆腐卷，这么好的东西可是吃一次少一次。

彭泽说："还真讲啊？"

"你要是能在讲台上站着一声不吭俩小时，你可以不讲。具体问题朱砂会和你联系。"

——握手告别，郭格格坚持来个拥抱。

彭泽一个人往酒店走，十点多的小城安谧祥和，他们可能是今夜最吵闹的一帮人，也散了。这是个新城，发展主要在这二十年里，从设计上就可以看出是冲着现代化去的，马路很宽，横平竖直，航拍会看到整个城市条条框框井然有序。这是他喜欢的，一个现代化的城市不应该搞得像迷宫，除非你有几百岁，古典得像伦敦的老城，道路主要用来步行和跑四轮马车。这个城市有很多高楼，万家灯火在高处点亮。中国的任何一个像点儿样的城市都有很多高楼，高楼已然是现代化的最大指标。当然，我们人多，不得不往高处跑，只能踩在别人头顶上过日子。彭泽不喜欢高楼，他住二十层，经常梦见底下的十九层没来由就消失了，他在北京的半空中做着飘飘荡荡的悬空的梦。

但小城市也有小城市的恶习,他穿过一个小区旁边的巷子,路两边都是饭馆、理发店、水果摊和卖杂货之类的店铺,几乎每个店面门前都泼着一摊油腻腻的污水,蒜皮、葱头、烟蒂、烂菜叶子、蚌壳、塑料袋和煤球灰这一堆那一堆,他得跳着脚走。几条流浪狗在垃圾堆里找食,见到他只是把尾巴夹得更紧,头都不抬。

朱砂的男朋友站在酒店门口,右手指间的烟头明明灭灭,凭直觉两人试探着相互挥手。"高康健,健康的康健。"他说,碾灭烟,握了握彭泽的手。个头比彭泽稍矮一点儿,蓬松的三七开分头,圆领短袖T恤,牛仔裤。"不好意思彭老师,这么晚还打扰您。我在政治系做辅导员。去茶吧坐坐?"

"如果不介意,走走吧。边走边说。"酒店的客人不多,大堂里茶吧的灯已经暗下来。彭泽也不想带他到房间去,他总觉得房间不是谈事情的地方。沿街走,还可以看一看这个城市的夜景。酒店前是大马路,车辆很少,不多的行人走得放松,如同散步。彭泽喜欢这种散步的状态。

他从朱砂的手机上看到彭泽的号码。晚上他们一起吃饭,中间朱砂去了趟洗手间,他从饭桌上拿起她的手机。这是今天朱砂拨得最多的号码。他在三角地的海报上看到这个名字,彭泽,从北京来。朱砂也和他说过,这两天要接待一个北京来的老师。

"三角地?"

"学校里专门贴海报的地方。有您讲座的海报。"

哦。读研究生的母校也有一个著名的三角地,每天海报栏里贴满了全世界各种可以想到和想不到的消息,领导喜欢听的,领导不喜欢听的,学生们喜欢的和不喜欢的,只要可以形诸文字和纸张,就可以贴到上面,他经常在上面寻租房和卖二手自行车的信息。如今已成为历史,像西单民主墙一样不复存在。他对这个叫高康健的有点不高兴,不是他提到了三角地,而是因为他偷看了朱砂的手机。女朋友的也不行。

"如果您不介意的话,"高康健为难地说,"我想知道,我女朋友是不是,向您咨询了去北京的事?"

"什么意思?"

"她突发奇想,要去做'京漂'。"说到这个问题,他开始理直气壮了,"您可能已经知道,她已经拿到了留校通知。名额来之不易,我和初老师为这事花了不少心思。"

彭泽不知道该如何回答。"你们认识很久了?"

"七年。她入学的时候我就认识。我是中文系毕业的,研究生毕业后,留校去了政治系。"

"北京不好么?"

"好,但我觉得,那不是她去的地方。"

彭泽看看他,递给他一根烟,说:"中南海。北京烟。"

"谢谢。"

"那应该是谁去的地方?"

"毕业时我也想过要去,犹豫一下还是算了。北大清华的学生都找不到好工作,何况我们。那么大的城市,我担心她的能力;我也舍不得她离开。"

最后一句话里,彭泽喜欢后半句。"为什么最后你没去?"

"怯了。我看了北京市交通地图,眼晕。我觉得跳进去,和跳进大海没两样。"

"刚去北京,我的感觉和你一样。一模一样。我跳进去了。"

"时代不同了,您那会儿是哪一年?哦,快十年了。现在生活逼着我们不得不现实。"

"任何一个时代都与前面的时代不同。"

"可是我们在这里会很好,"高康健说,比画着手势,"能走到哪一步一目了然,需要的只是时间。您看,生活会越来越好,根本不需要预言,会像计划表一样按部就班地实现。房子,车,孩子,升迁,地位;对不起,这也许俗了,但却是坚硬的事实。到北京绕一圈最终不过也就为了这些,而结果如何,谁也说不好。"

彭泽觉得这小伙子的口才非常好,身体语言也很到位,做个辅导员委屈了,他会成为一个不错的老师;但他不喜欢他,就是因为他讲得太好了,这么年轻就能把这些讲得如此之好,他喜欢不起来。

路边有一溜长椅,他们坐下来。彭泽问:"你多大了?"

"二十六。工作一年了。"

"喜欢这城市么?"

"谈不上喜欢不喜欢,过日子呗。"

彭泽站起来,他还想继续往前走。二十六岁就想到要过安稳的好日子了,可比他成熟多了,二十六岁他还在像焦虑的苍蝇一样乱撞呢。"那你知道朱砂的真实想法吗?"

"从她十八岁到现在,我说看着她长大也不算大错。我还不知道她么!女孩子有时候想问题过于感性,头脑一热就分不清东西南北。我得替她把着,免得她以后上蹿下跳去后悔。这么晚打扰您,也是想请您给她灭灭火,起码别鼓励。她一定会征求您的意见。"

彭泽想,都是有主见的年轻人,哪轮到我出主意。

手机响了,是朱砂。她说这会儿饭该吃完了,娱乐也差不多该结束了,所以通知一下彭老师,明天的演讲题目是"新闻与新文学",上午十点在二教一层的阶梯教室,九点半她在酒店大堂接他。彭泽嗯嗯地听，说接就不必了，他直接去学校，总能摸到的。

高康健凑过来。"朱砂？"

夜深人静，朱砂在那边竟然听见了，一下子警觉起来，问谁在说她的名字。彭泽一点儿都不想替他保密，便说："高康健。你男朋友。"

"他怎么会在？彭老师您等一下，我跟他说句话。"

彭泽站到一边习惯性地点上烟。马路的这一段被他们走到头了，左前方是一大片建筑，霓虹灯闪亮之处看见"海陵大学"的字样，是正门。离酒店的确不远，怪不得老初说酒店是大学的地盘。酒店租给了香港来的有钱人，协约规定，学校的客人入住优惠。高康健在电话里的争辩持续时间不长，原因是不想浪费彭泽的手机费，长途漫游。十分钟后，他们到了高康健的宿舍楼下，朱砂已经等在那里了。

一栋三层老楼，水泥糊的墙体，在晚上也看出风吹日晒的破败，住在里面的都是刚工作的单身汉。楼道里弥漫着散不出去的陈年的油烟味，灯也坏了，他们摸黑上到三楼。推开木板门，开灯，地板和桌子上突突突跑过好几只蟑螂，朱砂叫了一声。

"前两天不是刚灭完吗？"她说，"怎么更多了？"

"你要丢了，家里人不也会出来找吗？"高康健说。

话里有气，但说得挺有水平。看来的确是舍不得。

一居的格局，不大，床、书桌、饭桌和几个书架就满了。彭泽觉得因为自己在，房间已经超载了。他们请他来，是想开诚布公地听听他的意见。他在书桌前的椅子上坐下，随手翻桌上一本砖头厚的考博英语词汇。

"准备考博？"他问。

"有这想法。"高康健说，"如果朱砂决意要走，我只能考过去。不能两个人都漂着。"

事情有点儿难办。彭泽不是个喜欢玩太极的人，有话基本上直说。单听朱砂，他不太赞同她辞职；单听高康健，他又觉得朱砂还是去北京比较好；现在两人都在，他看见了蟑螂和考博资料，反倒没主意了。他只是个初来乍到的第三方，两个人的事情他并没有了解多少，爱情、生活和事业，甘苦自知，外人其实没什么资格插嘴，所以一杯茶刚喝了个头，他想了想还是站了起来，拍着高康健的肩膀说：

"真对不起，这事看来还得你们俩自己决定。"

6

"夜火车上睡不好，昨天上午在酒店里补了一觉。梦见老家大旱，大地裂满伤口，无数人仰脸望天，希望能降下甘霖。很久没做关于故乡的梦了，现在一回来就做，可能是接上了地气。要是只梦见这一段，那这个地气不如不接；我还梦见了后半截，雨没下，黄海里的水来了，一个巨大的弧线，海水从天而降绵延不绝。非常好，这是个惊险而又完满的梦，在故乡的城市里，我睡着的时候有了一次完美的创作。我把它理解为接上了地气。梦是创作，新闻也是创作，文学更是创作，同样需要接上地气。文字和表达的地气是什么，我待会儿慢慢说。我在这个演讲里想说的，就是，只有接上了地气，新闻和文学才可能真诚、切肤，才可能惊险而又完满，才可能力量充沛，才可能新……"

彭泽坐到了讲台上才临时决定如此开场。

老初给的题目是"新闻与新文学"。讲新闻、讲文学都不在话下，干这两行有点儿年头了，心得体会总能扯上两个小时。老初在"文学"

前加了个"新"字,不是让他从一九一九年讲起,而是在他们最近的交流中,彭泽对文学屡有新鲜见解;彭泽认为,文学发展到了今天,也许需要一种新的素质出现,突破既有的文学在内容、形式和表达上的积习与惯性,深深地根植于这个时代,不仅仅是现实主义意义上的根植于;他屡次和老初说的,是要有"新的文学",老初为了标题的整齐和隆重,直接给概括成了"新文学"。上台之前他跟老初说,讲完"新文学"这三个字,出门他可能会被板砖拍死——无知小子,也敢"新文学"!老初说,怕啥,你的老家,我的地盘,别说扯几句文学的咸淡,重修一下历史又能咋地?言论自由,随便讲!

  他把根植于这个独特的时代比作"接地气",也是顺嘴讲下来的。他觉得无论如何得从那个梦开始。这个梦对他的此次故乡之行如此重要,他甚至觉得这个梦是这次他理解故乡和故乡的城市以及她们与自己的关系的一个切入口。它不仅唤醒了过去的一部分记忆,也提醒他要对将来的生活做些新的安排。

  来二教之前,彭泽一个人在校园里瞎逛,走到三角地那里,碰上为西南旱区募捐的学生。两张桌子,三五个同学,路边摆放了十几块宣传板,画面是放大的灾区照片,大部分彭泽都看过。做了多年记者,悲惨的图片看得不能胜数,就是更凄厉的事发现场,每年也都经历几十次。最早他跑的是社会新闻,然后才是文化新闻,由此转向副刊编辑。但是在故乡的校园里,这些图片给了他更大的触动,他想起那个梦,仿佛这些图片是从梦里拍来的,那些陌生的邻居和亲人们的脸。他往捐款箱里塞了三百块钱。

  干裂的土地和老家的很像,干渴的脸和老家的也很像。彭泽往二教方向走,想起多年前的一个打算,要在县城里买套房子给祖父母和父母住。那时候主要是觉得回家一趟太麻烦,家离县城有一大段距离,要转两趟车，下了车还得步行三公里，大包小包极不方便。而且从北京过来的这趟火车，到县城的时间总在凌晨四点多钟，下了车待的地方都没有，要等两三个小时才能坐上汽车，所以回家几乎要成为一个烦琐的负担。每次回老家，老婆都要提前好多天积蓄勇气，以便到时候能够顺利地面对这些折腾。除此之外，老婆还要准备一大堆日常用品，从洗发水、牙膏、香皂到食品和饮料，家里从村头小店里买的那些多半是假冒伪劣产品，洗发水用完了头发变黏，牙膏里总有一股汽油味，香皂涂多少都不起沫，袋装点心和瓶装饮料看商标就知道是假的，制造商都没有耐心把它们做得逼真一点。如果没时间回家，就把这些日用品打包寄回去。

又过了几年，老人年纪大了，身体的毛病越来越多，彭泽越发觉得有在县城买房子的必要，遇到点儿棘手的毛病去县医院也方便。但也只是打算，这几年东奔西跑，忙忙叨叨，事情耽搁了；加上老人们也不愿意动，金窝银窝都好不过自己的草窝，离开几十年的街坊邻居他们都觉得日子没法过，也住不惯楼房、闻不惯汽车尾气，就彻底耽搁下来了。

彭泽重新想起买房子的事。在演讲里他也有所涉及，关于当下的新闻和文学在大都市、小城市和乡村的可能，关于人居环境，关于干旱、地震等灾难，关于盛传已久的世界末日"2012 年"。天灾从来缘于人祸，但很多人的确就是完完全全的受害者，杀鸡取卵与涸泽而渔跟他们无关，吃香喝辣跟他们无关，风光和繁华与他们无关，灾难来了却全交由他们沉默着承受，然后无声地灭亡。因为他们生活在一个无法离开的、最先被忽略最后被记起的地方，因为他们是一群生活在不重要的地方的不重要的人。如果这场干旱果真发生在他老家，他完全可以想象得到，父母和祖父母出现在图片中的姿态。彭泽在演讲中说，他喜欢这个城市，他希望这个城市能出现好的新闻和文学，出现更多优秀的从事新闻和文学的人。说这些时，他想到的是，如果老人们生活在这样的环境里，他也许就不必那么担心了。

阶梯教室里坐满了人，来迟的只能坐在过道的台阶上。这么多人关心新闻和文学让彭泽很有成就感，但演讲结束后回答提问时，他发现也许高兴有点儿早了，大部分问题跟新闻和文学不沾边。他们中的很多人更希望从彭泽口中得到最可靠的就业信息，尤其是，如果他们这个专业，新闻系和中文系，到北京、上海、广州、南京这样的大城市去找工作，结果会如何；有的同学甚至希望听一听彭泽本人从找工作到换部门到升职的细节，机会从何而来，又是如何每一个都把握住的；假如从事新闻和文学工作，如何能够在最短时间内扬名立万；如果在海陵发展，是否有成就全国声誉的可能；在中国，大都市、小城市和乡村，哪一级才是真正做大事的地方；最后一个问题是一个胖乎乎的男同学问的，他说："我有严重的神经衰弱，记忆力这几年急剧衰退，回忆越来越困难，如果我写小说，会成为一个伟大的作家吗？"

午饭主总请的客。在饭桌上老初和主总都夸彭泽的演讲很精彩，回答也睿智、幽默、得体，但彭泽觉得在回答问题时自己其实无所适从。并非那些问题有多难，而是彼时彼地，它们的功利和直接让他备感唐突，他没能从惊讶和失望中很好地回过神来。很多问题他都没有思考过。他们的焦虑和他当年不同，他不知道用"变质"这个词来形容他们的焦虑是否合适。一个研二的同学说的："彭老师，您很难理解身在小地方的焦虑。"彭泽肯定不会从心底里认同这种焦虑，但是时光流逝，一代人有一代人的生活、希望、焦虑和要求，他也不敢肯定自己就真正理解了他们的焦虑。

讲座结束，彭泽在听众里看见主总，坐在最后一排。他没想到这样的生意人也好这口。从阶梯教室出来，主总对彭泽说，他喜欢文学多年，资深爱好者，看看，听听，和搞文学的聊聊，聊以遣怀。还从LV包里拿出一沓打印稿请彭泽看，他情绪上来了就写点儿诗歌和散文。实话实说，彭泽瞥了两三行就知道不咋地，不过还是真诚地鼓励了一下。

"老哥我就是喜欢，真喜欢。"主总说，"我不关心自己是不是这块料，一本书拿起来能看进去，看到好东西，我就觉得心里很美。咱附庸风雅总比附庸恶俗要好吧？"

老初说："主总，你可从来没跟我说过你还有这一好啊。"

"没这一好，我犯得着跟你这样的穷酸耗在一起？"

这话听起来不美，却是实话，大家都是相熟的朋友，当个玩笑了。饭后主总坚持要出个节目，开车带彭泽到他新开发的楼盘看看。彭泽想推辞，回酒店收拾一下就该回家了，路上转车还要折腾一段时间，迟了中巴车老板就收车了。主总说，回家不着急，他公司的车送。几个人就坐上主总大号的奔驰。

水泥马路很宽，两边的绿化带修剪一齐，看着心里头清新敞亮。往海边的方向走，靠近海边的路上沙子开始变多，车轮卷起的粗砂子甩到挡风玻璃上，噼里啪啦像下雨。海腥味从远处飘过来。车在路头拐了个弯，几个人身体倾斜了一下，聊天停顿下来。一路只顾说话，彭泽来不及看风景，趁这个安静的空当看了眼车窗外，觉得这地方有点儿熟，再往远处看，果然看见了昨天的那座山。主总让司机把车停下，放下窗玻璃，问彭泽：

"老弟，听见海声没？"

彭泽歪歪头。"听见了，隐隐地像从脚底下来。"

主总说："你就应该是咱海边人。地方我带对了。"

车子从相反的方向绕到山的一侧,那里是十几栋六层高的楼群,一律亚光的海蓝色,全是新的。隔一条路,楼群更多,但普遍比较高,行人和车辆也多起来。这地方应该是一片相当成熟的社区,有医院、电影院、菜场、游乐场、大型超市、酒店和一个小公园,绕过山到那一边是大海。这么好的地方只建六层高的楼房,实在是奢侈了。

"我要的就是这奢侈的劲儿,"主总一手掐腰,另一只手挥出去,山河岁月,入我彀中矣,"就因为它环境好,才这么奢侈;就因为奢侈,卖得才最好。"

小区依山听海,叫"山海福邸"。穿过一个装饰华美的高大牌楼,绕过正对着牌楼门和主干道的一个罗马雕塑喷泉,他们进了左手的第一栋楼,楼前有几丛细长的竹子和几个大盆栽。售楼中心的工作小姐迎接出来,一直微笑着带他们参观。都是精装修的两居和三居,要什么有什么,锅碗瓢盆连马桶旁边的卫生纸都考虑到了。躺到床上就是家。售楼小姐介绍,"山海福邸"共有四百八十套房子,现在只剩下十六套,三分之二的房子都被外地人买走了,所以看了一圈会发现入住率不高。老初说,那帮狗日的有钱,往哪个门洞前站一会儿,手上下划拉一圈,这一趟都要了;付钱用现金,咣唧一麻袋砸过来。这样夸张的段子彭泽听过很多,好像暴发户全这么炫富,但得承认,好地方的房子大部分给这帮人买去了。

他们进靠近山边的那一栋楼,606房间,这栋楼只有这套房子尚未出售。大三居,因为顶层,还送个小阁楼。此处远离市声,环境幽雅,站在窗前可以看山,能看见物业在山脚下建造的鹅卵石小径、六角凉亭和竹林,打开窗户能听见海。把几个房间都走了一遍,几个人在沙发上坐下来。

"如何?"主总问。

"妈的，好！"老初说。

"我问彭兄弟的感觉。"

"真的很好。"彭泽按了按沙发扶手，"我要有这么好的房子，现在就想退休在家待着。"

"老弟喜欢，就是你的了。"彭泽惊得要站起来，主总手掌向下压一压，"我知道白送你不会要，别担心，那事我也不干，生意人怎么都得说生意话。这样，现价是一平米八千，对半是四千，咱们老乡，为了能经常在一块聚聚，再下一千，三千。就这么定了。"

彭泽还是站起来了，这个价钱的确很惊人。他觉得难为情，甚至有被冒犯之感。

"合适！"老初拽着他的裤子直往下拉，"别争了，主总已经定了。老主向来说一不二。"

主总对跟在一边的售楼中心主任说："小赵，一会儿替彭老师办下手续。"吩咐完，他接了个电话，说市里让他去开个会，不能陪他们了。办完手续后，小赵会派车送他们，一直把彭泽送回家。老初代彭泽谢过。

主总就离开后，赵主任也离开了，留下一串钥匙给彭泽，让他们继续看看，下楼找他就行。彭泽在房间里又转了几圈，四下里拍拍，的确是个好房子。说不诱人那是瞎扯。他对老初说："哥，我卡上可没几个钱啊。"

老初说："傻瓜，人家可没想挣你的那几个钱。办手续交钱那是给你台阶下。"对彭泽的不安老初都快生气了，黄盖的衣服都自己扒下来了，你这周瑜还下不了手！不就一套房子嘛，不偷不抢不白送，这些年你在北京真是白混了！老初把他教育了一通，从钱包里摸出一张银行卡来，"我就知道会有这一出，所以提前把卡带上了。老哥我就这点钱，先帮你应个急。"

到售楼处，赵主任的意思是，随便付个三五千就可以了，主总首肯的事，不付也没关系。老初坚持要付，他希望就此搞定，免得夜长梦多，但他对赵主任说的是，这是对主总情义的尊重和感谢，一定要付。加上老初的钱，一共付了十万，差不多总价的四分之一。彭泽的卡里只剩下一千多块钱，够他买回家的礼品和回北京的火车票的。

赵主任安排了一个别克车给他们用。去酒店的路上老初继续教育彭泽，脑筋要活络点儿，出门在外别像个傻子。你想想，与其在县城买，不如在这里买，价钱差不多，环境可就天壤之别了，要不是咱俩是兄弟，我才懒得促成这事，没准我还坏你的事。我不平衡啊，这么好的事你捞着我为什么没捞着呢是不是？即使老主以后有什么事求到你头上，那也是以后，将来的事谁知道？而且老主也不是那种人。所以，这是件大好事，你等于捡了套房子，待会儿赶快打电话回家报喜去。正是这一点说动了彭泽，他的确要当机立断为祖父母和父母在城里买套房子了。干旱的梦虽然荒唐，但谁能保证他们不会在其他方面出问题呢。辛苦了一辈子，是该过两天好日子了。既然天上掉了馅饼，再抱怨被砸到了就有点矫情和不近人情了。老初说的也没错，这世道，有几个人几件事是按常理出牌？

7

必要的礼品和日常用品采买齐备，已经下午五点一刻。车子出城时，落日半悬，海陵红霞满天。天高地迥又疏朗繁华的景象在北京几乎看不到，天蓝不起来，也许在污浊的大气之上的确蓝天深不可测，但谁都看不见；繁华在北京无与伦比，那繁华几乎要到腻歪的程度，看着让你觉得每顿饭都吃到了嗓子眼，而且顿顿红烧肉，只有荤的没有素的。彭泽扭头从车窗往后看，城市正在后退，他觉得他和这个素朴的城市之间有了一个动感的关系，大地在他们之间越来越辽阔。他的确喜欢故乡的这个城市。在三十二年里，他与这个城市只有两次短暂得可以忽略的关联：牙疼和火车站。现在牙不再疼，他完全不记得那家军医院在哪个位置；去火车站也不再如逃亡，那里重新还原成为一个出发和抵达的地方。他把"山海福邸"的一叠材料拿出来，看见自己作为业主的签名，从现在开始，他将和这个城市发生永久的关系，他终于成了故乡城市的自己人。

还有半小时到家，彭泽决定给家里打电话，他想让吃母亲做的烙饼，顺便把买房子的事情说一下。提前半小时的惊喜他们还是能够接受的。接电话的是父亲，哑着嗓子说喂。听出是儿子，父亲问：

"差出完了？"

离开北京时他给家里打过电话，只说出差，没说要顺便回趟家。

"完了。一会儿到家。"

父亲似乎并没有多少意外，或者说根本没心情意外。因为父亲在电话里停顿三秒钟后，说："你奶奶摔了，骨折，在医院。"

"现在怎么样了？"

"前天刚查出来，股骨头坏死，要换人造骨头，正打算找你商量，换好的还是一般的。"

"当然换好的！"

父亲又憋了半天，说："家里钱不够了。"

彭泽也沉默了一下，父母这些年从不伸手向他要钱。他说："我有。"然后说,"奶奶什么时候摔的?为什么不告诉我?"

"你出差的第二天。你爷爷不让说,怕你在外面担心。"

车子还在往前跑。开车的小伙子从后视镜里看见彭泽的脸沉沉的,随时要哭出来,犹豫着是否要把速度慢下来。见他不吭声,又提速了,他觉得根据说话内容,彭泽应该希望越早回到家越好。故乡的野地和村庄从车边掠过,房屋低矮,大地丰饶,在远处傍晚已经缓慢地降临。

祖母八十六岁,除了支气管炎,没有别的大毛病,但很瘦,皮包骨头的那种瘦,几十年前就这样。小时候彭泽喜欢捏着祖母胳膊上的皮肤玩,奇怪一个人的皮肤竟可以扯得这样长。但有钱难买老来瘦,似乎祖母的瘦也不是问题。彭泽出差的第二天,祖母去捡鸡蛋,被落在地上的鸡网绊了一下,一屁股坐到鸡食槽上,股骨骨折。彭泽喜欢吃草鸡蛋,小而细腻,煮熟后刚剥一半就发出温软的香味,如果祖母知道他要回家,会提前把这些草鸡蛋攒起来,留给他吃。那鸡食槽是个老物件,一块完整的石材雕凿而成,周边饰以牡丹和吉祥的小动物,但这些也不能让祖母坐到上面时免遭伤害。拍了片子,检查过,医生的诊断是,骨折之外,股骨头已然坏死,不换只能卧床不起。

"换过之后能和过去一样走路吗?"

"可能不行。医生说,年纪大了,恢复慢,能活动总比躺在床上好。"

"能爬楼梯吗?"

"还爬啥楼梯!能在平地上走稳当就谢天谢地了。回来你帮我把院子里外都平整一遍,高一脚的地方都不能有。手术之后得经常活动才行。"

彭泽又沉默。对手术之后的祖母来说,一块宽阔的平地最重要。他的六层高的"山海福邸"没有任何意义,山没有意义,海也没有意义,城市、环境和空气都没有意义,祖母的需要如此之少,一块平地而已，他们家院子内外的平地才足够大。

现在，祖父和母亲都在医院照顾祖母。父亲回家是为了筹钱，还有，躺在病床上的祖母交代了，一定要把那几只鸡喂好。

"奶奶在县医院？"

"市二院，离你小时候看牙的那个军医院不远。"父亲说，"你在哪？"

"去医院的路上。"彭泽说。挂了电话他对司机说，"去市二院。"

接下来他给老初打电话，托他帮忙退掉那套房子，把钱都拿出来，越快越好。如果可能，他还想继续借老初的那些钱。老初气得声音都变了调，这么好的房子不要，你脑子里是不是进了海水了？彭泽没时间跟他细说，只是一个劲儿地道歉。除了道歉也干不了别的。对主总也如此，拨通电话后，他的第一句话是：

"主总，非常对不起——"

2010 年 8 月 14 日　知春里
原载《收获》2010 年第 6 期

兄　弟

寻找孪生兄弟的少年从两军对垒的中间地带走过，在杀声震天之前，对左右两队人马各看了一眼。月光正好，我躲在人群里，看见他转向我们一边时，梦幻般地笑了一下。

一个星期以前，他从南方某个城市来到北京，下火车，背着双肩包，走走停停，最终落脚到我们隔壁的院子，和几个江西来的卖盗版光盘的住在了一起。本来他想跟我们合租。宝来被打成傻子回了花街，两张高低床就空出一个床位，但行健和米萝借口最近有老乡要来，没答应。哪有什么老乡，他俩就是看他不放心，聊完后就把人家打发走了。

"你看他那眼神，"行健对着我半眯一双眼，"迷离吗？"我点点头。"像个神经病吗？"米萝问我。我也点头。必须承认，行健学得很像，他的大眼睛阖上一半，立马山远水远，恍恍惚惚如在梦中。

他们断定这家伙有毛病。想想也是，正常人谁会到北京来找另一个自己。开始他跟我们说,还有一个叫戴山川的人活在这世上,就在北京。我们说,当然,只要不是稀奇古怪的名字,两千多万人里肯定能抓到几个同名的。不,戴山川纠正我们,不仅同名同姓,他跟我是同一个人。我、行健和米萝三人后背上的寒毛瞬间竖了起来。同一个人!戴山川眯起了眼,目光幽幽地放出去,像一只翅膀无限延长的乌鸦飞过城市的上空,从北京西郊一直飞到了朝阳区,再往前,飞到了通州。当时我们坐在屋顶上,这是我们能够给客人提供的最高礼遇。我们希望他能睡到宝来的那张空床上,这样就可以把每个人的房租从三分之一降低到四分之一。

"看,这就是北京。"行健在屋顶上对着浩瀚的城市宏伟地一挥手,"在这一带,你找不到比这更好的房子了。爬上屋顶,你可以看见整个首都。"

戴山川慢悠悠地点头,"嗯,我一定能在这里找到戴山川。"

"你确定要找的是戴山川?"我问。

"不是戴山河?"行健问。

"或者戴山水?"米萝说。

"不是。"戴山川自信地笑了笑。后来我们一致认为,不管从哪个角度看,他笑得都有点诡异阴森。戴山川一边笑一边说,"我要找的就是另一个自己。"

接下来他坐在屋顶上我们唯一的一把竹椅子里,跟我们讲他要找的那个戴山川。他是看着那个戴山川的照片长大的。他从口袋摸出一张揉皱了的五寸照片,一个白白胖胖的男孩咧着嘴傻笑,可能一岁都不到,顶着一头稀疏柔软的黄毛。"戴山川。"他说。然后从另一个口袋又摸出一张照片,十岁左右的男孩,人五人六地穿着一身花格子小西装,双手掐腰继续傻笑,为拍照临时梳了一个三七开的分头。他说:

"我。"

"戴山川。"我说。那个不到一岁的小东西八九年后变成了花格子西装,又过了六七年,小西装和我们一起坐在了黄昏时分北京的屋顶上。不会错,看得出来的。

"我。"

"你就是戴山川。"行健说。

"他是他,我是我。"

"戴山川就是你。"米萝说。

"我是另一个他,他是另一个我。"

有点乱。

行健先觉得问题不对的,他指着飞过头顶的一群鸽子说:"狗日的打下来一只吃吃。"

我和米萝一起追着鸽子看。但戴山川的目光依然像乌鸦一样宽阔地滑翔,鸽群不在他眼里。他坚持要跟我们说说另一个戴山川的事。

事情其实很简单,我们可能都经历过。小时候不听话,父母就会说,早知道不要你了,要另外一个了。另外哪一个呢?另外一个"我",或者我的"兄弟"或"姐妹"。在父母的叙述中,那个"我"或者我的"兄弟姐妹",因为养不起,因为不听话,因为某些其他原因,送人了。现在他们后悔了,因为我们让他们很头疼。必须承认,这一招挺好使,年少时我们的小神经都绷不住,担心真有个谁掉头杀回来,穿上我们的衣服,戴上我们的帽子和手套,端了我们的茶杯和饭碗,抢了父母给我们的爱,代替我们活在这世上,于是乖乖地做回个好孩子。这种玩笑式的骗局也就管用那么几年,大一点再怎么编排我们都不信了。大人肯定也觉得编下去很无聊,又转回到最好使的方法上:简单粗暴型责骂。但是戴山川跟我们不一样,他是家里独子,爷爷奶奶、外公外婆、爸爸妈妈、叔叔阿姨、舅舅姑妈，一大群人供着这么一个宝贝疙瘩，哪舍得动粗的，连假想敌都舍不得给他树立成别人。这个世界上，能与他竞争的只有他自己。一岁不到，他不好好吃饭，爷爷奶奶指着一张镶在精美相框里的大照片（就是他掏给我们看的五寸照片的放大版）说：

"认识吗，这是谁？"

戴山川指指自己。

爷爷奶奶摇摇头，"不是这里的你，是在北京的你。"

戴山川晃晃悠悠走到穿衣镜前，要钻进镜子里把自己找出来。

他不好好睡觉，爸爸妈妈也指那张大照片给他看。"再不睡，咱们换了那个戴山川回来吧。"

戴山川赶紧闭上眼。

只要家里人往相框里一指，戴山川立马老实。戴山川说，很多年里，他最怕的人不是父母，不是老师，也不是班上抽烟打架的男同学和马路上游手好闲的流氓阿飞，而是墙上的那个自己。他怕到了恨的程度。那个远在北京的自己，他是他最大的敌人。那张照片拍得很立体，不管从哪个角度看，两只眼睛都在盯着你。小小的戴山川用眼睛余光扫一下相框，在北京的那个自己就警醒地注意到了，搞得年幼的戴山川被迫成了整个小区最听话的孩子。进了学校，他也是好学生典型，老师一次次要求大家向他看齐。他想过把照片给毁掉，不敢明目张胆地下手，装作不小心碰掉了相框，玻璃碎了。母亲倒没怎么批评他，拿去装潢店重新镶了一个更漂亮的相框，还挂在原处。父亲说，别再乱碰了啊。

后来，他终于长大到明白镜框里的那个小孩不过是父母管教和要挟他的借口，因为那个戴山川一直停留在不到一岁的模样，而他一天天长大了。但他发现自己已经离不开他了。这么多年,他只有他自己这一个朋友。没有兄弟姐妹,从学校回家,同龄的玩伴都没有,家里人怕他被人欺负,怕他出去跟孩子们疯玩影响学习,怕跑步摔倒了,怕他跟别人争执时打架。他只能跟墙上的自己玩。他跟相框里的戴山川说:

"戴山川,你好。"

他又代戴山川回答:"你也好,戴山川。"

"戴山川你吃了吗?"

他再自己答:"我吃了,戴山川。你呢?"

"我也吃了。你知道《登鹳雀楼》这首诗吗?"

"我还会背呢。白日依山尽,黄河入海流。欲穷千里目,更上一层楼。"

"爸妈今天早上吵架了,你知道为什么吗?"

"天热了呗。"

"晚上又吵了。"

"因为空调没修好。"

"老师下午批评我了,说我不团结同学。"

"那是因为你有我这样的朋友。"

"没错,你说得对。"

没错,相框里的戴山川成了戴山川的朋友。他喜欢跟他说话,他也习惯了想象一个也叫戴山川的自己,如何在一个陌生但十分有名的城市生活。他是最好的朋友,也是唯一的朋友。他一个人在家,从不觉得孤独;或者说,学会和另一个自己交流以后,就不再觉得孤独了。

"没准你真有个双胞胎兄弟呢?"我提醒他。

"要是有个双胞胎兄弟,"行健说,"这事我倒还能理解一点。但另一个自己,咳咳,听着都瘆得慌。"

"除非你有精神分裂症。"米萝说。

"我也想过,"戴山川坐在我们的屋顶上,把那张五寸旧照片翻来覆去地看,"但我爸妈说,他们只生了我一个孩子。一个人在世上,会不会真有自己的分身呢?"他从兜里又掏出一张照片,显然是他刚拍的,"比如,你们在北京见过一个长得像这样的人吗?"

行健打了个哆嗦,撇撇嘴。"不行了,憋得不行。我得上厕所了。"

他要从屋顶上下来。米萝也跟着下,我也站起来。北京是个大地方,的确什么稀奇古怪的事都可能发生,但这事可能性很小。

"我还没说完呢。"戴山川说。

"不用说完了。"行健已经下到了地上,"空床位暂时不租了,这几天我们老乡要来借住,是不是啊你们俩?"

我和米萝说:"嗯,是。"

事情就这么结束了。我把戴山川送出门,朝隔壁努努嘴,"那边应该还有空床位,你去试试?"

第二天早上我头疼病犯了,在街巷里跑步,经过隔壁敞开的院门,听见有人含混地嗨了一声。我停下,伸头往里看,戴山川蹲在水龙头边刷牙,满嘴泡沫地对我摆摆手。

那段时间我们的活儿都停了,小广告不能再贴了。那是"城市牛皮癣",警察见了抓,城管见了也抓,环卫工人见了也要追着你跑。其他游街串巷的小商贩,开三轮车卖水果的,摆摊卖盗版光盘的,办假证的,地铁口卖唱的,推小车街头巷口摊煎饼馃子、炸火腿肠、卖切糕、卖豆浆稀饭包子盒饭的,四处游荡卖笛子、二胡、葫芦丝的,也都老老实实地蹲在出租屋里了。没有人说不许出去,但你要出去那就是找死。全北京都在整顿。听说要开重要会议。

忙着挣钱时，大家相安无事，有矛盾有竞争也没时间掰扯；现在闲下来，有问题解决问题，没事的也相互找个碴，吵嘴的吵嘴，打架的打架，反正都不能让光阴虚度了。开始还是单挑，谁有矛盾谁解决，文的武的都行；后来就乱了，以武为主，谁有矛盾一大群人都上。一个篱笆三个桩，谁还没有几个哥们朋友。当然，事情开始也可能只是起因于一两个人间的冲突，后来雪球越滚越大，逐渐分出了派别。反正我差不多看明白的时候，已经每天都有一两场群架了。一个地方的老乡结成伙，职业相近的一群也拉成帮；今天上午我找你的事，晚上就变成了你寻我的麻烦。刚开始都还节制，只用拳头和身体，后来逐渐抄上了家伙，棍棒、铲煤的铁锹、通炉子的火钳，还有年轻人防身的匕首和九节鞭，有的菜刀和炒菜铲子也拿出来了。家伙都挺亮眼，在月亮地里闪闪发光，但真打起来，大家还是知道深浅的。开战之前，双方的带头大哥都提醒自己的队伍：出门在外，都悠着点，一家老小都眼巴巴地看着咱们呢。所以，尽管西郊那段时间事情不断，也伤了几个，但基本都没走原则，打群架更像是个集体游戏，成了清闲无聊时日里的调剂。不得不承认，打架还是挺激动人心的，每天早上醒来，我们一帮游手好闲的家伙都像打了鸡血。

行健和米萝块头大，一身的火气都憋成了脸上紫红的青春痘，这种事肯定不会错过。每天他俩出征前，轮番把房东家里的各种能充当武器的家伙都操练一遍，然后像打虎的武松那样提着出门。我胆小，偶尔跟在江浙一派的队伍里起起哄，充其量是个啦啦队员；真打起来，很惭愧，我就躲到墙角和树根下了，整个人哆嗦成一团。关键是那时候头疼。神经衰弱面对那种场面会突然爆发，我跟自己的脑袋作斗争的精力都跟不上。这种时候，我最常干的就是撒开腿就跑。不是逃跑，是长跑，只有跑步才能振奋我衰弱的神经。

那天晚上，戴山川从两军对垒之间梦游般地穿过，我躲在老乡们的后面。战斗一触即发，我听见脑袋里有一种明晃晃的声音从远处蛇行而至，头疼马上要开始。我拍着脑袋对行健说：

"不行了，我得跑。"

"跑吧跑吧，"行健握着房东留下来的一根油漆剥落的棒球棍，已然进入一级战备状态，"就没指望过你。"

我敲打着太阳穴，后退，像个逃兵，跑步穿过月光下的巷子。跑到"花川广场"咖啡馆那条巷子，遇上戴山川。他借着月光和路灯光看每一家店铺的橱窗和广告牌。我停下来，我都听得出来自己声音里的嘲讽：

"还在找你自己？"

"我就转转。"戴山川一点都不像在开玩笑，"如果真有另一个我生活在北京，那我得把这个城市好好看清楚。"

还不在频道上。"你就没想过你爸妈从小就在骗你？"

"我知道。那又有什么关系？"他笑眯眯地把盯着橱窗的目光转向我，"我们需要另外一个自己。你想想，如果还有另一个你，想象出他的一整套完整的生活，多有意思！我从小就想，那一个我，我一定要看看他是怎么生活的。"

不在一个频道上。我又问："你不是瞒着家人逃学来北京的吧？"

"我爸妈知道。他们说，好吧，出门看看也好。"

好吧。这一家人都不在频道上。

"你就没想过，这世界上还会有另一个自己？或者，你还有一个孪生兄弟？而你和你的孪生兄弟正好被互换了名字，你其实是作为你的孪生兄弟生活在这里，而你，现在正由你的孪生兄弟代替着生活在另外一个地方。"

有点绕。跑了两条街刚刚缓解一点的头疼又加重了。我脑子有问题,他比我的还严重。"我没兄弟,只有一个姐姐。"

"如果有呢?"他很认真地提醒我,"再想想。"

没有如果,我对他摆摆手。跑步是治疗神经衰弱的唯一方法,别的只能加重病情。他还要提醒,我已经跑到了"花川广场"的另一边。

"如果有呢?"他提醒鸭蛋,"再想想,你爸妈没说过?"

鸭蛋抱着小腮帮子歪着头想。"有!"他开心地拍着巴掌,"我妈妈说,我要再哭,她就把所有好吃的都给我弟弟。"

"你妈妈说过你弟弟在哪儿了吗?"

鸭蛋撇撇嘴,"没有,我妈妈就说,长得跟我差不多。"

他把鸭蛋从小板凳上拉起来,"走,我带你去看看你弟弟长什么样。"

我站在屋顶上,看见戴山川牵着鸭蛋的小手出了隔壁的院子。

鸭蛋四岁,河南人老乔的儿子。乔什么不知道,他和老婆带着鸭蛋在北京卖鸡蛋灌饼,每天一大早推着车子到地铁口或者公交站台边,一个鸡蛋灌饼两块五毛钱,多要一个鸡蛋就再加一块。上班的年轻人来来往往,一个早上能卖几百个灌饼。顺带还卖杯装的稀饭和豆浆。两口子一个在平底锅上加热头一天晚上做好的饼、煎出一个个焦黄的鸡蛋,一个卖豆浆、稀饭连带收钱。鸭蛋早上起不来,被锁在家里,不必早早出门的房客顺便帮着照应一下。

老乔一家住在戴山川租住的院子里。区别在于,戴山川和几个卖盗版碟的挤在正房里,老乔一家租住的是院子里单盖的一间屋。西郊租户多,是个房子就走俏,很多房东都在院子里搭建简易房。单砖跑到顶,楼板封盖,再苫上石棉瓦,风雨不怕,就是冬冷夏热。就这样也抢手，便宜，一家人单独租一间，倒也清静。老乔就租了隔壁院子里唯一的一间简易房。

鸭蛋不叫鸭蛋，因为脑袋长出了鸭蛋形，老乔两口子又卖鸡蛋灌饼，大家就叫他鸭蛋。叫多了，老乔两口子也跟着叫鸭蛋，本来的名字大家就给忘了。鸭蛋肯定是独生子，这我敢肯定。老乔说过，能养活一个就不错了，再超生二胎，这几年的鸡蛋灌饼就白卖了，也凑不上那罚款。

老乔带老婆一早推着车子出门了，想找个安全的地方。远点无所谓，整天闲着做不了生意，他们心里急。鸭蛋留在家里跟一帮闲人玩。现在，戴山川把鸭蛋带出了院子。

我在屋顶的太阳底下打了个瞌睡，也就二十分钟，戴山川和鸭蛋回来了。鸭蛋手里举着一张大照片对我喊：

"木鱼哥哥，你看，我弟弟！"

什么弟弟，就是鸭蛋自己。这个戴山川是真能忽悠，带鸭蛋去了趟照相馆，就给他捡来个弟弟。那张照片拍得还算讲究，摄影师给鸭蛋换了一身时髦的小衣服，衬衫、领结，还有件挂着怀表的小马甲，鸭蛋装成弟弟，两只手有模有样地插在裤兜里。

我走到屋顶边缘，跟戴山川说："你这不是祸害鸭蛋么。"

"怎么是祸害？"戴山川说，"鸭蛋多孤单，整天一个人锁家里，咱们得给他找个伴儿。"

听得我倒是心头一热。小时候我出疹子，不能见风，又怕传染别人，父母就把我锁在屋里，无聊得我跟闹钟和暖水瓶都聊起了天。我就问鸭蛋：

"鸭蛋，那你告诉哥哥，你弟弟叫什么名字？"

"鸡蛋！"鸭蛋自豪地说，"我叫鸭蛋，我弟弟叫鸡蛋！"

好吧。千万别再给他找个哥哥，要不鸡鸭鹅齐了。"鸭蛋，你弟弟跟你长得真像啊。"

"那当然，"鸭蛋举着照片对我挥动，"鸡蛋是我弟弟嘛。"

必须说，鸡蛋对鸭蛋起到了效果。这是戴山川跟我说的，老乔两口子请他吃了两个鸡蛋灌饼，外加一杯绿豆粥。那段时间绿豆粥价钱上去了。有专家说，绿豆包治百病，超市里的绿豆价翻了三番还是供不应求。老乔说，鸡蛋太好使了，只要一指贴在墙上的鸡蛋，鸭蛋立马听话，该吃时吃，该喝时喝，该睡觉睡觉。一个人待着也不吵不闹，脸对脸跟鸡蛋说话，弟弟长弟弟短，那个亲热劲儿，搞得他老婆都想再生一个娃了。

此言应该不虚，那段时间老乔和他老婆的确没找我帮过忙，要在过去，隔三岔五早上我都得跑过去，看看鸭蛋睡醒了没有。

出大事了。没擦枪也会走火，出了人命。周六下午又有一场大战，双方人数都过了三十，抄着家伙，那场面有点壮观。械斗之前照例是舌战。两边对骂时，一辆货车开过来，嘀嘀嘀喇叭声摁得急，大家本能地就紧急往后退。前面的挤后面，后面的继续往后挤。有人被推倒了，侧身倒在一把锄头上。锄头是房东过去在院子里开荒种菜时用的，房子租出去后，锄头就放在杂物间里，被打群架的搜了出来。为了让武器更具有威慑力，持锄头的家伙特地把锄头打磨了一番，明晃晃亮闪闪，能当镜子照，锋利自不必说。寸就寸在，当时持锄人拄着锄柄，锄刃自然就朝上，倒下的胖崔脖子直直就撞了上去，动脉和气管一起切断了。一群人围上来，眼见着胖崔像上了岸的鱼一挺再挺，脖子底下直往外冒血泡，呼噜呼噜只有出气没有进气的声音把大家吓坏了，搓着手干着急。有胆大的上来捂住他伤口，旁边的人赶紧打120。120

到时，胖崔已经死了。

那天我没在现场。戴山川带着鸭蛋爬上了我们的屋顶，一个跟我讲另一个戴山川，一个跟我讲鸡蛋。戴山川说，他游走在人群里，看着一张张千差万别的脸，觉得这世界真是神奇。既然有那么多不同的脸，一定也会有一张跟他一样的脸，他相信长着那张脸的戴山川一定也会在茫茫人海里寻找他。这么一想，他就觉得他跟这个世界有了无穷多的联系，对面走过来的每一个人，都可能是另一个自己。他觉得自己像一环不可或缺的扣，被织进了一张大网里。

"你确信真有另一个自己？"

"这样的感觉不好么？"他说，"鸭蛋都喜欢上了他的弟弟。"

"嗯，我天天跟弟弟说话。"鸭蛋真是给戴山川长脸，他手舞足蹈地说，"我弟弟可乖了，给他糖都不吃，还要给我大白兔。"

我对戴山川说："恭喜你，这么快就找到传人了。"

戴山川对我挤着眼笑。这时候行健和米萝跌跌撞撞跑回来了。进了门米萝就朝屋顶上喊：

"你崔哥去了——"

"哪个崔哥？"我问。

"胖崔！"行健喊起来。

"去做臭鳜鱼了？"我真没想到米萝还能这么文雅地称呼死亡。我能想到的崔哥就是那个安徽来的胖厨子，做一手好菜，尤其臭鳜鱼。自备的料，在他的出租屋里做，吃得我舌头差点咽进肚子里。

"死啦！"行健的声音都变了。他亲眼看见崔哥血尽气绝，他被吓着了。

在人海里找到一个跟自己长得一模一样的人不容易，一个人说死就死也同样不容易啊，但胖崔的确死了。行健和米萝一屁股坐在院子里，我坐在屋顶上一时半会儿也站不起来。我们都吃过崔哥的臭鳜鱼，喝过他熬的母鸡汤。他说，徽菜的特点就七个字：盐重，腐败，有点黄。"腐败"的是臭鳜鱼，"有点黄"的是老母鸡汤。他那么认真的一个人，说到"有点黄"脸都红了。

问题是，胖崔跟谁都没有过节，他只是碰巧那天休息，被同宿舍练摊儿给手机贴膜的老乡拉过来凑数的。

出了人命大家就清醒了，原来这么玩下去也很危险，几支队伍没人招呼就自动解散了。但事情才刚刚开始。一直想整顿城乡接合部的社会治安和闲杂人等，这回逮到了机会。先是半夜三更突击检查暂住证，无证游民一律遣送回老家；接着清查周边的旧房危房和违章建筑，安全设施不达标者一律不得出租，限期加固整改或拆除。以安全的名义，又解决了一部分不安定因素，因为外来者的租住环境多半都有问题。真有深仇大恨的人也打不起来了，没那个心思：被遣送的遣送，被驱赶的驱赶，想留下的赶紧找门路，剩下的烧香拜佛，自求多福。

我们三个半夜被砸开门，手电筒直接照到被窝里。我穿着背心裤衩从箱子里摸出暂住证。米萝记错了地方，箱子里找不到翻包，包里没摸着又去掏衣服口袋，最后在床头柜里翻出来，找到了还被踹了一脚，说他浪费时间太多。

在我们找暂住证的同时，隔壁院子里鸭蛋在哭。另一拨人进了老乔的门，鸭蛋被半夜三更闯进来的陌生人吓哭了。老乔应该是和他们发生了争执，为此还得罪了那些人。我们听见老乔老婆穿着拖鞋噼里啪啦地往外跑，跟在他们后面说：

"你们千万别生气，他真不是那个意思。"

"哪个意思也没用！"一个硬邦邦的男声说，"跟房东说，最迟后天中午。没得商量。"

　　这个最后通牒指的啥,我们都没深究,没时间。天不亮周围就乱了,收拾的收拾,搬家的搬家,有门路的赶紧投亲靠友。那两天不断有人过来告别。听那些资深的北漂前辈说,好几年没见过这么大规模的清查了。到了"后天",推土机轰隆隆开到西郊,我们才明白通牒要干什么:强行拆除违建房。从西边的巷子一家家往这边推。每一间违建房都推倒,他们知道指不上房东,谁舍得对自己的摇钱树下手。老乔第二天一早就跟房东打电话,房东咬着舌头说,雷声大雨点儿小,哥们啥场面没见过,小 case 啦,放一万个心住。但推土机开进了路西的巷子,老乔两口子扛不住了,开始收拾家当。还没收拾完,推土机就从宽阔的院门开进来了。

　　推房子是大事,我们都去看热闹。戴山川和那群卖盗版碟的也都在,没事干,都猫在家里。那天晚上戴山川差点挨了揍,他算一个刚来不久的观光客,火车票可以作证,但他跟纠察队说明来京理由时,把一个队员给惹毛了。我是纠察队我也毛,什么叫"找另一个自己"?这小子分明在耍他,那队员警棍都举起来了。戴山川发现跟他们讲不清,只好说,来北京是找一个失散多年的兄弟。纠察队说,早他妈这么说不就结了?还找"另一个自己",跟老子转什么鸟文。拆房队的队长一挥手,推土机直接开到老乔的东山墙下。老乔老婆说,还有几样东西,再给五分钟。队长竖起右手食指和中指:两分钟。然后盯着手表看。

　　老乔两口子这才真正慌起来,穿着拖鞋往房间里跑,出来的时候拖拖拉拉抱了一大堆,抓到手里的全往外扔,恨不得把床也抢救出来。队长弯下食指和中指,对推土机的司机示意,时间到,开始。推土机司机加了一下油门。鸭蛋突然大叫:

"鸡蛋！鸡蛋！"

在场的都蒙了，鸭蛋叫唤什么鸡蛋？反正我是一下子没反应过来。

鸭蛋哭喊起来："鸡蛋！我要鸡蛋！我要鸡蛋弟弟！"

他说的是贴在床头的照片。我想冲进去，但推土机的黑烟已经冒出来，开始怒吼着往前推了，我赶紧收住脚。一个人冲进房间，是戴山川。滞后没超过三秒，推土机已经杵到墙上。司机没看见有人进去，因为嘭嘭嘭嘭巨大的机器噪音，他听清楚我们大喊停下和有人时，踩刹车已经来不及了。我们看见老乔一家住的简易房子在左右晃动几秒之后，轰隆隆倒塌了。

连司机都傻眼了。除了鸭蛋还在哭叫他的弟弟鸡蛋，所有人都呆若木鸡。戴山川没出来。

那一段时间的确很长，相当之长。尘烟拔地而起。很多人的下巴都挂在胸前，迟迟没能合上。我们就看着那一堆废墟。一间简陋的房子，连废墟都单薄，石棉瓦、楼板和碎砖头纠缠堆积在一起。司机吓得推土机也憋熄了火。院子里只剩下鸭蛋的哭喊和风声。我确信时间是有声音的，我几乎能够听见时间正以秒针的速度咔嚓咔嚓在走。废墟寂静。然后，寂静的废墟突然发出了一点声响，我们中间谁叫了一声。尘烟稀薄，我们都看见碎砖头哗啦又响一声，一只手从砖头缝里一点点拱出来，一张皱巴巴的照片出现在废墟上。

鸭蛋挣脱母亲，边跑边喊："弟弟！"

2017 年 12 月 10 日凌晨　安和园
原载《大家》2018 年第 3 期

这些年我一直在路上

1

车到南京，咳嗽终于开始猛烈发作，捂都捂不住，嗓子里总像卡着两根鸡毛。他间隔两三分钟钻到被子里用力咳一次，想把鸡毛弄出来，可是刚清爽几秒钟鸡毛又长出来，只好再钻进被子里。现在凌晨刚过十分钟，车慢下来，南京站的灯光越来越明亮地渗入车厢里。其余五张硬卧上的乘客都在睡觉，他在左边的中铺上坐起来，谨慎地伸手去够茶几上的保温杯。喝点热水润一润会管点用，这是慢性支气管炎患者的日常经验。中铺低矮的空间让他不得不折叠起上半身，嗓子眼里的鸡毛随之至少被折断了一根，现在成了三根，或者更多，痒得他不由自主猛咳起来，一口水喷了满床。下床和侧上床同时翻了个身，各自用方言嘀咕了一句，听不懂他也知道两人在表达同一个意思。他很惭愧。也许此刻所有人都没睡着，他几乎不间断地咳嗽和清嗓子，还有擦鼻涕，该死的感冒。他捏着嗓子慢慢滑进被子里，忍住，他跟自己说，忍住，一定要他妈的忍住，直到平躺下来然后咳嗽神奇地消失。他忍出了一身的汗。

但是躺下来后他绝望地发现鸡毛在长大，像蒲公英一样蓬松地开放，像热带雨林里的榕树见缝扎根，从气管往下，整个胸腔乱糟糟地灼辣。胸闷，通常的症状之一，他想象那些根须正在布满胸腔。他想从肋骨中间把自己扒开，有一扇门很重要，让大把大把的氧气清爽地吹进来。是啊，上半身很重，像炉膛里烧了半黑半红的一块大铁坨。他后悔出门时没带常备药，后悔昨天晚上洗的那个忽冷忽热的淋浴。为什么价格便宜的旅馆里的热水器从来都不能他妈的正常工作呢。他简直要哭出来。

车子抖动一下，缓缓开动，窗外南京站午夜的小喧闹沉寂下来。一忍再忍他还是咳出来，堪称大爆发，动静之大让他的头和脚同时翘起来，身体在床板上颠动了一下。这声咳嗽几乎要把喉咙撕破。斜下床的男人用标准的普通话骂了一句。他哑着嗓子说对不起，趁机又连咳了两声。上铺的脚后跟磕一下床板，一个五十开外的女教师，她知道烦躁也可以文明一点。

他捂着胸口侧身向外，南京站的灯光越来越淡。他看见对面中铺的床头闪着两个黑亮的点，然后那两个亮点升起来，是中铺的眼。那个十二个小时里没出过声的女人，右胳膊肘支撑着欠起身，用手机照亮床头的包，拿出两个小瓶子，晃动一下，哗啦哗啦微小的响。她压低声音说：

"药。"

治感冒和咳嗽。因为长久没有说话，她的声音空洞虚飘，像一声叹息。

吞下三粒胶囊，还药瓶时他难为情地说："这趟路有点长。"

跟路途长短没关系，再长远的路他都走过。躺下时他对幽暗的上铺床板歉意地笑了笑,除了感谢之外,他一直没学会怎样才能和一个陌生的年轻女人多说上几句话。这个女人三十左右,披肩烫发,染成淡黄褐色,眉形很好,白天一直坐在窗边支着下巴向外看,面部侧影像某个他叫不上名字的电影明星。整个白天她都保持那个姿势,右腿叠在左腿上。他认为那是发呆。他对她的印象就这么多。那个女人不爱说话,他也不爱说话,沉默的人在喧嚣的车厢里总是形同虚设。

十分钟后药效出来了。从嗓子眼往下,一寸一寸开始轻松,如同浓雾从身体里缓缓散去,身体一点点变轻。火车的颠簸让他以为自己漂浮在水上。他闭着眼看见火车穿过茫茫黑夜,如果黑暗不是水,如果忽略床板的托举,他觉得用"悬浮"这个词更合适。悬浮在黑夜里,疾速向前,感觉很好。他把脑袋歪向车厢隔板,睡着之前他想,这些年我一直在路上。

2

这些年我一直在路上,之前多少年几乎一动不动。静止不是个好习惯,会让别人生厌。静止能有什么乐趣呢?当初前妻说,在一个后现代的大城市,安静地生活就是犯法。前妻的逻辑他理解起来一直有困难,难道在北京和上海这种地方,每天都得跳着脚过日子?他每天从床上下来的那一刻起,几乎都是双脚同时着地,然后吃早饭,坐地铁10号线上班,单位恰好也在十四站之后的地铁口旁边,他为此感谢很多人,设计地铁的,修地铁的,给单位选址的若干任前的领导,以及设计施工建造单位大楼的所有人,他连马路都不要过,过一次马路你知道多麻烦吗,你不知道,那么多行人和车辆,红灯停绿灯行,这个世界上的红灯永远比绿灯多,中午在单位食堂吃,只要下楼走五十米,服务员把饭菜都放进你的托盘里,继续上班,他双脚垂地坐在办公桌前,偶尔一只脚着地那是为了更舒服一点跷起了二郎腿,但是医学研究证明,跷二郎腿对身体其实有害,他就把那只脚放下来,除了去洗手间、会议室和同事们的办公室,在单位他几乎都找不到走路的机会。然后下班,坐10号线回家,路上看报纸、杂志或者字帖。他好书法,小时候在私塾出身的祖父的指点下练了点童子功,这些年一直没放弃,拿起毛笔他觉得自己丰富安宁,仿佛需要对生活感恩,但是,老婆说,咱们的生活乏味成这个样子,你就不能动一动吗?那时候还不是前妻,等出了民政局的门,刚成了前妻时她说:

"爱动不动吧。"

前妻爱动,有点时间就折腾,逛街、美食、美容、旅游、看演出,反正只要不在家里就高兴。开始还动员他一起去,他也去,但明显动起来很不在状态,她也就意兴阑珊了。你就在家待着养老吧,她一个人出门,喀喀喀到这儿,嚓嚓嚓又到那儿,忙着在网络上搜集能让她出门的理由,或者找一帮驴友,背包、登山鞋、拐杖、野外帐篷,满地球乱跑。他不反对她像吃了兴奋剂一样到处跑,只要你觉得开心,我尊重你多动症似的自由,愿意上月球我能帮的一定也帮你。但是她对他不爱出门看不习惯,一会儿说,你才有病呢,明天我带你去医院看看?一会儿说,我怎么一开门就觉得家里坐着个爹啊,说我爹还夸你年轻了,应该是我爷爷。

出门还是待在家,就此问题他们争论过无数次,离婚前的一个夏天晚上吵得最烈。正吃晚饭,电视开着,一个烂得不成样子的电视剧里,一对年轻夫妇在收拾家伙,准备去西藏旅游。他们兴致很好,连三岁的儿子都对着镜头做出冲锋陷阵状,奶声奶气地喊:看牦牛去,耶!老婆嘟起嘴用下巴指电视,说:"看看人家,孩子都那么大了。"

她的意思是,人家孩子都三岁了,还见缝插针往西藏跑。这不是最好的榜样,最好的榜样是八十岁的老两口还相约环游世界。而他们结婚只有三年。

窗外就是大马路,二十四小时里每一分钟都闹闹哄哄,为了阻挡喧嚣,装修时他在阳台装了双层隔音玻璃窗。他懒得出门,见到人声鼎沸他就烦,更懒得出远门来更大的折腾。他也不愿意吵架,所以就笑笑,推开饭碗去书房练字。老婆定了规矩,饭后半小时不能坐,便于消化,不长肉。他正好用来站着练字。刚把纸摊开,老婆跟进来。

"忘了告诉你,"她说,"名报了,两个人。"

"不是说好我不去的么?请不出假。"

她的单位组织去海拉尔,每人可以带一个家属。大部分都带,同事们就怂恿她,老公都搞不定,要不我们借你一个?她有点火。

"请过了。你们副总说没问题。"

他扭过头看她,真行,我的领导你都能搞定。"可我不想跑。"

"这一回,是个死尸我也要把你抬上车。"

他坐下来。

"站起来!饭后半小时别坐着。"

"能不能别让我按你的规划过日子?"

"一次也不行?"

"真不想去。想到出门我头晕犯恶心。"

老婆的火苗就在这时蹿了上来,猛一拉毡子,带着砚台飞起来,墨汁泼了他一头脸,圆领白T恤前胸染了一摊黑。这衬衫是她去年参加三亚旅游团送的,后背上印着蓝色手写体:想来想去,明年夏天还得来三亚。

他抖着滴滴啦啦往下掉墨水的T恤,血往头上升。"跟你怎么就说不清楚呢!我不想折腾!"

"那是你有病!你怕出门撞见鬼么你?"

"哪跟哪呀这是?你才有病!除了睡觉吃饭,一天你在家待几分钟?过两天安静日子会死啊?"

"安静?可笑!就是个缩头乌龟,还蹲家里冒充作家!"

你跟她永远说不清楚。他当时想,我平心戒躁,这也错了?他想跟她讲道理,但是这道理结婚以来每年要讲三百六十六次,他们还要为此吵第三百六十七次。他突然觉得无话可说,转身去卫生间对着水龙头冲了头脸,湿漉漉地出了门。他想不通一年有如此多的架要吵,为同一件莫名其妙的事。他听见老婆在身后喊:

"整天缩家里,谁知道脑子里出了什么猫腻!"

越简单的事情越难办,所以这个问题他们翻来覆去地吵。从她的单位旅游通知下来开始,半个多月几乎每天都要为此辩论,越扯越多,已经上升到精神疾病和世界观、人生观的高度。他不想争论并非惧怕老婆对他头脑和什么观的指责,而是惧怕吵架本身。每次吵架都让他陡生对婚姻和生活的虚无和幻灭感,刚刚积累出来的过日子的热情一阵大风全刮走了。究竟是什么东西让一对发誓要在一起生活一辈子的人没事就翻脸,只是动和静的问题?或者热爱喧哗还是安静的问题?这些问题足以摧毁连一生都不惜拿出来献给对方的婚姻和家庭?他难以理解。吵架时他觉得两个人连陌生人都不如。他希望和而不同,而不是吵架、吵架、吵架和吵架。

如他所料,即使在晚上七点钟马路上也堵车,很多车在红灯底下摁喇叭。骑电动车和自行车的人,公然在斑马线上闯红灯,步行者因此得到鼓励，向已经被迫慢下来的车作停止手势，停。司机愤怒地拍着喇叭骂娘。喝醉酒的两个男人一路骂骂咧咧。母亲在扇小儿子的耳光。拾荒的老太太跟在喝康师傅绿茶的小伙子身后，等他喝完最后一口以便捡到空瓶子。理发店的音响开到最大，循环唱《月亮之上》。遛弯的小狗长得像只老鼠，盯着一个穿红色高跟凉鞋的女孩一直叫。

还有很多。噪音在城市夜幕垂帘时终于聚到了一起，多余的精力必须在当天耗尽。如此之乱。这正是他不能忍受的地方。他待在家里，关上双层隔音玻璃窗，世界才能静下来。出小区门向右拐，再向右拐，一大群人从一个门里拥出来。他竟然习惯性地要往地铁里去，似乎出了家门只有这一条路可走。他茫然地站在路边，头顶的路灯蚊虫缭绕，他在路边坐下来，马路牙子现在依然滚烫。抽了一根烟，想到另外一个小区旁边的小公园，那里会清静点。他一路抖着被染黑的湿T恤，像个行为艺术家，墨汁溅出了一只大写意的翅膀。

公园里人也不少，好在花木多，曲径回廊，明暗闪烁，如果坐下来你还是能感觉到这地方可以一直坐下去。喷泉开了，他过去想看看水。周围的花园墙上坐着家长，好几个孩子在不断变换形状的喷泉里钻来钻去。水柱淋透他们全身，孩子们很高兴，在这个城市，如果不进游泳馆，你能看到水的地方只有自己家里细长的水龙头。他小时候在农村，屋后就是一条长河，夏天总要发一场大水，他喜欢用脚摸着被漫过的石桥走到对岸，然后再走回来。而这是没见过大水的一代。他们见到一个喷泉就如此开心，不管父母的责骂，一不留神就钻到水柱底下，一个个喷嘴踩过去，在水中相互追赶。水花清凉，浇在身上会比淋浴舒服一千倍，他们开心地嗷嗷叫。

他在穿拖鞋的家长们旁边坐下，一个大肚子的男人说："你那衣服，洗洗？"他笑笑。

又一个男人说:"要是我,就洗。"

一个短头发的女人说:"不洗穿着多难受。"

另一个女人附和。

城市迫使他们学会了矜持。一个成年人不能随便在众目睽睽之下淋湿自己,这是身份和教养,顺其自然将被认为是矫情;虽然他们可以当着陌生人偶尔抠一下酸腐的脚丫子,喜欢在沙滩短裤里面不穿内裤,但是此刻他们希望有个人能代替他们冲进水柱中间。如果没有更多人取笑,他们将会因为他的献身而感同身受,我们知道,水的确是个好东西,尤其在这个闷热的夏夜里;如果超过半数的人因他的行为感到难为情,那么我们有充分的理由认为他就是一个傻子。一个超过三十岁的傻子,他与小孩为伍,而且胸前正往下流黑水。

水柱穿过T恤变成黑色,他踩着最黑的乌云在喷泉里走。遥远的地方传来雷声,天气预报说,今天夜间到明天,城市西北部有阵雨。他真就钻进了喷泉里,跟他们怂恿无关,而是因为怀念家后面的那条河。他把T恤张开,姿势像撩起衣襟讨饭的乡下人。白T恤开始变白,曹素功牌墨汁也经不住坚硬的水流冲洗。水打到皮肤上感觉好极了,他把脑袋放到一根水柱上。有人对他指指点点,他听不见是褒还是贬,此时水声巨大,仿佛长河里在涨水。

3

早上醒来第一件事是咳嗽,药效过了。那个女人坐在窗口往外看,杨树和柳树一棵棵往后闪,她的姿势没变。听见他咳嗽,她站起来到床头打开包，递给他昨天夜里的那两个小药瓶。就算只为了这陌生的药，他也坚持请她去餐车吃早饭。

他们面对面坐在餐桌前，她说："别客气，出门在外。说会儿话吧。"

"我以为你不爱说话。"

"我是不爱说话，"她在牛奶杯子转动汤匙，"可我有一肚子想说。"

"那你说，我听着。"他转过脸咳嗽一声。

"你先说。"

"一受凉就带起支气管炎，"他说，"说咳嗽你不介意吧？"

她的汤匙敲三下杯子。什么都行。

他就说，一天晚上我从公园里回来，躺在楼下的凉椅上睡着了。我在公园的喷泉里把T恤洗干净了，和从三亚带回来时一样白。我把自己淋了个透，像小时候我爸给我理完头发，我穿着衣服一个猛子扎进夏天的长河里，露出脑袋时我就觉得水把我浸透了。

她的汤匙又敲三下杯子，请继续。

因为刚和老婆吵过架，他下意识地盯着过往行人的脸，那些晚归的人步行、骑车乃至小跑，他在他们脸上无一例外看到归心似箭的表情。他们往家赶，而他不想回，风穿过湿衣服，他有点累。小区楼下有一溜凉椅，明亮处坐着乘凉的老头老太太，靠近树丛的阴暗处坐着年轻的男女。情侣的坐姿总是不端正，一个躺在另一个的怀里，相互咬着耳朵说话。他在靠近小区门的椅子上躺下，连绵不绝的车辆从十米之外的马路上跑过。

"他们一定家庭和睦、生活幸福。"他像她一样敲了三下汤匙，"当时我想，美好的生活来之不易，如果她下楼来找我，哪怕她一声不吭地站在凉椅前，我一定和她回去，跟过去一样就当结婚三年一次脸都没红过。过去吵架我出门透气，一个小时后她会打我手机，只响三声。三生万物,代表无穷多。但那晚我湿漉漉地出门,忘了带手机。"

"她找你了?"她问。

他摇摇头,在凉椅上睡着了。

向来入睡艰难,在凉椅上睡得却很快,而且突然没了眠浅的毛病。雷声滚过来他没听见,所有人都走光了他也不知道。他睡啊睡,梦见大河漫过身体,他如鱼得水。一个鲜红的球状闪电落下来,半条河剧烈晃动一下,吓得他呛了两口水,他在水里开始咳嗽。因为咳嗽他醒过来,还躺在凉椅上。雨下得那么大我竟然一点感觉都没有,这很奇怪。你不相信?那闪电是真的,第二天我去坐地铁,看见地铁站旁边那棵连抱的老槐树被劈成两半,一小半倒在地上。老槐树的肚子里已经空了,站着的主体部分像一个人被扒开了胸腔。没错,我咳嗽了。那场大雨把我浇出了感冒,支气管炎跟着发作,在地铁里我咳嗽了一路。

"你回家时她在干吗?"

"开着电视睡着了。"他咳嗽两声,"我冲了个热水澡,在书房沙发上睡了一夜。要早点吃药就好了,我断断续续咳了三个月。婚离完了还没好利索。"

"海拉尔呢?"

"没去。先生,我们可以在餐车多待一会儿吗?"

服务员挥挥手,没问题。

"我去抽根烟。该你了。"

他从餐车顶头抽完烟回来,她在敲空杯子。"真不知道从哪里开始好,"她看着窗外,火车正穿过一个小镇,"就说为什么我坐在这车上吧。"

一个月一次，这是第七次。她去看她老公，他被关在一座陌生城市的看守所里。看守所在城郊，高墙上架着铁丝网，当兵的怀抱钢枪在半空里巡逻。他们不让她进，量刑之前嫌疑人不得与任何人见面。她不太懂监狱里的规矩，执意要进，她说我就看看我老公，你看我给他带了最爱吃的捆蹄，用的是最好的肉，还有烟，除了"白沙"他什么烟都不抽。门卫说不行。她就央求，泪流满面，门卫还说不行。到后来门卫说，大姐，求你了，你这么哭我难受，我真帮不了你，你再哭我也要哭了。那小伙子二十出头，离家没几年，晒得跟铁蛋一样黑。她没理由让人家跟着她哭，就把捆蹄和白沙烟放在大门口，一个人离开了。门卫让她带走，她没回头，一直走到很远的一块荒地上，一屁股坐下来放声大哭。在野草地里哭谁都听不见。

哭完了，人空掉一半，她在城郊的一家小旅馆住下来。只住两天，她没办法跟单位请更长时间的假。每天一大早来到看守所门口，不让进，她就像个特务似的在看守所周围转悠。她听见里面很多人在喊号子，她努力在众多声音里分辨丈夫的声音。他的声音饱满，上好的男中音，不过现在可能已经因为不自由变得沙哑。她觉得她听出了众多声音里的那个声音发生的变化，即使沙哑，它在所有声音里也最为明亮，像天上唯一的一道闪电。

前三次他们都不让她进，晒得一般黑的小伙子们口径一致，她的哭喊和央求没有意义。他们说，你得再等等，判过就可以了。她宁可不判，她也不想等，她对他们说，我老公是冤枉的。他们板着脸不说话，冤不冤枉谁说了都不算。她只能等。你不必每个月都来，有结果自然会通知你，打你的电话。但她还是来了，第四次。不再哭诉，而是围着看守所转了一圈后，步行进入了这座陌生城市的内部。她像一个观光客，决定把这里的每一个地方都走遍。

第五次。第六次。第七次。这当然不是旅游的好地方。

"对这个城市,"她说,"跟我对自己家一样熟悉。我有白沙烟,你抽吗?不往下咽就不会咳嗽。"

他们来到餐车顶头,倚着车厢斜对面一起抽白沙烟。火车咣当咣当,节奏平稳,可以地老天荒地响下去。

"见不到人,你去那里意义何在?"

"到那里,我才会觉得他还好好的,心里才踏实。"她吸烟时手指和嘴唇的动作不是很舒展,是个新手,"夫妻有心灵感应,你不信?他在里头一定也能感觉到,我在等他出来。你真不信?"

他狠吸了两口烟,火走得疾,烫到了食指和中指。他用鼻子笑了一声,"怎么感?"

"如果你爱她,你就感觉得到。对不起,我是说,我。"

"没事,我努力感应自己吧。我和自己相依为命。"他笑笑,掐掉烟,"希望他早点出来。"

"我老公是被冤枉的,我说了!他什么都不知道,他只是个司机!"

我必须跟你说清楚,我老公是清白的。他只是个司机,每天勤勤恳恳地坐在驾驶座上,反光镜拨到一边,局长在后面做任何事他都看不见。他开车时喜欢在脑子里唱歌,他的实现不了的理想是到乐团唱男中音,所以局长对着手机说什么他一句都听不见。我们生活很好,两个人的工资足够我们养活好一个五岁的女孩,可以送她进一个不错的幼儿园,请教声乐的大学老师每个星期辅导一次,我们甚至打算给她买一架好一点的钢琴。我们没有途径腐败,也不会去腐败,局长的案子和他一点关系都没有!你不信?哦,对不起,我有点激动,五个月了我从来没和别人说过这么多话。不管是陌生人还是我爸妈。他们永远都不会相信一个清白的人也会进监狱。他们从开始就不赞同我和他在一起。

"你们的感情很好,"他说,"可以再给我一根白沙么?"

"很好。"她把烟盒递过来,顺便也给自己点上一根新的,"二十三岁嫁给他,工作第一年。爸妈不同意,把我反锁在家。半夜里我跳了窗户跑到他宿舍,只带了三件换洗衣服。我说我来了,这辈子你都不能赶我走。他说好,就算山洪暴发冲到屋里,我也抱着你一起死。"她开始掉眼泪,没哭的时候她难过,眼泪出来时她很幸福,"我知道他,比知道自己还知道。他是冤枉的。"

"没准下个月他就出来了,"他安慰说,"一清二白,和过去一样,星期天你们可以带孩子去学唱歌。"

她把眼泪流完,用湿纸巾擦过后补了一点妆,为了不让第三个人看见她的悲伤。"我要下车了,"她说,"谢谢你听我哭诉。"他连着咳嗽了一串子。她从包里拿出小药瓶,"你还要赶路,这个带上。"

"谢谢。能否给我个电话?下次我来看你。"

"不必了,我们只是碰巧在一节车厢。"

"别误会,我只是想,我们可以在电话里说说话。希望你老公一切都好。"

她在餐巾纸上写下名字和手机号。

4

那座山城有个好听的名字,城市环山而建,长江从城市脚下流过。火车重新开动,他坐在窗前她一直坐的位置,用她的眼光看见城市缓慢后退。他喜欢这个陌生的城市,山很高,楼很低,层叠而上,所有坐在房间里的人都能在晴天照到阳光。他想象那个女人拎着箱子走到家门口,打开,进去,女儿也许在家,也许不在家,即便只有一个人,这也是个美满的幸福家庭,因为另外两个人分别都被装在心里。

这是前年十月的事。他咳嗽好了以后依然常在路上,但已经养成了随身带药的习惯,为了在陌生人需要时能够及时地施以援手。他俨然成了资深驴友,当然是一个人,拉帮结伙的事他不干。有时候一个人躺在车上他会觉得荒唐,离婚之前让他出门毋宁死,现在只要有超过两天闲着,他就会给自己选择一个陌生的去处。为了能经常出差,他甚至跟领导要求换了一个工作。过去认为只有深居简出才能躲开喧嚣;现在发现,离原来的生活越远内心就越安宁,城市、人流、噪音、情感纠葛、玻璃反光和大气污染等等所有莫名其妙的东西,都像盔甲一样随着火车远去一片片剥落,走得越远身心越轻。朋友说,你该到火星上过,在那儿你会如愿以偿成为尘埃。他说,最好是空气。

开始他只想知道前妻为什么像不死鸟一样热衷于满天下跑,离了婚就一个人去了海拉尔。他强迫自己把这里的每一个地方都走遍。漫长的海拉尔一周。回家的那晚,火车穿行在夜间的大草原上,这节车厢里只有他一个人,他把窗户打开,大风长驱直入,两秒钟之内把他吹了个透。关上窗户坐下来把凉气一点点呼出来,他有身心透明之感,如同换了个人。他的压抑、积虑和负担突然间没了,层层叠叠淤积在他身体里的生活荡然无存。在路上如此美妙。他怀疑错怪了前妻,在火车上给她打电话:

"如果你还想去海拉尔,我陪你。"

"跟你这种无趣的人?"前妻听不到火车声,"拉倒吧。我还不如去蹦迪呢。"

他明白了，她要的是热闹，是对繁华和绚烂的轰轰烈烈的进入，而他想从里面抽身而出。在认识之前，他们就已经是一对敌人了。谁也不能未卜先知，那时候他们对所有差异、怪癖和困难都抱以乐观，以为那是生活不凡的表征。好了，差异如果不能在相互理解中互补，那它只能是尖刀和匕首，一不小心就自己出鞘。

这座山城有个好听的名字，城市环山而建，长江从城市脚下流过。两年里再次经过这座城市，他想下车看看送他咳嗽药的人。去年他也经过一次，广播里说，一个半小时后到达那里。在这一个半小时里他给她打了五个电话，快到站时她才接电话：出门送孩子了，刚回来。她说她很忙，见面就免了吧。

"喝个茶的时间总有吧？"那时候他在电话里说。

"真没有，家里一团糟。"

"出事了？你老公呢？"

"没事，他很好。我是说，家里乱糟糟的。"

她把"一团糟"置换成"乱糟糟"。她的态度没有前两次好。两年里通过两次话，时间都不长，身体一不舒服他就想起这个送咳嗽药的女人。他不擅长东拉西扯，对方对东拉西扯似乎也没兴趣，只能寒暄几句，他坚持说感谢的话。通话中他了解到，她老公在第八个月就从看守所里出来了，案子跟他无关。他把衣服撩起来给老婆和亲戚朋友看，老子清清白白，还是弄了一身的伤，这他妈什么世道啊！但凭这一身伤他升了，从司机变成了副主任。那时候她的情绪不错，在电话里学老公如何炫耀伤口。

"半小时也不行？我顺道。"

"下午忙。我老公一会儿就回来。再见。"

"我没别的意思——"

她已经把电话挂了。车也到了站,他犹豫一下,还是没下车。

这一次他决定先下了车再说。车站不大,古旧的建筑和石头地面,实实在在的方块石头,踩着摸着让他觉得天下太平。长江在斜下方像一面曲折流淌的镜子,青山绿水千万人家。拨她的手机,被叫号码已停机。他愣了,在这个想象过很多次的山城里,突然发现自己与这个世界失去了联系,你是个陌生人。这些年旅行都散漫随意,来到这个城市不是,所以有点不知所措。他在车站广场的石头台阶上坐下来,抽了两根烟才定下神,然后拖着行李箱去找旅馆和饭店。

午觉半小时,在梦里想起她曾说过工作比较清闲,因为买书的人不多。他就去了新华书店。这个城市有三家像样的书店,问到第二家,果然是在那里做会计,不过已经是一年前的事了。

"你说她呀?"财务室里的一个五十岁左右的阿姨清冷地说,"早走了,航运处。谁愿意待这鬼单位。"

那阿姨对书店的前景很悲观,没几个人看书了。幸亏教材教辅还有学生买,要不就得下水喝长江了。她对她的调动充满艳羡,所以冷嘲热讽怎么都克制不住。航道处多好啊,谁让人家嫁了个好男人呢。

对,她嫁了个好男人。老公从司机变成领导,副主任也是个顶用的官,把她弄走啦。

5

航道处在隔两条街的一座小楼上。作为会计,当时她不在班上。财务重地,闲人免进。他只能在走廊里等,抽烟要去公用洗手间。

坐在马桶盖上他努力想象两年后她会是什么模样,夹着烟的手指因此有点抖。也许应该早一点就来看她。山上的时间走得慢,即使这也是在城市里,他甚至感到了煎熬,每一口下得都很猛,烟吸得比过去快。从洗手间出来,他看见一个年轻时髦的女人从走廊拐角处走过来,拎着一个小坤包和一个时装袋,满楼道都是高跟皮鞋击打水磨石地面的声音。她的时髦近于妖娆,头发盘在脑后,因为浓妆和清瘦,脸显得极不真实。他不能肯定她是否瞥过自己一眼就进了财务室,很快她又出来,站在门口看他,拎纸袋的右手向上抬了抬:

"是——你?"

他盯着她的脸看,终于从两只眼里找到两年前的那个女人。"是我。"他没来由地感到了悲伤,"路过,想来看看你。"

最后半小时的班可以不上。她带他去了十字路口处的水雾茶坊,在靠窗的位置,要了一壶明前的雀舌。

"为什么老盯着我看?"她问。

香水。粉底。口红。雕了花的指甲,那图案他后来咨询了女同事,叫踏雪寻梅。"有点不一样了。"他尽量让自己放松。

"怎么不一样?"

"看装束,你过得更好了。"

"看人呢?"

"说不好。"

"有什么说不好?"她笑笑,打开包要找东西。他及时地递上白沙烟。"我抽这个。"她拿出的是五毫克的中南海女士烟。

"你老公换牌子了?"

"他换牌子关我什么事?我只抽我喜欢的。"

"你们——算了，不多嘴了。"

"没什么，"她的表情很有点孤绝，眼神不经意间闪的光和两年前一样，"我们关系不好。"

怎么会呢？但他说："偶尔会闹别扭，别放心上。"

她看着窗外抽烟，动作娴熟优雅，"还咳嗽？"

"偶尔。走到哪我都带药。"

有半分钟两人都不说话。他觉得男人应该主动打破僵局，刚想问孩子的情况，她的手机响了。她对着手机说："有局？好，我也有。"一共六个字。

"你老公？"

"这一周他第七天不在家吃晚饭。"

"做领导应酬多。男人不容易。"

"屁个不容易，"她说，"鬼混的借口！对不起。"她为自己的粗口道歉，她的嘴鼓起来，眼睛往虚空的深处看。这是女人要哭的前兆。眼泪终究没有掉下来。然后她突然就笑了，问，"觉得我变老了没有？"

她的笑轻佻而又悲凉。他不再有疑问，安慰她："比两年前更年轻。"

"去年二十今年十八，也没用。男人变得永远比你快。"

她情绪开始激动，他知道她倾诉的欲望启动了。果然，生活出了问题。这是她没有料到的，丈夫从看守所里出来，整个人都变了。职务变了，成了个小领导，这是好事。变得爱说话，也不是大毛病，顶多是多念几次他在看守所的苦难经，多撩几次衣服让别人看看伤痕。最大的问题是，他总在想：他妈的，凭什么？他没往口袋里捞一分，没睡过任何一个别的女人，局长赴宴他都只能在旁边的小房间里随便吃几口。如此清白还是蹲了八个月,三天两头接受拷问,那些人高兴了抬手打,不高兴了用脚踢,他妈的凭什么?老子生下来不是为了看人脸色给人打的。凭什么啊?他想不通。他跟劝他的亲友说,要是你整天平白无故鼻青眼肿的,你也想不通。幸好我出来了,要是被冤到底,这辈子没准就耗在里面了。局长死刑,副局长死缓,随便捡出一条过硬的证据,他就不会有好日子过。所以他出了看守所大门就想,从今以后的每一天都是赚来的,咱得好好过。可着劲儿折腾,你们不是都说享受生活么,老子也来,能风光不风光我凭什么啊?人生苦短,鬼门关我都转了一圈。

作为八个月的补偿,他升了,副主任看上去不大,但管的部门要紧,正主任一年病休要达十个月,他算个实权人物,干什么都便利。先把老婆从书店弄到航运处,她挺高兴,高兴劲儿没过脸就拉下来了。副主任吃喝是小节,关键是裤带松了,外头开始有人,比她年轻漂亮。被发现后,他供认不讳,玩玩而已,他不会当真,希望老婆也别当真,就当自己老公下半身临时借别人用一下。他改。这也是诡异的逻辑,她不能理解。副主任就解释,一是工作需要,二是八个月的补偿,一想到曾经命悬一线,他就忍不住每天都当世界末日来过。一说起八个月,他就声嘶力竭苦大仇深,摔杯子时眼里都能淌出泪来。你不知道我是怎么熬过来的,一日长于百年。你永远都不会知道。

改了两三次也没改好。再发现,他居然理直气壮,不就玩玩嘛,又不是跟她们结婚生孩子,着什么急。

"后来呢?"

"他竟然说,我是嫉妒那些女人年轻。你说,我很老么?"

她不老,不过洗尽脂粉后脸会显得空,因为已经六神无主。他能理解副主任人生观的巨变。这种事很通俗，甚至很恶俗，但巨大的幻灭感的确会让人穷凶极恶；他不喜欢的是，副主任的自恋过了头，她可是每个月都在看守所外面转圈子的。"难道他当时就没感应到？"

她的笑已经接近哭了。"那又怎么样？此一时彼一时。"

"他还，在乎你么？"

"也许吧。他说他在乎，他只是想用这些填满八个月的恐惧。"

她的善解人意让他吃惊。三年前在餐车里她就说过，二十三岁嫁给那个男人，就算山洪暴发，他们也会抱在一起死。她坚持着二十三岁的信念，现在城市坚固，风调雨顺山洪永不可能发作，副主任有了现在的世界末日般的别样的信念。他只好帮她点上一根烟，说："我也不知道你该怎么办。"

从水雾茶坊往外看，马路宽阔，行人和车辆稀疏，植物丰肥茂盛，这里一定是个过安宁日子的好地方。然后他们在茶坊隔壁的饭馆一起吃了晚饭，主菜是当地特色的长江鱼，味道之好，只有他回忆中的故乡长河里的鱼才能媲美。喝了当地的白酒，牌子一般，口感很好，他只想尝尝，喝着喝着就多了。她也喝，像两年前抽烟一样生硬，她把喝酒当成了复仇。因为喝酒出了汗，妆有点散，但酒上了脸，把散掉的妆又补上了，比之前更好看。如果再丰满一点，她就跟餐车上的女人一模一样了。只是她自己并不清楚，她以为自己已经老了，需要各种时髦的衣物、昂贵的化妆品和加倍的风情借以回到过去，回到爱情完满的幸福生活里去。长江鱼和酒让他难受，心里比寻而不遇还要空荡，空空荡荡。他只好继续喝酒吃鱼。

她送他回旅馆，晚上十点马路上已经空寂多时。他要自己回去，她坚持要送，难得有人还惦记自己，反正孩子在姥姥家，回去也是一个人。她挽着他,两个人摇摇晃晃贴着路左边走。她说我给你唱个歌吧。词曲他都陌生,唱完了她说,那时候他们晚上散步常唱这歌,男女二重唱。他就说,多好听的歌,可惜只能你一个人唱。然后迷迷糊糊听见她的哭声。

她以为他喝多了,让他躺下歇着,他坚持要坐着。"见一面不容易,"他说,"我要多看看你。"

"你喝高了。我有那么好看么?"

"没高。你比好看还好看。"

她在对面床上坐下来,表情如同致哀。她从纸袋里拿出一个精致的纸盒子,说:"猜猜这是什么?"

"不知道。"

"仙黛尔内衣。要不要穿给你看看?"

他看着她站起来,打开包装,先把内衣按部位和比例摆在床上,形如一个女人。摆完后,开始解盘在脑后的长头发,披肩,褐黄,转身时呈现侧面的轮廓,颧骨高出来,弧度有了变化。他觉得面前站着的是另外一个陌生女人。

"男人都喜欢看女人穿性感内衣吗?"她问,开始脱外套。

他制止了她脱外套的手。"你喝高了。"

"没高。"

"高了。"

她甩开他的手,说:"你来难道不是为了这个?"

他不说话,站起来把仙黛尔内衣装进纸盒再放进纸袋。他想,我他妈不是圣人,可是我现在很难过。仙黛尔让他备感哀伤,所有的事情都不是他想象的样子,此刻他们的生活如此复杂。他又重复一遍:"真高了。"

她一屁股坐在床上,仿佛真喝高了。"你来就是为了说我喝高了?"

"我来是顺道看看你,"他说,"明天一早就走。习惯了,这些年我一直在路上。"

2009 年 8 月 26 日　知春里

原载《收获》2010 年第 4 期